Mordsfondue

Mike Mateescu, gelernter Kaufmann, lebt als freier Teilzeit-Texter in Zürich-Wiedikon. Nach vielen Jahren als Zeichner und Musiker nahm er 2007 die Schriftstellerei auf und verfasste Sachbücher und Kurzgeschichten. In seinem Romandebüt schickt er die junge Privatdetektivin Enitta Carigiet ins Zürcher Nachtleben.

Dieses Buch ist ein Roman. Handlungen und Hauptpersonen sind frei erfunden.

MIKE MATEESCU

Mordsfondue

KRIMINALROMAN

emons:

Bibliografische Information der Deutschen Nationalbibliothek
Die Deutsche Nationalbibliothek verzeichnet diese Publikation in der Deutschen Nationalbibliografie; detaillierte bibliografische Daten sind im Internet über http://dnb.d-nb.de abrufbar.

Umschlagmotiv: photocase.com/himberry
Umschlaggestaltung: Tobias Doetsch
Gestaltung Innenteil: César Satz & Grafik GmbH, Köln
Lektorat: Irène Kost, Biel/Bienne (CH)
Druck und Bindung: CPI – Clausen & Bosse, Leck
Printed in Germany 2014
ISBN 978-3-95451-376-5
Originalausgabe

Wo wir leben, fährt Zürich!
Sprayerei beim Milchbuck

Enittas MP3-Playlist

Division Kent	–	«Rooftop Rallye» (Main Theme)
Ladyhawke	–	«My Delirium»
Ladytron	–	«Tomorrow»
Michelle Branch	–	«Together»
Keb' Mo'	–	«That's not Love»
Recoil	–	«Intruders»
Rawn	–	«As you were»
The Jains	–	«Stronger»
U2	–	«Little Sister»
The Pierces	–	«We are Stars»
John Mayer	–	«Heartbreak Warfare»
Paramore	–	«The only Exception»
Foster the People	–	«Pumped up Kicks»
Katy Perry	–	«Teenage Dream»
The Birthday Massacre	–	«Happy Birthday»
IAMX	–	«Nightlife»
Tiga	–	«You gonna want me»
Filthy Dukes	–	«This Rhythm»
Samantha James	–	«Breathe you in»
Lux & Fux feat. Bligg	–	«Schätzli, gäll?»
The Naked and Famous	–	«Young Blood»
Birdy	–	«Shelter» (End Credits)

Stromsparmodus aktiviert

1

Sonntag, 7. August 2011

Die Zeit kroch auf einer Endlosschlaufe. Das lag nicht bloss daran, dass Enitta Carigiet (23/411 Facebook-Freunde) seit gut zwei Stunden auf ihren Auftraggeber wartete. Aber das ging in Ordnung. Ausharren war Teil ihres Jobs.

Die ovale Tanzfläche im Pit vor dem erhöhten DJ-Altar war in den vergangenen dreissig Minuten restlos bevölkert worden, und eine undefinierbare Menschenmasse zuckte in einem hypnotisierenden Brei aus tanzenden Schatten und apathischem Lichtblitzgewitter. Die Lautsprechersysteme fluteten den Cabaret-Club mit einem staubtrockenen, sich unaufhörlich wiederholenden Wummern, als hätte ein prall gefüllter, mondgrosser Bienenstock einen Sprung in der Platte. Noch würde es ein paar Dutzend Tunes dauern, bis die lebenden Leichen hartgesottener Partygänger einfallen und sich die Dämonen ihrer Arbeitswoche mit richtig harten Drinks auf einem verklebten Fussboden austrieben. Noch dominierten Holzfällerhemden und weisse Oberteile mit schwarzen Querstreifen die Ankleide der Gäste. Noch stellten Cityvögel und Sunshine-People die Mehrheit.

Enitta nahm erfreut zur Kenntnis, dass ihre geliebten neunziger Jahre endlich zurück waren. Die Tanzkünste der Besucher beschränkten sich bei genauem Hinsehen allerdings auf wenig rhythmisches Hüftschwingen, wobei gerade die am besten gekleideten Girls mit grossen Schritten und heftigem Armrudern ihren Anspruch auf mehr Bewegungsfreiheit geltend machten. Wer zu nah an einer solchen Selbstinszenierung stand, wurde kurzerhand weggedrückt.

Als auch noch jemand absichtlich sein Bier in der Menge verspritzte, flüchtete sich Enitta auf die obere Ebene. Dort drückte sie den Rücken gegen das rote Gemäuer und nahm einen kräftigen Schluck ihres zweiten, eiskalten Bieres. Gestalten huschten eilig vorbei. Gesprächsfetzen erreichten sie von allen Seiten. Lautes Gelächter erklang von den Ledersofas in den Schatten und erneut klirrten Glasgefässe. Die Luft war so heiss und stickig, dass der Rückschweiss zäh von den Metallröhren an der Decke zu tropfen begann. Wahrscheinlich längst erfolgreich mitten in ihr Glas. Sie nestelte ihr Smartphone hervor und prüfte das Display.

Keine neuen Nachrichten.

Ihr Blick schweifte über die anwesenden Gäste, doch in der Menge aus mehrheitlich modischen Silhouetten vermochte sie kein vollständiges Gesicht auszumachen, geschweige denn ein ihr bekanntes. Hinter der belagerten Bar liessen sich Batgirl und Catwoman alle Zeit der Welt, um protzige Kristallgläser bis zum Rand mit klobigen Eiswürfeln zu füllen. Kantige Lampen über ihren Köpfen tauchten die Edeltränke in buntes Licht, dessen Farbe im lethargischen Minutentakt wechselte.

Erstaunlich, wie viele Menschen sich in dieser Nacht im Cabi tummelten. Zwar waren die Clubs und Bars an jedem Wochentag bis weit nach Mitternacht gut gefüllt. Hin zu dem Punkt, wo Enitta sich fragte, welchen Berufen diese Menschen eigentlich nachgingen, um Zeit für so viel Ausgelassenheit zu finden. In ein paar Stunden mochte sie gar ein eiserner Montag erwarten, aber dies schien kaum jemanden zu schrecken. Vielleicht dachten sie sich, man müsse unbedingt Gebrauch davon machen, wenn die Stadt im Jubiläumsjahr der Street Parade schon mal Sondergenehmigungen für Partyveranstalter erteilte. Hart arbeiten und noch härter feiern. Nirgendwo sonst in der Schweiz schien dies so wahr zu sein wie in Zürich. Und ganz besonders an diesem Wochenende.

Plötzlich stand er vor ihr und stemmte seine Handfläche nur Zentimeter neben ihrem Kopf gegen die Wand. Er trug ein weisses T-Shirt, keine Haare und fand das verwegenste Grinsen in seinem Repertoire. «Hast mal Feuer?», nuschelte er. Eine Zigi zuckte zwischen seinen Lippen.

Enitta drückte sich pikiert das Bierglas an die Brust. «Hier wird aber nicht geraucht!»

«Eine Bündnerin», lachte er. «Sympa! Wie heisst du?»

«Weshalb? Sammelst du Namen?» Normalerweise hatte sie wenig für plumpes Baggern übrig, doch wer konnte schon sagen, wie lange Felber noch auf sich warten liess? Immerhin spielte der verwegene Endzwanziger in ihrer Liga. «Enitta», antwortete sie schliesslich.

Das Funkeln in seinen Augen erlosch. «Dann eben nicht», knurrte Mister White-Shirt und verlagerte seine Baustelle eine Polstergruppe weiter, wo er sich zwischen zwei spindeldürre Tussen quetschte. Was war nur los mit den Jungs dieser Stadt? Mindestens jeder zweite, der sie anquatschte, reagierte auf diese Weise, sobald sie ihren Namen verriet.

Das Smartphone in ihrer Hand, die dicke Désirée, Marke HTC, schüttelte sich. «Helsinki in 10. Bar. Brille. Glatze», lautete die Kurznachricht, die bereits vor sieben Minuten abgesetzt worden war. Erneut hatte das Netz ihres Providers vor einem Untergeschoss kapituliert. Das würde sie sich merken müssen, denn schon bald stand die Vertragsverlängerung an. Geschmeidig bahnte sie sich ihren Weg durch warme, leicht bekleidete Körper, vorbei an der Bar zum Eingang und stieg die Treppe neben den Steinstufen hoch, wo die Gäste dicht aufeinanderhockend gestikulierten, lachten und Flaschen kippten. Auf der Ebene darüber stand, von Bambuswänden eingezäunt, noch mehr Partyvolk herum, das sich frische Luft bei einer Zigarette gönnte. Sie machte eine Bekannte in der Meute aus und hob die Hand zum Gruss. Dann hielt sie mitten auf der Treppe inne und kniff die Augen zusammen. War sie das? Diese junge Frau mit den dunkelblonden langen Haaren, die in eine angeregte Diskussion mit einem abgemagerten Typen vertieft schien? Doch dann wandte sich die Dame ab, um ihr abgelöschtes Antlitz in den Schein des Mobiltelefons zu halten.

Sie war es *nicht*. Wär ja auch zu einfach gewesen.

In letzter Sekunde wich Enitta einer bunt gekleideten Festsau aus, die halb tot die Treppe heruntergetorkelt kam. Enitta verliess das Gelände über den roten Teppich, suchte ihren Weg vorbei an lauernden Taxis, johlenden Discobuben, dem Freitag-Containerturm und bog vor der Hardbrücke in einen finsteren Hinterhof. Das Helsinki war eine rechtwinklige, mit cartoonesken Seemannsmotiven bemalte Baracke, die man von aussen leicht übersehen konnte. Sie passierte ein paar Raucher vor dem Eingang und wurde von einem schwarz gekleideten Kassenwärter mit Bart und langen Haaren freundlich durchgenickt. Überhaupt schätzte sie die entspannte Atmosphäre des Lokals, dessen Einrichtung sich irgendwo zwischen Waschküche und Wohnzimmer bewegte. Inmitten des hippen Kreis 5 war das Helsinki eine gemütliche Enklave der Unaufgeregtheit, wo sich Kreative, Alternative und easy Normalos auf ein paar Biere trafen. Auf der kleinen Bühne in der Ecke standen massenweise Instrumente vor sich hin und zeugten von einem eben stattgefundenen Konzert. Mittlerweile zeichnete ein weisses MacBook an der Bar für die Musik verantwortlich. Gleich daneben lehnte ein hochgewachsener Mann (33/2093 Facebook-Abonnenten) mit schwarzem Shirt und Hornbrille an den Tresen. Sein elastischer Zeigefinger winkte sie zu sich.

«Herr Felber?»

«Reto», schmunzelte er kühl. «Danke, dass du so lange gewartet hast. Ich dachte schon, ich schaff's gar nicht mehr aus dem Backstagebereich des Supermarkets», sagte er auf Berndeutsch und zuckte mit den Schultern. «Na ja, wichtige Staatsgeschäfte eben. Bier?»

«Gerne.»

Felber gab per Handzeichen eine Bestellung auf und rückte seine feist gerahmte Brille zurecht. «Also. Wurdest du von meiner Assistenz schon eingeweiht?»

Enitta kräuselte die Lippen. «Nicht wirklich …»

«Es geht um die Street Parade. Sicher schon von gehört, oder?»

«Bin … vor drei Jahren mal mitgelaufen», log sie.

«Anyway. Als Präsident des Organisationskomitees hab ich derzeit alle Hände voll zu tun. Wie jedes Jahr rennen wir während der Vorbereitungen in so manch unvorhergesehene Komplikation. Doch heuer gibt es da eine Entwicklung, die mir ernsthaft Sorgen bereitet. Chefsache, sozusagen.»

Eine junge Bardame mit erschöpftem Blick und zusammengebundenem Rastaschopf schob ihnen zwei fette Gläser mit viel Schaum hin und zog Felber lächelnd einen Zehner aus den Fingern. Das Rückgeld lehnte er ab und stiess mit Enitta an. «Jedenfalls … ist da ein … *Problem* aufgetaucht, auf das wir grad gar keinen Bock haben. Es kursiert eine neue Droge in der City und die liebe Frau Polizeivorsteherin erwägt, uns im letzten Moment die Bewilligung zu entziehen, falls nicht bald etwas mehr über die Substanz in Erfahrung gebracht werden kann.»

Enitta nahm einen grossen Schluck von ihrem Bier und liess gleich noch einen weiteren folgen. Monika Mayer-Daguette, die oberste Stadtpolizistin, trug selten Samthandschuhe und schien es, gerade in jüngster Zeit, besonders auf die Zürcher Ausgangskultur abgesehen zu haben. «Okay … aber … darf ich erfahren, weshalb ihr euch dabei ausgerechnet an mich wendet? Ich bin zwar sehr dankbar für die Offerte, aber gleichzeitig keine sechs Monate im Geschäft.»

Felber strich sich über die glänzende Glatze. «Wir haben uns natürlich zuerst an die grösste Privatdetektei der Stadt gewandt – Landfeind & Partner.»

«Das sind echt die Besten. Auch ich hab meinen Abschluss bei Herrn Landfeinds Akademie für Privatdetektive gemacht.»

«I know», erwiderte Felber. «Er hat dich auch wärmstens empfohlen. Meinte, mit deiner Loyalität und Hartnäckigkeit wärst du die geeignete Kandidatin für den Job. Zunächst konnte ich den Vorschlag natürlich nicht ernst nehmen, aber er hat nicht lockergelassen und sich überzeugend für dich starkgemacht.»

«Das klingt *sehr* nach Herrn Landfeind.» Und, wie ihr bewusst wurde, nur bedingt nach ihr selbst … «Worum geht's denn jetzt genau?»

«Wir müssen wissen, um was für eine Droge es sich handelt.»

«Was meinst du mit *was für eine Droge*? Reden wir von einer Pille? Einem Pulver?»

Felber holte zu einer hilflosen Geste aus. «Keine Ahnung. Bislang ist nur bekannt, dass drei Teens in einem künstlichen Koma liegen. Die Presse hat gottlob noch nichts spitzgekriegt, aber bei den Veranstaltern und Clubbesitzern macht sich allmählich Panik breit. Es heisst, die Stapo sei bereits an dem Fall dran, doch unseren Quellen zufolge tappt auch sie im Dunkeln.»

«Wozu braucht ihr eine Privatdetektivin, wenn die Polizei schon ermittelt? Mit deren Ressourcen kann ich nie und nimmer konkurrieren.»

«Du bist aber auch nicht an deren Protokolle gebunden. Wir möchten lieber selbst aktiv werden, anstatt Resultate abzuwarten. Dafür steht zu viel auf dem Spiel. Es ist das zwanzigste Jubiläum der Street Parade, und da Joel Meier, der die letzten drei Ausgaben geleitet hat, die Verantwortung dieses Jahr wegen einer Südamerikareise auf mich übertragen hat, muss ich alle möglichen Mittel einsetzen, um sein Vertrauen zu rechtfertigen. Scheitern ist *keine* Option.»

Enitta nickte. «Verzeih mir die Frage: Woher wisst ihr eigentlich, ob dieses Rauschmittel überhaupt existiert?»

«Tun wir nicht. Bis vor einer Woche hielten wir die Berichte für Propaganda aus dem bürgerlichen Lager, aber es mehren sich die Anzeichen, dass leider doch was dran sein könnte. Unlängst hat mir ein guter Bekannter versichert, er hätte den Stoff selbst probiert. An einem illegalen Rave im Limmattal sei er plötzlich in Jubel ausgebrochen, für drei Tage spurlos verschwunden und schliesslich von der Securitrans im HB zwischen den Geleisen aufgelesen worden – in Alufolie gewickelt und völlig entkräftet.»

«Und?»

«Nichts und. Die vorangegangene Woche war komplett aus seinem Gedächtnis gelöscht. Er konnte sich bloss noch vage an den Samichlaus und beissenden Käsegestank erinnern.»

Enittas Hirnwindungen drohten zu verknoten. Den *Samichlaus?* Das klang nicht gerade vielversprechend.

Er presste die Handflächen aneinander. «Schau, was uns am brennendsten interessiert, ist die Zusammensetzung der Droge. Narkotika waren leider schon immer eine … unangenehme *Begleiterscheinung* unserer Veranstaltung. Wie weisse Socken, Lärm oder der ganze Abfallberg. Aber was die Politik derzeit so richtig nervös macht, ist die Befürchtung, ein unbekanntes, tödliches Rauschgift könnte die Stadt überschwemmen. Findige Bürgerliche wollen gar Hinweise auf ein Verbrechersyndikat erhalten haben, was die ganze Sache unnötig anheizt.»

«Aber … bis zur Street Parade sind es nur noch sechs Tage. Wie soll ich denn in *der* kurzen Zeit etwas herausfinden?»

«Zeit ist nicht das Problem, Enitta. Diese Lektion lernte ich, als ich damals während meiner Studienzeit als Lobbyist für die Gastronomie im Bundeshaus arbeitete. Wenn man Kommissionen für ihre Untersuchungen einen Monat einräumt, schauen kaum brauchbare Erkenntnisse dabei raus. Aber stell ihnen ein Ultimatum von drei Tagen und sie *werden* Resultate liefern.» Er holte ein dickes Lederportemonnaie hervor und steckte ihr eine Karte zu. «Das ist die Direktwahl von meinem Kontakt beim kantonalen Labor. Versuch, ein Sample der Droge aufzutreiben, und bring es schnurstracks zu ihm. Wenn wir beweisen können, dass es sich bloss um einen schlichten Mix aus bereits bekannten Substanzen handelt, wird die Polizeivorsteherin kein Argument mehr besitzen, die Parade abzusagen. Und solltest du auf deiner Suche irgendetwas über die Drahtzieher in Erfahrung bringen, umso besser.»

Enitta studierte mit steigendem Unmut die Aufschrift der Karte. Lebensgefährliche Drogen. Finstere Hintermänner. Laufende Polizeiermittlungen. Hochrangige Politiker. Nicht zu vergessen das Schicksal der berühmtesten Freiluftparty der Welt. Die Sache schien weit ausserhalb ihrer derzeitigen Liga stattzufinden. Den grössten Ermittlungserfolg, den sie in ihrem ersten halben Jahr als private Ermittlerin vorzuweisen hatte, war die spektakuläre Auffindung eines verschwundenen Rentnergebisses – und zwar im Geburtstagskuchen, welchen jener für seine Enkelin gebacken hatte. *Nachdem* die Torte von den Gästen bereits zur Hälfte verspeist worden war. Andrerseits, wie viel unschöner konnte es schon werden? «Vor achtundvierzig Stunden werde ich allerdings keine Resultate liefern können», sagte sie und bereute ihre Worte gleich im nächsten Augenblick. Die Gelegenheit war verlockend, doch konnte sie den Anforderungen wirklich gerecht werden? Sie musste es, denn es hatte sich niemand Geringeres als ihr Mentor für sie verbürgt.

«Verstehe …», murmelte Felber hörbar irritiert und schielte auf seine Armbanduhr. «Fein, ich erwarte deinen ersten Rapport bis spätestens übermorgen Mittag.»

«Ich werde gleich nach dem Aufstehen mit den Ermittlungen beginnen», beeilte sich Enitta zu sagen.

«Einverstanden», erwiderte Felber mechanisch und schickte sich an zu gehen. «Geniess dein Bier. Wir hören uns.» Dann setzte er seinen Panamahut auf, liess das unangetastete Glas sowie Enitta stehen und verschwand in der Menge.

Ein mulmiges Gefühl machte sich in ihrer Magengrube breit. Normalerweise zögerte sie kaum bei einem lukrativ klingenden

Auftrag, aber diesen Job durfte sie unter keinen Umständen vermasseln. Bloss wo sollte sie anfangen? Von Drogen hatte sie ein Leben lang die Finger gelassen. Wenn man von Rotwein, Appenzeller Bier, Kioskromanen und insbesondere Seifenopern einmal absah. Zu einem Kunden wie Felber sagte man nicht Nein, doch enttäuschte man ihn, würde sich dies sehr rasch herumsprechen.

Sie stürzte den Inhalt des Glases in ihren Hals und Retos Bier gleich hinterher. Dann verliess sie die Festgesellschaft des Helsinkis und trottete der Zombiemeile entlang zurück zu dem Knäuel aus abgestellten Velos vor dem Viadukt, über welches gerade ein Nachtzug rauschte. Ihr Hund Balu, eine sehr exotische Mischung aus einem Parson Jack Russell Terrier und einem Rehpinscher mit schwarz-weiss gemustertem Fell, erwartete sie brav im Körbchen am Lenker. Er liess von einem zerbissenen blau-weissen Detroit-Cap ab, das er wahrscheinlich einem verhinderten Velodieb abgeknöpft hatte, und bellte einen Gruss. Ihr zweijähriges Energiebündel von Hundchen bewachte artig ihr Velo, wann immer sie sich an Orte begab, an welche es ihr nicht folgen konnte oder durfte. Dabei hatte Balu schon so manchen Schuft in die Flucht gejagt, wie die Trophäen, mit denen er amigs aufwartete, bewiesen. Allerdings hing Enitta derart an ihrem katzengoldfarbenen Damenvelo, dass sie sowieso stets die vier heiligen Regeln des Veloparkierens befolgte:

Erstens und wichtigstens: das Velo stets an Bäumen, Verkehrsschildern oder Zäunen befestigen, damit es nicht abtransportiert werden konnte.

Zweitens: ausschliesslich zweihundertfränkige, babyarmdicke Ringschlösser verwenden. Vorzugsweise zwei Stück.

Drittens: das Velo möglichst gesondert abstellen. Mischte man es unter andere Velos, so verursachten konkurrierende Stadtkinder beim Versuch, das eigene Gefährt aus dem Knäuel zu zerren, meist unansehnliche Kratzer. Diese Regel hatte sie in dieser Nacht aufgrund mangelnder Alternativen leider brechen müssen, doch wenigstens fiel das Velo im Blechhaufen weniger auf.

Viertens: es möglichst nie mit Wasser in Kontakt kommen lassen und einen zerknitterten Sattelüberzug mit dem Logo eines ätzenden Agglo-KMUs anbringen, um es möglichst unattraktiv aussehen zu lassen. Viele gingen so weit, ausschliesslich mit rostigen Klappergestellen durch die Gegend zu kurven, aber das kam für Enitta schon aus Liebe zum Fahrkomfort nicht in Frage. Auch die weit verbreitete, aus schierer Coolness geborene Attitüde, Ringschlösser ungeachtet ihres Gewichts um den Hals zu tragen, mochte sie nicht übernehmen. Darum verstaute sie die zwei feist ummantelten Veloschlösser in ihrem türkisfarbenen Timbuk2-Bäg.

Zwischen ihr und ihrem warmen WG-Bett an der Sihlfeldstrasse lagen nur noch die unzähligen SBB-Geleise, welche sich bis hinter den Horizont zu erstrecken schienen. Aber sie würde nicht den Weg über die ewige Baustelle am Bahnhof Hardbrücke wählen, sondern entlang der finsteren Allee der Josefwiese radeln und dann über die Neufrankengasse zurück ins Quartier finden. Balu verblieb brav im Körbchen, während Enitta ihren Ladygöppel auf das Viadukt ausrichtete. Bloss raus aus dem Getümmel an der Geroldstrasse!

Sie wollte bereits aufsteigen, als ihr ein Bündel auf dem Asphalt ins Auge stach. Ungläubig blinzelte sie nach dem Lumpenhaufen im fahlen Strassenlicht und realisierte endlich, dass da ein Körper mitten auf dem breiten Trottoir zitterte. Aus der anderen Richtung schlenderte eine Bande Teenies heran, kicherte beim Anblick des Verletzten höhnische Unflätigkeiten und latschte unbeeindruckt weiter. Allerdings konnte man es ihnen kaum verübeln, besonders in dieser Gegend einen solchen Anblick gewohnt zu sein.

Mit empörten Schritten stiess Enitta ihr Velo zu der Person, scheuchte Balu aus dem Körbchen und legte das Gefährt auf die Seite, um sich vorsichtig über die offensichtlich hilflose Gestalt zu beugen. Es handelte sich um einen jungen Mann ihren Alters in künstlich abgeschabter, sportlicher Ankleide, der schwer atmete und apathisch zuckte, als würde er von einem unsichtbaren Plagegeist wiederholt in die Magengrube getreten. Seine Augen in einem klitschnassen Gesicht waren weit aufgerissen.

«Was ist los mit dir?», fragte Enitta. «Brauchst du Hilfe?» Blöde Frage eigentlich, denn des Jungen einzige Antwort war ein keuchendes Brabbeln. Instinktiv zückte sie ihr Telefon und wählte den Notruf. Sie beschrieb die Situation, ihren Standort und forderte sofortiges Erscheinen. Hätte sie doch bloss besser im Nothelferunterricht aufgepasst. Ein süttig heisser Sommertag war es gewesen. Der Restalkoholpegel von der Hausparty am Vorabend hatte sie auf der schmalen Grenze zur Übelkeit balancieren lassen und besonders die nachgestellten Videos unappetitlicher Verkehrsunfälle waren wenig hilfreich gewesen, sich die wesentlichen Handgriffe einzuprägen. Kein Wunder, dass sie sich kaum noch erinnerte. Jedoch war der Typ noch bei Bewusstsein und höchstwahrscheinlich an das falsche Pulver geraten. So beliess sie es dabei, in der Hocke bei dem geknechteten Jungen zu verweilen, seinen Oberarm zu streicheln, ihm gut zuzureden und darauf zu vertrauen, dass die Sanität bald mal aufkreuzte.

Die Minuten stahlen sich so zähflüssig davon wie die weissen Rauchschwaden aus dem Kamin der Kehrichtverbrennung in den rabenschwarzen Himmel. Der Junge stammelte etwas vom satanisch bösen Tomatenmann und drohte mehrmals endgültig abzudriften, was Enitta zu verhindern wusste, indem sie ihn gut schüttelte.

Endlich erklangen hinter dem klobigen Kuoni-Gebäude die Sirenen der Ambulanz. Der Rettungswagen schoss um die Ecke, und sein schriller Alarm verstummte, noch bevor er auf dem Trottoir neben dem Viadukt zum Stehen kam. Von nervösem Discolicht umspielt traten drei Sanitäter mit gelbblauen Uniformen vor den Minibus. Während sich einer der Helfer nach dem Zustand des Jungen erkundigte, zogen die beiden anderen eine beräderte Bahre aus dem Stauraum. Mit ihren blauen Handschuhen hoben sie das Partyopfer aufs Gestell und legten ihm eine Decke über den Körper. Der dritte Mann machte Meldung bei der Zentrale.

«Das ist ja wie im Tatort hier …», stammelte das Opfer und wurde im nächsten Moment mit einer Sauerstoffmaske im Gesicht abtransportiert. Nachdem Enitta dem Fahrer ihre Personalien angegeben hatte, stieg dieser zurück ins Cockpit und steuerte den weiss-orangen Wagen von grausigem Heulen umhüllt in den fahlen, ungesund gelben Schein der Strassenlaternen.

Einen Moment lang hing Enitta in Gedanken dem Jungen nach und hoffte, dass er sich gut erholen mochte, als ein aggressives Knurren um ihre Aufmerksamkeit buhlte. Mit angelegten Ohren und angespannten Beinchen starrte Balu zu dem offenen Torbogen, der ins Wohnquartier auf der anderen Seite der Steinbrücke führte. Unvermittelt schoss er davon und verlor sich jenseits der blinkenden Poller in den Schatten. Sie rief ihn harsch zurück, aber ihr entfesselter Vierbeiner verweigerte jeglichen Gehorsam und blieb verschwunden. Aus der Finsternis erklangen hinter den Mauern lautes Bellen, empörtes Fluchen, ein noch lauterer Schrei und zuletzt kam Balu erhobenen Schweifes mit einem Stofffetzen im Maul heranspaziert.

Enitta liess sich die Beute aushändigen und wendete das angesabberte zinnoberrote Textilstück einige Male. «Was soll denn *das*, Balu?», schimpfte sie und bedachte das stolze Hundchen mit erbostem Blick. Sie entledigte sich des zerkauten Fetzens und richtete ihr Velo auf, um den kleinen Racker ins Körbchen zu pflanzen. Ein paar Atemzüge lang wartete sie noch darauf, dass der ehemalige Besitzer des Leinenfetzens um die Ecke gestürmt kam, doch niemand zeigte sich. Vorsichtig näherte sie sich der Unterführung, lauschte jedem noch so kleinen Geräusch und zuckte zusammen, als erneut ein Nachtzug über die Brücke donnerte. Sobald sich dessen Rauschen in der Ferne verloren hatte, stand sie mitten auf einem Hinterhof, der nur von den Lampen der Wohnkomplexeingänge der Dunkelheit entrissen wurde. Niemand näherte sich, um Genugtuung für seine beschädigte Kleidung einzufordern. Sie und Balu waren mutterseelenalleine.

Schon wollte sie auf den Sattel steigen, da streifte ein scharfer Geruch ihre Nase. Beissender Käsegestank lag in der Luft. Enitta verzog angewidert das Gesicht. Wie konnte man um diese Uhrzeit bloss ein Raclette zubereiten? Dazu noch mitten im Hochsommer? Nationalgericht hin oder her. In der Schweiz hatte alles seine Zeit und seinen Ort. Endgültig von den Strapazen einer viel zu langen Sonntagnacht eingeholt, hockte sie sich ungelenk auf ihr Velo und schwenkte den Lenker Richtung Josefwiese. Doch sosehr sie sich auch darauf freute, endlich etwas Schlaf zu erfahren, konnte sie sich trotz der Nachwirkung der Biere nicht des Eindrucks erwehren, den Ort zu früh verlassen zu haben.

Die abstossende Erinnerung an penetranten Käsegestank blieb ihr dann auch bis vor die Haustür treu.

2

Montag, 8. August 2011

Der nächste Morgen überkam sie viel zu früh. Nach nur fünf Stunden Schlaf flutete helles Sonnenlicht das Zimmerchen und ermahnte sie ihrer Pflichten. Enitta rappelte sich auf und fand Balu freudig schwänzelnd neben dem Bett vor. Der kleine Schlingel schlich sich des Nachts heimlich zwischen die Laken und schmiegte sich an ihren Bauch. In seinem Körbchen zu bleiben war eines der wenigen Kunststücke, die sie ihm auch nach Jahren nicht beizubringen vermocht hatte. Stattdessen lauerte er jeweils darauf, dass sie einschlief, und ergriff dann schamlos die Chance. Ein Manöver, dessen Gelingen Enitta entgegen all ihrer erzieherischen Absichten auf unerklärliche Weise begrüsste.

Mechanisch trottete sie zum Schreibtisch, um ihre Tischlampe auszuknipsen, und stellte sich vor die verchromten, skelettierten Kleidergestelle. Daran hing eine zusammengepferchte Auswahl an Klamotten, die sie mehrheitlich in den Herrenabteilungen erstanden hatte. In Anbetracht ihrer eher burschikosen Figur war es nur schlüssig, sich mit Textilien einzudecken, die von ihren Schöpfern für Jungs erdacht worden waren. Alles andere wäre ihr wie Hochstapelei erschienen. Sie griff nach einem schwarzen H&M-Slip mit leuchtgelben Streifen, grauen Socken, schwarzen Hosen sowie dem obligaten weissen Hemd samt dazugehörigen dunklen Hosenträgern. Sie schleppte das Kleiderbündel ins Badezimmer, gönnte sich eine kalte Dusche und folgte danach dem Duft frisch gebrauten Kaffees in die Küche der Dreizimmerwohnung, die sie mit einer deutschen Wahlzürcherin teilte.

Fiona Bornschein (25/837 Facebook-Freunde) war, wie sie selbst, vor drei Jahren in die City gezogen, gleich nachdem sie in ihrer Heimatstadt Hamburg den Abschluss als Marketingplanerin gemacht hatte. Schon kurz darauf gründete sie mit zwei Freunden die «Spontimat GmbH», eine kleine Werbeagentur, die bereits so manch berüchtigte Bekanntmachung vorweisen konnte. Beispielsweise den längst legendären Slogan: «Zinfandel – and you can handle.»

Diesen hatte zwar das Blaue Kreuz vehement reklamieren lassen, doch der Kunde, ein australischer Besitzer einer Tessiner Weinkellerei, war über die Medienwirksamkeit der Kampagne ausser sich gewesen vor Freude. Da es sich Fiona als Chefin ihrer eigenen Agentur leisten konnte, das Haus selten vor neun Uhr zu verlassen, hatte sich ein regelrechtes Frühstücksritual eingependelt. «Guten Morgen», flötete sie, ohne aufzusehen.

Sie hatte ihre Nase in ein weisses Büchlein gesteckt und schaufelte mit angewinkeltem Knie emsig Frühstücksflocken in sich hinein.

Enitta fand so viel Konzentrationsvermögen bemerkenswert. Schaffte sie es doch um diese Zeit gerade mal halbwegs, die bunten Bildchen in «20 Minuten» zu überfliegen. Sie erwiderte den Gruss und liess sich in der Spüle ein kaltes Glas Wasser ein. Mässig hungrig langte sie nach dem angeschnittenen Weissbrot auf dem Küchentisch und trug zähflüssige Aprikosenkonfitüre auf. Sie biss in die glitzernde Glibbermasse und schielte nach dem Buch. «Eine neue Lektüre?»

Fiona nickte heftig und liess mit dem Blick nicht von den Zeilen ab.

«Muss ja irre spannend sein …» Enitta linste nach dem Titel. «Wahre Grösse».

«Von deinem Lieblingsautor?»

«Ja», antwortete Fiona und strahlte übers ganze Gesicht. «Stell dir vor, Eric Stassel kommt morgen für einen exklusiven Event nach Zürich.»

Enitta hob eine Augenbraue. «Und gehst du hin?»

Fiona klappte das Buch seufzend zu. «Konnte leider keine Tix mehr ergattern. Aber ich eröffnete ihm ja bereits bei seiner letzten Lesung, wie sehr seine Bücher mein Leben verändert haben.»

Enitta liess das Buch nicht aus den Augen. Wahre Grösse. Du lieber Himmel. Fiona fuhr fanatisch auf diesen Esoterik-Spiritualitäts-New-Age-Shizzle ab und hatte mindestens einhundertfünfzig gebundene Publikationen der Sparte ins dunkle Ikearegal neben ihrem Bett gequetscht. Wobei sie ihre Genossin insgeheim ein klitzekleines bisschen beneidete, denn gerne hätte sie selbst mehr über die Geheimnisse des Universums gewusst. Zwar zwang ihr staubtrockener Steinbock-Verstand sie unermüdlich dazu, die Welt mit all ihren Aspekten nüchtern zu betrachten, doch ihr verträumtes Fische-Herz pochte mindestens genauso heftig darauf, dass es noch mehr gab, als das blosse Auge zu erblicken vermochte.

«Aber», fuhr Fiona mit triumphierender Stimme fort, «unsere kleine Firma steht kurz vor der Unterzeichnung eines Megadeals mit Peugeot für deren neuen SUV. Und der Clou an der Sache: Eric Stassel soll der offizielle Repräsentant dieses Fahrzeuges für den Schweizer Markt werden. Ich hab schon die perfekte Idee. Wir machen das Shooting in seinem Heimatkanton, dem Wallis. Wir pappen den Wagen auf eine staubige Passstrasse direkt vor einem überragenden, vom Morgenlicht umfangenen Matterhorn und lassen Stassel mit halb offenem Hemd und seinem unwiderstehlichen Lächeln gelassen an den SUV lehnen.» Bei ihrer Ausführung gestikulierte sie so heftig mit den Armen, dass sie beinahe die Flockenpackung vom Tisch gefegt hätte. «Und direkt über seinem Kopf platzieren wir den Leitspruch in dickfetten Lettern: ‹Fahre Grösse!›»

Enitta konnte sich einen Lacher kaum verkneifen. «Knackig. Echt.»

«Merci», erwiderte Fiona und legte das Buch behutsam auf das Essiggurkenglas. «Solltest mal einen Blick reinwerfen. Eine wahre Offenbarung.» Sie streckte die Arme. «Jetzt muss ich aber los. Was hast *du* heute vor?»

«Ich … nun … ich muss ein paar Nachforschungen anstellen.»

«Verstehe …», grinste Fiona. «Aber falls du mal einen *richtigen* Job brauchst; wir suchen immer noch 'ne Verstärkung für die Telefonzentrale. Halbtags. Und der Kaffee ist gratis.»

«So weit kommt's noch», prustete Enitta.

Fiona stand auf, grabschte sich einen Eiskaffee aus dem Kühlschrank und schulterte ihre prall gefüllte Jutetasche. Mit einem fröhlichen Tschü-hüs war sie durch den Türrahmen der Küche entschwunden.

Enitta studierte die aufgetischten Frühstücksleckereien und entschied sich doch fürs Wegräumen. Sie schnappte ihre Tasche, setzte sich den schwarzen Melonenhut auf und stieg die Treppen zum Hauseingang hinab, wo der Milchkasten ein Paket für sie bereithielt. Ungeduldig riss sie den schweren korngelben Karton auf und förderte ein lang erwartetes Buch zutage. Eine ziemlich abgegriffene Ausgabe des sagenumwobenen, eintausendundelfseitigen Schmökers «Der Märtyrer» von einem längst vergessenen Autor namens Dr. Gerhard Steckenboeck. Monatelang hatte sie nach dem vergriffenen Band aus den 1960er-Jahren gefahndet und war ausgerechnet beim ZVAB, dem Zentralen Verzeichnis für antiquarische Bücher, fündig geworden. Ihn endlich in Händen zu halten fühlte sich beinahe surreal an. Ein wirklich notwendiger Kauf, denn die meiste Arbeitszeit verbrachte die moderne Privatdetektivin mit Beschattungen, sprich: herumsitzen und warten. Viele ihrer Berufskollegen leerten daher an die drei Schachteln Zigaretten pro Tag, um die Langeweile in Schach zu halten. Aber derlei gesundheitsschädigender Unfug kam für sie unmöglich in Frage. Auch ihr Smartphone konnte wegen der schwachen Akkuleistung nicht genügend Songs hergeben, um stundenlange Wartezeiten zu überbrücken, und einen neuen MP3-Player mochte sie nicht kaufen. Nicht nachdem sie die drei letzten hatte liegen lassen. Da sie aber eine ausgesprochen langsame Leserin war, würde dieses Buch so manchen Auftrag kurzweiliger gestalten.

Sie trat vor ihr Velo, nahm ihm die Ketten ab, legte den schweren Wälzer ins Körbchen am Lenker und bettete ein Tuch darüber, auf dem Balu einen bequemen Sitzplatz fand. Dieser hatte sich zwischenzeitlich an einem der zahlreichen Zebrabretter erleichtert, welche die Sihlfeldstrasse säumten. Enitta trat in die Pedalen und folgte nach der Kreuzung beim Lochergut der Badenerstrasse zur Restaurant-Bar Forum, wo sie den nächsten Kaffee einnehmen würde. Das Forum, letzter Aussenposten der Langstrasse, war ein geräumiges, spartanisch eingerichtetes Café mit hochfahrbaren Scheiben, von denen jede mit einem einzelnen Buchstaben des Lokalnamens verziert war. Hier kehrte sie des Morgens bevorzugt ein. Der Laden wies zwar ein eher zufälliges Publikum auf, doch man fand stets genügend freie Sitzplätze vor und befand sich buchstäblich mitten in der Stadt. Nachdem sie einen doppelten

Cappuccino geordert hatte, studierte sie die Zusammenfassung der Geschichte.

Wenzel Gunshelm ist ein begnadeter junger Maler aus wohlhabender Familie. In den späten siebziger Jahren des neunzehnten Jahrhunderts fristet er, geknechtet durch Erfolglosigkeit, ein tristes Leben zwischen Wein und Wahnsinn in den dunklen Spelunken Amsterdams. Die örtliche Szene huldigt ihm mit Zuspruch und Zustupf, doch sein kompromissloses Wesen verwehrt ihm jeglichen sozialen Aufstieg; er mag sich weder mit den windigen Galeristen herumschlagen, noch die ihm verhassten bürgerlichen Autoritäten trotz wiederholter Anfragen in Öl verewigen. Der wahre Künstler, so pflegt er zu sinnieren, leidet nicht für seine Überzeugungen – er stirbt für sie! Da überkommt ihn eines Tages die Inspiration. Wie besessen fertigt er während Monaten an die hundert Bilder an und inszeniert danach seinen eigenen Tod. Er versteckt sich auf der norddeutschen Insel Helgoland, nachdem er die Rechte an seinen Meisterwerken seiner Sandkastenfreundin Trine Van Veen vermacht hat. Endlich wird die Welt seines brillanten Schaffens gewahr, doch Van Veen denkt nicht im Traum daran, ihn am Klingen der Münzen zu partizipieren. Wird der vom Hungertod bedrohte Gunshelm aus den Schatten des selbst gewählten Exils hervortreten, um seinen posthumen Weltruf als heroischer Märtyrer zugunsten der gewaltigen Einnahmen zu opfern?

Enitta hatte angebissen. Das streitbare Meisterwerk galt in einschlägig-alternativen Kreisen als heiliger Meilenstein der Kunstgeschichte. Dem nebulösen Lebenslauf seines visionären Verfassers wegen und nicht zuletzt, weil es so manche Entwicklung des zwanzigsten Jahrhunderts souverän vorweggenommen hatte. So sehr, dass ganz Fanatische gar darauf beharrten, Steckenboeck sei ein Zeitreisender gewesen.

Als die Sprache sodann an manch exklusiven Anlässen der hiesigen Bohème wiederholt auf den Schmöker gekommen war, hatte sie entschieden, eines der raren Exemplare aufzutreiben. Besass sie doch eine Schwäche für Künstler. Besonders jene, die dem ordinären Kaufrausch jahrelang entsagten, um mit dem sauer ersparten Geld ihre verwegenen Vorstellungen Wirklichkeit werden zu lassen. Seit Jahren tendierte sie dazu, Musiker anzuziehen. Auch ihr letzter «Freund», Alphonse ... aber bei dem unbequemen Gedanken sammelte sich ein saurer Geschmack in ihrem Gaumen. Lieber widmete sie sich der Zeitanzeige ihres Handys. Schon bald würde dieses klingeln und sich – hoffentlich – eine heisse Spur ergeben, die sie in ihren Recherchen für Felber voranbringen möchte. Und bis dahin wollte sie sich in ihre neue Lektüre vertiefen.

Sie legte das Telefon neben Balu, der sich auf dem üppigen Lederpolster niedergelassen hatte und eine jede ihrer Bewegungen aufmerksam beäugte. Der Einband fühlte sich klebrig an und die erste Seite war von einem verblichenen, schmetterlingsförmigen Kaffeefleck vereinnahmt worden. Das Inhaltsverzeichnis war, wohl für niedere Zwecke, schief herausgeschränzt worden, doch wenigstens der Anfang der Geschichte war intakt geblieben. Sie schlürfte sich durch den Schaum ihres italienischen Getränks, bis endlich heisser brauner Saft ihre Lippen benetzte, und stieg in die Story ein.

Für Gunshelm, so machte das Gerücht die Runde, liess der Barbesitzer Ruben Zuurmond die Rotweinfässer gleich im Dutzend übers Kopfsteinpflaster in seine Taverne rollen. Es kam einem Ritterschlag gleich, den häufig bis zur Unbequemlichkeit verschrobenen, aber gleichsam hochgradig eloquenten und populären Gast unter dem eigenen Dach bewirten zu dürfen. Wo immer die Ikone der Amsterdamer Kunstszene auf ein paar Gläser verweilte, waren seine zahlreichen Huldiger nicht weit und brachten feurigen Durst in eine jede noch so entlegene Absteige. Wenzel Gunshelm verstand den Pinsel wie kein Zweiter zu schwingen – da verziehen ihm seine Anhänger auch höflichst, dass er derart furios mit den Weingläsern herumfuchtelte, dass der teure Rebensaft über die Ränder schwappte. Denn was er verkündete, war wohldurchdacht und ein Quell der Inspiration – sofern man seine durch vergorene Flüssigkeiten verwässerten Worte zu dechiffrieren in der Lage war. «Meine Freunde», eröffnete er zur Geisterstunde. «Die Herren des gedruckten Wortes», nölte er und fand Halt bei einer leicht bekleideten, verfügbaren Dame des Etablissements, «wollen euch Glauben machen, dass Kunst und Absatzwesen einander diametral gegenüberstehen! Ich sage: gerade die Lehre des Absatzwesens diktiert die … den Absatz von mit Aufrichtigkeit geschaffener Kunst.» Er genoss das laute Raunen, das den Raum erfüllte, und fuhr fort. «Gerade neulich besuchte ich eine Vernissage meines lieben Weggefährten … Luuk … Luuk … Luuk Van der Stock! Luuk hatte einen antiken Flügel, dessen sich angeblich einst Beethoven persönlich bediente, grün lackiert, mit einer Spitzhacke zertrümmert, mit Schweizer Schmelzkäse überbacken und in vergammeltes Tagblattpapier gewickelt. Ein gänzlich grotesker Anblick, wie ich euch zu berichten weiss. Und dennoch servierte er den perplexen Gästen der Exposition eine schamlos reisserische Geschichte zu seinem Werk, die einen solventen wie unbedarften Geschäftsmann aus Marseille ein obszönes Entgelt zahlen liess, welches wir nicht vereint in diesem Leben versaufen könnten! Daher verinnerlicht meinen Rat: Es ist gleichgültig, welch opulente Gebilde ihr erschafft! Was zählt, ist einzig und allein der Zusammenhang, in welchen ihr jene stellt. Höret meine Worte! In hundert Jahren wird allein das Absatzwesen den Befund über erhabene Kunst oder verklumpten Ramsch bestimmen. Nicht Künstler sollt ihr sein – sondern skrupellose Geschichtenerzähler.»

Enitta zog in Betracht, das Buch nach der Lektüre an Fiona weiterzureichen, und wurde gleich im nächsten Augenblick vom Brummen ihres Telefons in die von Wenzel vorhergesagte Gegenwart zurückgeholt.

«Aaach … Enittaaa», klagte ihr eine verkaterte Stimme ins Ohr. Es war ihr Kumpel Simon Rinderknecht (29/2393 Facebook-Freunde), der sie so ziemlich jeden Tag um exakt diese Zeit anrief, weil er niemals früher aufzustehen pflegte. Ihn hatte sie einst während eines Marketingkurses im Seefeld kennengelernt. Gemeinsam mit seinem ehemaligen Studienkollegen Giarlo Ionta bildete er das DJ-Duo Lux & Fux, welches sich längst im Nachtleben der Stadt als feste Grösse etabliert hatte. Da er aus reichem Elternhaus stammte, konnte er's sich leisten, sich hauptsächlich auf seine Tätigkeit als Plattenaufleger zu konzentrieren. Nebenbei arbeitete er als Grafiker, aber so richtig um seinen Lebensunterhalt zu kämpfen brauchte er nicht, weshalb er regelmässig viel zu lange um die Häuser zog. Dank ihm gelangte sie stets auf die Gästelisten der angesagtesten Clubs und bekam den neuesten Klatsch aus der Szene mit.

«Fuuux! Wia hesch?»

«Ohh … mein Kopf. Alles dreht sich.»

«Was ist denn passiert?»

«Hab fast die ganze Nacht getanzt.»

«Du und shaken? Ja klar!»

«Na gut. Erwischt! Aber ich habe satte achtzehn Minuten mit dem Fuss gewippt. Die Party war echt Bombe. Und nun leide ich wie tausend Gandhis.»

«Wo warst du denn?»

«Bei Annabelle und Severin. Die beiden haben endlich ihre neue Bleibe in Wiedikon eingeweiht.»

«Die sind *immer* noch zusammen?»

«Nö! Nennen wir's wiedervereint in notgedrungener Koexistenz. Immerhin arbeiten beide bei derselben Agentur. Sie liebt Loftwohnungen, und er hat keinen Schimmer von Inneneinrichtung.» Schadenfreudiges Gelächter plärrte aus der Leitung.

«Du, Fux – ich brauche deinen Rat.»

«Gib mir erst 'ne Sekunde. Ich muss rasch reanimierende Massnahmen ergreifen.» Sie hörte das Aufschrauben einer Flasche, das Zischen einer Dose, das Füllen einer Tasse und das Aufflackern eines Feuerzeugs. «So. Die Lebensgeister schleichen sich in meinen Körper zurück. Was wolltest du mich fragen?»

«Ich hab einen neuen Auftrag angenommen.»

«Was ist es diesmal? Noch ein ausgebüxtes Büsi?»

«Nein», lachte Enitta. «Ein ganz grosser Fisch. Der Boss der Street Parade hat mich engagiert.»

«Felber? Meiers rechte Hand? Ui, das ist ja 'n echt dicker Hund. Respekt.»

«Nicht so hastig. Das will noch nichts heissen …»

«Was meinst du denn *damit*? Will er etwa, dass du Kaffee servierst?»

Enitta exhalierte. «Schau, da ist diese neue Droge im Umlauf, die das OK beunruhigt. Und ehrlich gesagt hatte ich gehofft, dass du mir vielleicht weiterhelfen kannst. Ich hab nämlich grad keinen Plan, wo ich anfangen soll.»

«Verstehe. Pillen und Pülverchen sind ja nicht unbedingt deine Stärke.»

«Genau. Mir wird schon schlecht, wenn neben mir einer kifft. Aber egal. Felber will, dass ich die Zusammensetzung in Erfahrung bringe. Anscheinend handelt es sich um einen äusserst explosiven Stoff. Dabei ist er sich nicht mal sicher, ob das Zeugs überhaupt existiert. Ich mein, die Leute mischen ja alles Mögliche zusammen – gerade in diesen Tagen.»

«Hm, jetzt wo du's sagst … Ich hab da tatsächlich was gehört.»

«Nun sag schon.»

«Ein alter Kumpel von mir, ein DJ aus Österreich, hat vorgestern einen abartig geilen Trip erwähnt. Er war angeblich an diesem halb legalen Event gewesen, äh … irgendwo im Kreis 11, glaub ich. Muss was erwischt haben, das ihn jenseits des Geigerzählers verstrahlt hat. Als er mir davon erzählte, laberte er was von rosaroten Kobolden, fliegenden Tangas und stepptanzenden Waschbären. Und bei einem geeichten Mischpultveteranen wie ihm will das was heissen. Bin jedenfalls heidenfroh, dass er nicht unter den 14er geraten ist.»

«Du glaubst also, dass an der Sache was dran ist?»

«Gut möglich. Denn wenn ich's recht bedenke, sind mir in den letzten Wochen einige Storys von der Sorte zu Ohren gekommen. Nur waren die meisten davon so haarsträubend, dass ich mir kaum was dabei dachte.»

«Hättest du ein Problem damit, wenn ich deinen Kumpel näher befrage?»

«Nö, überhaupt nicht. Er nennt sich DJ Prügelsuff. Ein Schwergewicht in der Breakbeatszene und nur selten bei Tageslicht unterwegs.»

«Prügelsuff? Na, ich weiss nicht recht …»

«Iwo, der Mann ist harmlos. Es sei denn, du stellst ihm einen Drink auf den Plattenspieler. Haha. Soweit ich weiss, residiert er derzeit in einer Wipkinger-WG. Ich hab zwar seine Nummer nicht, aber ich mach mich mal wegen seiner Adresse schlau und melde mich gleich per SMS.»

«Supi. Ich wusste, dass ich auf dich zählen kann.»

«Jederzeit, Schätzli. Soll ich dich für die Sause beim Zoo am Freitag auf die Liste setzen?»

«Eher nicht. Ich werd vermutlich arbeiten.»

Enitta beendete das Gespräch und wartete noch ganze zehn Minuten auf Fux' Kurznachricht. Besagter Scheibentreiber wohnte jenseits der Limmat beim Bahnhof Wipkingen. Laut Fux rannte er nie ohne Sonnenbrille herum und hatte die pechschwarzen Haare stets hinter dem Kopf zusammengebunden. Sie rief die Adresse mit der Kartenanzeige ihres Telefons auf und stellte fest, dass der Eingang der Liegenschaft von der Szenenbeiz Nordbrücke aus gut einsehbar war. Ein bequemes Plätzchen, um den Wohnsitz der Zielperson zu observieren, war auch dringend nötig. Schliesslich hatte sie erst letztes Jahr wegen dem nervigen Stadtverkehr ihren klapprigen, mit Ornamenten verzierten VW Käfer gegen ein Zweirad getauscht, und ausserdem war es noch nicht einmal Mittag. Bis dieser Prügelsuff sich aus dem Haus bequemte, konnte es also problemlos Abend werden.

Sie wischte die Rechnung mit ihrer Kreditkarte beiseite und radelte die noch ruhende Langstrasse hinab bis zum Limmatplatz. Dort fuhr sie gemütlich den Tramschienen entlang bis zum verlotterten, ziegelsteinernen Löwenbräu-Areal und folgte dem Dammweg auf einer schmalen Brücke über die Limmat. Die Zielperson wohnte auf der anderen Seite des Ufers, oberhalb einer Steilstrasse in einem lachsfarbenen alten Gebäude. Zumindest laut Fux. Aber Fux wusste immer, wer wann wo anzutreffen war, und wusste er's einmal tatsächlich nicht, dann kannte er jemanden, der auf dem Laufenden war. Enitta liess sich auf einem der windschiefen Sitze vor der bleichgelb gepinselten Liegenschaft, in welcher die Café-Bar Nordbrücke untergebracht war, nieder. Auf dem wackeligen, einst roten Blechtisch öffnete sie ihr Netbook.

Endlich. Kaffeepause.

Als ihr die Servierdüse nach drei Runden Däumchendrehen den Latte macchiato reichte, war sie längst im Netz unterwegs und hatte den bürgerlichen Namen dieses DJs in Erfahrung gebracht. Aloys-Diethard Stubenrauch-Säcklpeter. Na, bei *dem* Taufnamen war wirklich jedes Alias eine Verbesserung. Selbst DJ Prügelsuff. Dieses Pseudonym hatte er sich dem Mythos nach in den frühen Neunzigern eingehandelt, als er strunzbesoffen wie fauststark gegen die polizeiliche Räumung einer nicht bewilligten Party in der Salzburger Innenstadt protestierte.

Bereits früh hatte er sich auf den mittlerweile etwas angegrauten Randgruppenstil Oldskool-Breakbeat festgelegt, einer nervösen, robotoiden Suppe aus Stolperbeats, seifigen Strings und amoklaufenden Pianos, gepaart mit jamaikanischen Anleihen und einer Vielzahl an eunuchoiden Sprachsamples. Nichts, was auf den Playlisten der hiesigen Clubs jemals auftauchte, doch ein Mix, der von einer kadavertreuen Anhängerschaft seit den legendären Londoner Warehouse-Tagen halsstarrig am Leben gehalten wurde. Von seinem letztjährigen Livemitschnitt «Generation Garbage» waren angeblich stattliche fünfzehntausend Kopien aus dem Netz gesaugt worden – wenn man den Angaben der Piratenbucht denn Glauben schenkte.

Auf der hintersten, untersten Seite eines E-Zines grub Enitta eines seiner raren Interviews anlässlich jener Veröffentlichung aus. Darin erklärte der Künstler grossspurig, seine Generation sei die erste der Menschheitsgeschichte, die ihrer Nachwelt nur Dreck hinterlassen werde. Filmisch, musikalisch, literarisch, technologisch, wirtschaftlich und insbesondere politisch. Darum erachte er es als seine heilige Pflicht, die Mutter aller Güselsäcke zu schnüren und sie zuoberst auf diesen gewaltigen Abfallhaufen aus Konsenskommerz zu pflanzen, auf dass dieser endgültig kollabiere und die ganze anspruchslose Konsumentenmeute unter sich begrabe.

Bei so einer geballten Ladung Poesie war es natürlich kein Wunder, dass ihr sein Name bislang noch nicht in den etablierten Medien untergekommen war. Vielleicht aber war das exakt der Plan. Nicht selten zählten sich solch vordergründig mondäne Persönlichkeiten durch sträflich tief gestapelte Erfolgserwartungen dem Underground zu, doch mindestens genauso oft vermochten sie den Untergrund nicht von der Unterwelt zu unterscheiden. Gerne sprach man in jenen Kreisen von Kunst, scheffelte gleichzeitig jedoch sechsstellige Summen, indem man Bruchbuden In-Clubs schimpfte, ständig die Preise anhob, um das gewünschte, solvent-verschnupfte Publikum ins Haus zu locken. Denn wo Geld und Ruhm auf Clubhinter- und Szenenfrauenzimmer trafen, waren oft genug illegale Substanzen und zwielichtige Gestalten im Spiel. Fux hatte ihr schon so manche Gruselgeschichte zu dem Thema gesteckt. Selbstverständlich bestand die Möglichkeit, dass dieser Prügelsuff nur aus purem Zufall an den falschen Beutel geraten war, aber im besten Fall liess sich über ihn die Spur an die Verteiler zurückverfolgen.

Mit ein paar weiteren Klicks zauberte sie ein halbwegs brauchbares Porträt des Lebenskünstlers auf den Bildschirm und streckte ihrem Hündchen das Netbook hin, damit er sich das Bild einprägen konnte. Balu besass nämlich ein bemerkenswertes Talent dafür, Personen auch auf grosse Distanzen zu erkennen. Ein Umstand, der Enittas Beschattungsmissionen zugutekam. Der Beruf eines Privatdetektivs erforderte oft stundenlanges Herumsitzen, welches sie bevorzugt mit einem fesselnden, möglichst dicken Roman überbrückte. Damit sie nun nicht den entscheidenden Moment verpasste, in welchem die Zielperson in Sichtweite gelangte, liess sie ihr Hündchen Ausschau halten. Bei ihrer ersten Mission war diese Taktik noch grandios nach hinten losgegangen. Zwar hatte Balu den Versicherungspreller ausgemacht, sobald dieser vor seine Villa trat, doch sein lautes Bellen liess Enittas Deckung augenblicklich auffliegen. Daher hatte sie dem kleinen Hund mittlerweile beigebracht, mit den Krallen zu scharren, um möglichst wenig Aufsehen zu erregen. Gebannt schielte er nach dem verpixelten Bild des Discjockeys, sprang auf das kleine Mäuerchen, das die Nordbrücke umgab und brachte sich mit aufgerichteten Öhrchen in Stellung.

Im Vertrauen auf Balus Instinkte öffnete Enitta ihren Wälzer. Sie folgte Wenzels Abenteuern auf Amsterdams Friedhöfen, bezeugte seine furiosen Wortgefechte mit den örtlichen Zeitungsinhabern, begleitete ihn durch die Spelunken der Stadt und verfolgte, wie der Zweiundzwanzigjährige im Schuldenturm mit dem ungeniessbaren Gefängnisbrei eine unerhört prägnante Karikatur des Bürgermeisters auf die kalten Felswände schmierte, welche ihm Logis ohne Kost für zwanzig weitere Tage bescherte. Hin und wieder blickte sie auf, wenn sich Balu murrend auf die Hinterbeine stellte, aber bis in den frühen Abend waren Äusserungen dieser Art bloss Fehlalarm. Als die Glocke der Guthirt-Kirche sechsmal schlug, stand bereits das siebte leere Macchiatoglas auf dem Tisch und Enitta klappte ihr Buch zu. Gerade rechtzeitig begann Balu, seine Krallen auf dem grauen Stein zu wetzen und aufgeregt zu wimmern.

Tatsächlich bewegte sich eine massige Gestalt mit Sonnenbrille und gebundenem pechschwarzem Haarschopf durch den Eingang der Liegenschaft an der Kreuzung Dammstrasse/Röschibachstrasse. Enitta verlor keine Zeit, hüpfte über die Steinmauer, packte ihr Velo und eilte, von Balu gefolgt, die Strasse hinunter zur Zielperson.

Sie entpuppte sich als breitschultriger Herr mit etwas strapazierter Haut und langen, öligen Fritten in seinen frühen Vierzigern, der seine wahrscheinlich angesoffene Wampe erfolglos unter einem beigen Schlabbertrainer zu verbergen suchte. Prügelsuff prüfte etwas ungelenk seinen Milchkasten und wollte sich bereits der Stadt zuwenden, als Enitta mit ihrem Damenvelo abrupt vor ihm zu stehen kam.

«DJ … Prügelsuff?», fragte sie.

Der Angesprochene wirkte aufgescheucht. «Wer will das wissen?», keuchte er mit verklebter Stimme. Er klang so gar nicht wie ein Österreicher. Eher wie jemand, der seine Kindheitstage in Mostindien hatte fristen müssen und längere Zeit im Baselbiet verbracht hatte. Er müffelte ein wenig. Nur subtil, aber knapp genug, um Enitta an seine letzte Platte denken zu lassen. «Hat dir Fux nicht geschrieben?»

«Der Simon?», krächzte der Mann, ohne Balu aus den Augenwinkeln zu lassen. «Öhm, ja … der hat mir heute 'ne SMS gesendet, aber ich hab sie noch nicht gelesen. Worum geht's bitte?»

«Ich hätt ein paar Fragen zu dem Warehouse-Trip.»

Prügelsuff zog die Stirn in Falten und seine Sonnenbrille auf Halbmast. «Für 'ne Gameboy-Polizistin bist du eindeutig zu hübsch. Und für die Steuerfahndung zu gut angezogen. Bist du etwa von der Presse?»

«Nein …» erwiderte Enitta zögerlich. «Ich bin Privat… unterwegs. Es wäre wirklich wichtig.»

«Ich sag dir, was grad wirklich wichtig ist: ‹Dini Mueter›.»

«Wie bitte?»

«Das Lokal an der Langstrasse? Kännsch? Bin grad voll im Schuss.» Er drückte sich die finsteren Gläser zurück ins Gesicht. «Wenn du magst, können wir dort reden.»

«Pffft … von mir aus.» Enitta wartete höflich, bis der Alte reichlich ungelenk auf ein betagtes Velo geklettert war, dessen Reifen sich unter seinem massiven Gewicht stark deformierten. Sie folgte ihm den Hang hinab zurück an die Langstrasse, wo die goldenen Strahlen der Abendsonne über die Dachränder züngelten und bunte Neonreklamen nacheinander angingen. Am oberen Ende von Zürichs verrücktestem Quartier befand sich das Studi-Café Dini Mueter, das sich um diese Zeit allmählich zu füllen begann. Nachdem sie ihre Velos parkiert hatten, trat Prügelsuff vor die Theke, bestellte zwei Biere und langte nach den belegten Broten hinter der Vitrine. Vor einer mit Menüvorschlägen vollgekritzelten Wandtafel nahmen sie auf dunklen Holzstühlen Platz, und DJ Prügelsuff (circa 42/keine erkennbare Präsenz bei sozialen Netzwerken) grub seine Zähne vor Erleichterung stöhnend ins Brötchen. «Das war jetzt grad so was von nötig. Immer wieder lecker hier.»

«Also …», begann Enitta vorsichtig, «wegen deinem Erlebnis im Kreis 11. Fux meinte, du hättest das Flash deines Lebens gehabt.»

«Stimmt», schmatzte Prügelsuff und leckte sich umständlich die Finger, «das war eine dreitägige Geschichte in so 'nem versifften, halb eingefallenen Lagerhaus in Oerlikon gewesen. Wir … und du bist ganz sicher keine Journalistin? Oder Beamtin?»

«Bestimmt nicht», versicherte Enitta mit ihrem bezauberndsten Lächeln. «Weisst du, ich experimentiere gelegentlich selbst mit Substanzen herum. Deine Geschichte hat mich halt einfach neugierig gemacht.»

Prügelsuff nestelte ein vorsintflutliches Aufklapp-Motorola hervor und schielte mit lauernder Miene auf das Display. Wahrscheinlich prüfte er, ob Fux sie wirklich angekündigt hatte. «Okay», nickte er schliesslich, «das macht Sinn. Nun, wir haben uns vorletztes Wochenende abgeschossen wie 1.-August-Raketen. Ich kann mich noch ganz deutlich an Pillen, Lines und Drinks erinnern, aber da war *noch* was. Etwas ganz Neues. Ich war von schillernden Farben und Engelsgesängen umgeben. Es fühlte sich an wie ein Dopamin-Tsunami im Innern eines Regenbogens.»

«Könnte es nicht einfach LSD gewesen sein?»

Er winkte ab. «So'n Seich. LSD kenn ich. Das hab ich zuletzt vor zwanzig Jahren auf der Insel probiert und bin gleich anschliessend für dreissig Stunden in der Damentoilette eingepennt. Aber dieser Stoff», schwärmte er, «*dieser* Stoff war wie 'n Tritt von 'nem Brontosaurus! Fukushima 5000, sag ich nur. Wie die Hippies in der Vorhölle. Und als ich Sonntagabend in der hintersten Ecke des Schuppens erwachte, waren die ganzen anderen Schranzbacken bereits nach Hause gegangen und ich ohne Unterhosen in einen Perserteppich eingerollt. Aber, huärägopfertamisiäch, was würde ich nicht dafür geben, diesen mördergeilen Trip zu wiederholen.»

Enitta heuchelte Betroffenheit. «Schade. Du hast also keine Ahnung, wo ich was von dem Zeugs auftreiben kann?»

Prügelsuff zerknüllte die Plastikverpackung des ersten Sandwiches und riss gierig die Hülle des zweiten auf. «Da kann ich dir echt nicht helfen, Zuckerschnute. Ich weiss kaum noch, was an dem Abend um mich herum abging, geschweige denn, *wer* mir das Zeugs vertickt hatte. Wobei … ich kann mich noch ganz deutlich an fürchterlichen Gestank erinnern, so ähnlich wie hundertjähriges Raclette.» Während er sprach, zuckte sein linkes Auge ohne Unterlass.

«Käsegeruch also?»

Prügelsuff verzog das Gesicht. «Mehr wie Exkäse. Und … jedes Mal wenn ich versuche, an den Dealer zu denken, kommt mir dieses M&M's-Männchen in den Sinn.»

«Das M&M's-Männchen? Ernsthaft?»

Er schlürfte die Essiggurkenscheibe aus dem Brötchen. «Ja – kennst du das etwa nicht? Das aus der Werbung? Aber nicht das gelbe, imfall. Das rote!» Es klang fast vorwurfsvoll.

Enitta nahm einen grossen Schluck aus dem spendierten Bier. Erst der Samichlaus und nun, ausgerechnet, das rote M&M's-Männchen. Die Droge schien es ja gewaltig in sich zu haben. Doch trotz seiner dramatischen Schilderungen war er weit glimpflicher davongekommen als die anderen vier Konsumenten, von denen sie bislang gehört hatte. Womöglich war er durch seinen häufigen Konsum, der ihm überdeutlich anzusehen war, auch bloss gestählt genug. Sie schob ihr Glas vor sich her und schaute sich im Lokal um. Die meisten Stühle waren inzwischen von jungen, geschwätzigen Leuten in Beschlag genommen worden. Vor dem Eingang drängte sich eine Gruppe von Rauchern in ihren frühen Zwanzigern verschwörerisch aneinander, und dahinter rauschte das Panoptikum des 32er-Busses vorbei. Der Feierabend hielt Einzug in der Stadt. «Was ist eigsentlich aus deinem Date geworden?»

«Welches Date bitte?», echote Prügelsuff blöde.

«Na du hattest es doch vorhin so eilig, hierherzukommen.»

«Ach *das*. Das war nur wegen den Brötchen. Die sind immer ratzfatz ausverkauft. Solltest echt von probieren», fügte er schmatzend an und zerknüllte auch die zweite Folie. Hastig schüttete er die andere Hälfte seines Bieres in sich hinein.

«Danke. Ich passe lieber.»

Prügelsuff unterdrückte einen Rülpser und lehnte sich so gemütlich zurück, dass der Stuhl unter seinem Hintern knirschte. Zwei junge Damen mit Weissweingläsern erkundigten sich wortkarg, ob die beiden Plätze am Tisch denn noch frei seien. Prügelsuff genehmigte ihre Bitte mit breitem Lächeln. Wie er so in seinem Stuhl hing, sah er auf einmal ziemlich erschöpft aus, und in seinen Augen schimmerte eine bis dahin geschickt verborgene Traurigkeit durch.

«Wo legst du als Nächstes auf?»

Er exhalierte hart. «Diese Woche lege ich bestenfalls eine Pause ein, treffe Freunde und kaufe 'n paar neue Platten. Freue mich zwar auf die Parade am Samstag, aber die Szene hier in Zürich? Die angesagten, überteuerten Clubs sind nichts mehr für mich.» Sein wehmütiger Blick verlor sich jenseits der Fensterfront, so als dämmere ihm, dass er nicht ein ewig währendes Urgestein, sondern bloss ein greiser Dinosaurier war, der sich hartnäckig dem Aussterben verweigerte. «Da läuft die immer gleiche, dröge Elektromucke. Manchmal wünschte ich mir, die Jungen würden mal wieder richtig Rambozambo machen. So wie wir damals in Salzburg. Einfach spontan durch die Strassen ziehen, ein paar

Cocktails werfen und gegen den ganzen etablierten Füdlibrunz protestieren. Diese Stadt braucht Abwechslung, braucht etwas Neues. Damals reichten eine alte Lagerhalle, ein Plattenspieler und ein Mischpult, um eine geile Party vom Stapel zu lassen. Heute brauchst du mindestens fünfundzwanzig Hämmer und weibliche Begleitung, um überhaupt reingelassen zu werden. Na ja, früher oder später wird es eh krachen. Da bin ich mir sicher.» Er wischte die Krumen vom Trainer. «Nachher kehre ich noch in die ‹Sonne› ein. Heute tritt meine Lieblingssängerin Yana-Vittoria auf. Magst du mitkommen?»

«Vielleicht ein andermal», entschuldigte sich Enitta und dachte mit Schaudern an den Sex-Spunten im Bermudadreieck, der von vielen nur Samenbunker geschimpft wurde. «Ich treffe auch noch jemanden.»

«Verstehe», nickte er mit müden Augen. «En Schöne – und grüss mir Fux.»

«Versprochen.» Ohne ein weiteres Wort liess sie den Mann mit den zwei leeren Gläsern zurück.

Draussen bahnte sich ein Machtwechsel an. Die Gestalten, welche dem Trottoir entlang schlenderten, waren bunter geworden und führten vermehrt Aludosen Gassi. Ein Kastenwagen der Stapo brauste mit Blaulicht und heulenden Sirenen vorbei. Das Nachtleben machte sich bereit für die Übernahme, denn an der Langstrasse war nach Sonnenuntergang auch werktags immer Wochenende.

Es war kurz nach halb acht, als sie sich in den immer dichter werdenden Verkehr einfügte. Ein paar Dutzend Gebäude weiter, kurz bevor die Langstrasse in einem Tunnel unterhalb des Schienentrassees vor dem Hauptbahnhof verschwand, machte sie einen Linksschlenker und rollte der Neufrankengasse entlang. In den Büschen hinter der Mars-Bar, nur über schief ins Gras gelegte Steinplatten zugänglich, befand sich Enittas Lieblingsschuppen: die Bar Atötz. Eine unscheinbare, alte Holzbaracke. Diese würde, wie ihre einstige Nachbarin, die viel gerühmte Bombay Bar, eher früher als später von den Baggern gefressen werden. Enitta fühlte sich in dem Moment zu Hause, als sie mit ihren roten Converse-Sneakers jenseits der Türschwelle auftrat.

Wie an jedem Abend war die schummrige Bruchbude gut besucht. Ein paar Gleisarbeiter der SBB begingen in schmutzigen orangen Arbeitsmonturen und mit abgekämpften Gesichtern die siebte Verlängerung ihres Feierabends, eine ihr noch unbekannte Clique aus Kreativen in ihren späten Zwanzigern mit H&M-Outfits hatte den runden Tisch neben der Bar in Beschlag genommen, gestikulierte aufgekratzt, und zwei schlecht rasierte Gruftis schunkelten zu Peter Maffays «Sonne in der Nacht», das über den Rauchwolken, dem Netz aus bunten Glühbirnen und dem lauten Gelaber schwebte. Der Deutschrocker selbst starrte mit dunkler Motorradsonnenbrille und Nieten-Jeansjacke wie ein echter Alpha von einem Plakat auf die Gäste hernieder.

Dass sie hier verkehrte, hatte zwei Gründe. Erstens war die Barbetreiberin eine langjährige Freundin, und zweitens bekam sie nirgendwo sonst ihre bevorzugte Biermarke serviert. Seit man für die Eröffnung eines Lokals in der Stadt Zürich kein Wirtepatent mehr benötigte, spross eine Kneipe nach der anderen aus dem Asphalt. Mehr als eine Zapfsäule, einen Tresen und zwei WCs brauchte es dafür im Grunde genommen nicht. Einrichtungsgegenstände wie Stühle und Tische bekam man von den Getränkeherstellern gesponsert, und die Gesöffe waren im Einkauf verboten billig. Ganz zu schweigen von der lächerlichen Monatsmiete für den Schuppen. Ihre Freundin bestritt im echten Leben ein Fünfzig-Prozent-Pensum in der Buchhaltung einer Filmfirma, war Teilzeit-Dozentin an der ZHdK und wusste schon immer gut mit Zahlen und Gläsern umzugehen. Immer an den Abenden, die nicht mit «D» oder «S» begannen, öffnete sie die Pforten der Bar Atötz und bewirtete alle, die ihren Weg unter ihr Dach fanden.

«Hoooi, Schätzli», miaute Daniela Denzer (27/713 Facebook-Freunde). Sie stellte ein Tablett mit geleerten Biergläsern und gefüllten Aschenbechern auf den Tresen und umarmte Enitta herzlich. «En Suure Bock wiä immer?»

«Unbedingt», sagte Enitta und liess sich am letzten freien Tischchen in der Ecke nieder.

Daniela zapfte ein Glas hinter der Theke, schnappte sich eine Flasche aus dem Kühlschrank, warf einen Blick in die Runde und als keiner der Kunden einer Zuwendung bedurfte, gesellte sie sich zu Tisch.

Enitta liess den Bügel der Bierflasche mit geübtem Griff ploppend aufspringen. «Vivaaa!», rief sie und stiess mit ihrer Freundin an.

«Pröschtli, gäll», sagte diese und genehmigte sich einen herzhaften Schluck. «Wie läuft das Geschäft?», fragte sie schliesslich.

Enitta strich mit dem Daumen über das feuchte knallgelbe Etikett ihrer Flasche. Es zeigte die schwarze Silhouette eines Steinbocks, der ausschlug wie ein Pferd. «Fein. Und bei dir?»

Daniela zuckte die Schultern und lächelte müde. «Bestens. Die Bude bröckelt jeden Tag ein wenig mehr, und bald kommt die Stadt und erledigt den Rest. Aber das ist gut so. Ich muss mal wieder kürzertreten, sonst bekomme ich noch Augenränder wie Kaffeeringe. Wie sieht's mit deinen Räumlichkeiten aus? Ist dein neues Büro in Altstetten endlich bezugsbereit?»

«Offiziell seit dem Eröffnungsapéro vom letzten Freitag. Aber ich … nun, ich bin bis jetzt vor lauter Arbeit erst dazu gekommen, ein paar Möbel aufzustellen und mich mit den Leuten auf meinem Stock bekannt zu machen. Schätze, ich werde morgen früh mal reinschauen.»

«Der Vertrag läuft nur ein Jahr, oder?»

«Leider, ja. Danach werden die Hauseigentümer die Arbeitsräume wohl zu Luxuswohnungen umfunktionieren. Schade eigentlich, da ich ziemlich coole Ateliergenossen habe. Architekten, Designer und sonstige Macher. Wirklich ein bunter Haufen. Der Laden wirkt nun gar nicht mehr wie ein Bürogebäude. Mehr wie ein Kinderparadies für Erwachsene.»

«Und Janita? Irgend 'ne neue Spur?»

Enitta sog die Lippen ein und spielte am Verschluss ihrer Flasche herum. «Nööö. Egal was ich tue; ich bin ständig phasenverschoben. Erst kürzlich bekam ich die Anschrift einer Telemarketingfirma in Schwamendingen gesteckt, wo sie angeblich für kurze Zeit gearbeitet hatte. Aber als ich dort ankam, war die Liegenschaft schon im Vormonat geräumt worden.»

«Aber du denkst, dass sie noch immer in der Stadt weilt, richtig?»

Enitta legte ihren Hut ab. «Wohin sollte sie sonst gehen? Sie hat schon als kleiner Knopf von Züri geschwärmt.» Das Display ihres Mobiltelefons blitzte auf und ein Brummen kündigte den Eingang einer Nachricht an.

«Brauche ersten Bericht bis morgen Mittag. Reto.»

Sie deckte das Handy mit der Filzmelone ab. «Weisst du was? Ich brauch was Stärkeres. Wie wär's mit einer Bärenfalle?»

«Ist es wirklich *so* schlimm?»

«Es kann grad echt nur *besser* werden!»

Die Bärenfalle, die unangefochtene Urgrossmutter aller Kampfgetränke, war der urbanen Legende nach an einer rauschenden Privatparty in einem Sihlfelder Hinterhof erfunden worden. Man mischte weissen Wodka, Prosecco und Zitronenlimonade zu gleichen Teilen – wenngleich das Wässerchen aufgrund übermässigen Wohlwollens mancher Barkeeper zumeist die Zusammensetzung dominierte. Weil der Wodka die Kohlensäure des Schaumweins und der Limonade fast vollständig neutralisierte, war das Resultat optisch kaum mehr von stillem Wasser zu unterscheiden und wies auch keinerlei Geschmack auf.

Mittlerweile hatte so manch findiger Barbesitzer im Kreis 4 das heimtückische Gesöff auf seine Karte gesetzt, wobei die Betitelungen stark variierten. Die Bezeichnungen reichten von Schimäre, Abschlepper, Bärserker, Schrilles Wasser, Zerstörer und Tripple-B (Blackbox-Buster) bis hin zu Kleiner Sauhund. Denn die ersten drei Schlucke waren harmlos, doch danach schnappte die Bärenfalle wie ein ausgehungerter, dreizehn Meter langer weisser Hai zu. Dann wurde es erst so richtig derbe. Besonders weil sich viele ahnungslose Agglos – animiert vom Werbeplakat auf dem Kühlschrank hinter der Bar, das einen verblödet dreinblickenden einfarbigen Kreidebär zeigte – das Getränk zu einer Flasche Bier servieren liessen. Nicht selten fanden die sich am nächsten Morgen ohne jegliches Erinnerungsvermögen in einem Strassengraben wieder.

Daniela verschwand für einen Moment hinter der Bar und kehrte mit zwei grossen Gläsern zurück, die offenkundig nichts als Wasser enthielten.

Sie meinte es sogar so gut, dass sie zur Rostigen Bärenfalle ausholte, indem sie ein paar Tropfen Tabasco in die Getränke träufelte.

Enittas Gesicht wurde zur Fratze, als sie das perfide Killergetränk ansetzte. Nicht wegen dem scharfen Geschmack, sondern weil sie genau wusste, worauf sie sich da einliess. «Jetzt mal zu den wirklich wichtigen Themen. Was tut sich da an der Männerfront? Hab gesehen, dass du heut auf Facebook deinen Beziehungsstatus geändert hast.»

Daniela griente schelmisch. «Jonas!»

«Jonas wie noch?»

«Äh … Landmeister.»

«Ah ja. Und was macht der Jonas so?»

«Er ist Künstler.»

«Ach nee. Jetzt sag bloss nicht, dass du auch *ihn* an einer Vernissage aufgegabelt hast.»

«Doch, hab ich. Aber diesmal hat er weder Häppchen serviert noch die Garderobe gemacht, sondern selbst ausgestellt.»

«Was für ein Unterschied.»

«Aber so was von! Jonas ist nämlich *Arteïst*.»

«Arteïst?»

«Ja. Er hat fast im Alleingang den Arteïsmus erfunden – die Kunst des Nichtglaubens.»

«Dann ist er glaubwürdiger als seine Vorgänger?»

«Zumindest ist er zutraulicher. Bei seinen Kumpels markiert er gern den souveränen Freigeist, aber bei mir spurt er wie die Glatttalbahn.»

«Jonas Landmeister Superstar, wie?», frotzelte Enitta.

«Warte, bis ich dir seine Kollegen vorgestellt habe. Die meisten von ihnen sind nämlich nicht nur äusserst gut aussehend, sondernd auch erfrischend unpleite. Apropos: Was läuft bei dir?»

Enitta holte zu einem weiteren Schluck aus, um Zeit zu schinden. In jüngster Vergangenheit hatte es sie weder nach Schlechtverkehr noch Beziehungsknatsch gelüstet. «Hm … Balu und ich sind ein Herz und eine Seele.»

«Mensch, *Mädchen*!», protestierte Daniela. «Das kann doch nicht ewig so weitergehen. Dir steht das volle Büfett zur Verfügung, und du lässt die ganzen Leckerbissen einfach verwelken. Lass dich lecken, Schätzchen.»

«Was soll ich denn bitte schön tun? Du weisst, wie ungern ich in Clubs herumhänge. Überhaupt! Diese ganzen billigen Anmachen im Ausgang. *Schöne Augen. Bist du oft hier? Gibt's noch einen?* Einfach nur gammlig.»

«Dann schalt ein Ronorp-Inserat. Mach beim Monday Night Skate mit. Schmeiss eine Fete bei dir zu Hause, aber unternimm endlich was! Denn wenn du denkst, dass er dir irgendwann ganz nebenbei über den Weg radelt, kannst du lange warten.» Daniela lehnte sich verschwörerisch vor. «Oder … trauerst du noch immer diesem *Alphonse* nach?»

«Ui nei! Wo denkst du hin? Die Geschichte ist längst abgehakt. Alphonse. Wäääh … sonen Mongo!»

Glas zersplitterte an der Wand. Ein altes dürres Männchen mit zerzauster Mähne erhob sich laut und unverständlich reklamierend von seinem Stuhl. Es war Bockschuss-Freddy, das unkaputtbare Maskottchen des Lokals, welches Abend für Abend den Frust über seine Ehefrau Renate, den Tatzelwurm vom Röntgenplatz, im eiskalten Gerstensaft ertränkte. Nachdem er meist den ganzen Tag die Serviertöchter vom Caffè Spettacolo am HB vollgelabert hatte, becherte er stundenlang still und friedlich ein Bier nach dem anderen in der Atötz und schmetterte beim Abgang sein letztes Glas theatralisch gegen die Holzverkleidung. Aufgrund seines hohen Konsums war ihm derlei cholerisches Treiben jedoch allein aus kaufmännischen Erwägungen tunlichst verziehen.

«Chum guet hei, Freddy, gäll!», rief ihm Daniela noch hinterher. Es klang wie ein Lebewohl.

Der rüstige Rentner erwiderte seinerseits eine ungehörige Unflätigkeit, zupfte sein abgetragenes beiges Jackett zurecht und war im nächsten Augenblick aus der Beiz getorkelt.

Die Hausherrin schüttelte den Kopf und widmete sich wieder Enittas Männerproblem. «Woran liegt es dann?»

Sie hob eine Augenbraue. «Vielleicht daran, dass mein Umfeld mich unentwegt dazu nötigt, etwas Neues anzufangen?»

«Hast ja recht. Aber dennoch … schon bald werden unsere Freundinnen damit beginnen, Kinderwagen in der Vorstadt zu schieben. Ich möchte einfach nicht, dass du dann samstagabends mutterseelenalleine in deiner Singlewohnung vor der Glotze verblödest.»

Enitta spürte, wie sich ihre Eingeweide verkrampften. Die Tirade ihrer Tante Bertha, die sie vor zwei Jahren in einer Churer Klinik besucht hatte, rotierte in ihrem Ohr. «Du wirst niemals einen Mann finden. Du kannst nicht einkaufen, du kannst nicht putzen und vom Kochen verstehst du auch nichts.» Aber was wusste die schon. Mit der hielten es nicht mal die Zimmerpflanzen lange aus. Und sowieso war sie immer noch eine Handvoll Zukunft davon entfernt, zu den Schlachtbänken der Gammelfleischpartys vorgelassen zu werden. «Mir gefällt, wie es ist. Und der Morgen kommt früh genug.» Sie tröstete sich ausserdem damit, dass sie ihre Bleibe zurzeit mit jemandem teilte. Auf diese Weise würde sie nicht so bald Gefahr laufen, durchs Alleinwohnen merkwürdig zu werden. Mit Schwung langte sie nach ihrem Hut und hätte damit beinahe den Kopf verfehlt. «Ich geh jetzt besser nach Hause. Sonst sehe ich morgen früh aus wie dreiundzwanzig.»

Sie verabschiedeten sich herzlich, und Enitta gelobte baldige Wiederkehr. Nicht mehr ganz frisch, dafür umso fröhlicher radelte sie wie auf Autopilot aus der Neufrankengasse in die stärker befahrene Feldstrasse, bog beim Werkhof in die schummrige Brauerstrasse, vorbei an den blau beleuchteten Innenhofeinfahrten und dem SBB-Graben, welchen sie per Kanzleistrassenbrücke überquerte.

Zwei Kreuzungen später war sie bereits in ihrem Heimquartier, dem Sihlfeld, angelangt und fand sich mitten auf einem fiesen Hindernisparcours aus rot-weissen Zebrabrettern wieder. Seit Monaten war die Sihlfeldstrasse eine endlose Staubelle, welche zu beiden Seiten von Absperrungen, aufgeschichteten Bodenplatten und tiefen Gräben gesäumt war. Doch heute Nacht ärgerte sie sich nicht über diese städtische Bauwut, sondern schlingerte im kupfergoldenen Licht der Strassenlaternen über den tiefschwarzen Asphalt auf ihren Hauseingang mit Nummer 122 zu.

Plötzlich stiess Balu einen erschreckten Laut aus und sprang panisch aus dem Körbchen. Noch bevor Enitta das Fluchtverhalten ihres Hündchens nachvollziehen konnte, kam unmittelbar vor ihrem Lenker ein Velo mit quietschenden Reifen zum Stillstand. Von der Situation völlig überfordert, scherte sie nach rechts aus und donnerte mit ihrem Velo ungebremst gegen die hölzerne Absperrung. Ein einzelnes, schräg stehendes Zebrabrett gab Wucht und Gewicht nach und einen Mikrofilmriss später fand sich Enitta am Boden des dahinterliegenden Grabens wieder. Der weichen Erde zum Dank hatte sie den Sturz unbeschadet überstanden – zumindest vermochte sie sich wieder halbwegs aufzurappeln.

Erbost ignorierte sie die weit entfernten Rufe einer männlichen Stimme, klaubte ihren deformierten Hut und das aus dem Körbchen gepurzelte Buch zusammen und kletterte ungelenk aus der Versenkung. Zurück auf der Strasse wurde sie von einem jungen Mann mit eckigem Rucksack und Velohelm erwartet. Auf dem Asphalt ruhte sein Velo, eines dieser doofen Fixies. Er machte sich nichts aus Balus Gebell, sondern starrte sie bloss mit grossen, besorgten Augen an. «Alles in Ordnung bei dir?»

«Cabrunz!», fuhr sie den Typen an und pflanzte sich die geschundene Filzmelone einigermassen waagrecht auf den Kopf. «Was zur Hölle?»

«Sorry. Ich hab dich zu spät gesehen», sagte er.

«Wia kama *mi* überseha?», brüllte Enitta.

Aus einem der umliegenden Gebäude forderte eine Frau mit grobschlächtigem Ostschweizer-Dialekt und unverblümter Wortwahl Ruhe ein. Aber das war keiner Aufmerksamkeit wert. Irgendwo schrie immer eine Alte rum. Ausserdem wollte sie in diesem Augenblick nur noch unter die Decke. «Balu – bei Fuss!», zischte sie und liess den jungen Mann mitsamt seinen Erklärungsversuchen mitten auf der Strasse stehen. Auf wackeligen Beinen gelangte sie schliesslich zu ihrem Hauseingang, doch als sie mit zittrigen Fingern den Schlüsselbund zückte, wurde sie gerufen.

Der Typ hatte doch tatsächlich den Göppel aus dem Graben gefischt und ihr hinterhergetragen. Sie musste ja unglaublich bezwitschert sein, dass sie nicht von alleine auf die Idee gekommen war. So bald würde sie unter der Woche in keine Bärenfalle mehr tappen. Mit halbherzigem Dank nahm sie den Drahtesel entgegen und bettete ihn kurzerhand hinter das Mäuerchen neben dem Eingang.

«Hier», hörte sie den Rowdy sagen und erblickte eine unscharfe Visitenkarte vor ihrer Nase. «Das ist der beste Velomech der Stadt», plapperte die hundert Kilometer entfernte Stimme weiter. «Du solltest morgen mal bei ihm vorbeischauen. Vielleicht … kann er ja noch was retten.»

Genervt darüber, die Bekanntschaft eines weiteren Weichbechers gemacht zu haben, langte sie nach dem Kärtchen. «Was auch immer.»

«Und du bist ganz sicher, dass ich dich alleine zurücklassen kann?», fragte das verschwommene Gesicht.

«Hau einfach ab, ja?», knurrte sie, flüchtete ins Treppenhaus und kämpfte sich verärgert die Stufen hoch. Als sie die Wohnungstür von innen verriegelte, fühlte sie sich so ausgezehrt wie ein Meerschweinchen nach siebzehn Würfen in Folge und wäre am liebsten der Länge nach auf die Seite gekippt, um auf dem Parkett aufzuschlagen und ewige Ruhe zu finden. Doch wie sie auf dem Bett alle viere von sich streckte, wollten sich ihre Augen partout nicht schliessen. Unter der bleiernen Erschöpfung pulsierte die Aufregung über die Karambolage hartnäckig in ihren Adern.

Sie raffte sich auf, schlurfte zu ihrem leer geräumten Pult, knipste die Tischlampe an, drückte ihren iMac ins Leben und glitt ins Internet. Durch das offene Fenster schlichen sich leises Nachtrauschen und drückende Hitze in ihr Zimmerchen, drum griff sie nach ihrem skelettierten Tischventilator, um sich ein wenig Erleichterung zu verschaffen. Das betagte Gerät, vom Vormieter gelb geraucht, begann, ihr Gesicht in einen kühlen Luftstrom zu tauchen. Sie langte unters sachte vibrierende Pult, holte eine Flasche vom feinen Zinfandel hervor und schenkte sich ein Schlummergläschen ein. Es war die letzte Bouteille aus einem Harass, den Fionas Tessiner Werbekunde ihnen als Dankeschön überlassen hatte.

Während sie ihre Kehle mit süss schmeckendem Traubensaft verwöhnte, streifte sie durch ihre Lieblingsseiten Amazon und Cede, auf welchen sie zwei Konzerttickets und vier Musikalben ins Warenkörbchen klickte. Allein diesen Monat musste sie Artikel im Wert von mindestens fünfhundert Schweizerfranken eingekauft haben. Nur ungern dachte sie darüber nach, dass sie für derartige

Konsumanfälle später würde aufkommen müssen. Es begannen Zweifel an ihr zu nagen, ob sie der Herausforderung, vor welche Felbers Auftrag sie stellte, wirklich gewachsen war, aber für einen Rückzieher war es gewiss zu spät. Mit mulmigem Gefühl kroch sie in ihr Bett, ohne der Tischlampe oder dem iMac dieselbe Ruhe zu gönnen.

3

Dienstag, 9. August 2011

Sommersonne. Eitel Wonne. Vom süffigen, unverbrauchten Morgenlicht aus den Federn gelockt, drückte Enitta ihrem bereits hellwachen Hundchen einen beherzten Schmatzer auf die Schnauze und schlüpfte überraschend zielsicher in ihre ausgefransten himmelblauen Finken. Als erste Amtshandlung eines neuen Tages, der äusserst hitzig zu werden versprach, spendete sie den Orchideen auf ihrem Fenstersims einen Schluck Wasser. Die verzogenen Biester, drei rosa Blüten an der Zahl, sprossen aus einem von feisten Blättern überwucherten Topf. Sie wurde nicht müde, sich zu fragen, warum es denn so viel Gemüse für so wenige Blumen brauchte. Nicht zuletzt deswegen nannte sie die divenhaften Orchideengewächse für gewöhnlich Bitches.

Selbst durstig geworden, schlurfte sie in die Küche und machte die dröhnende Kaffeemaschine per schlecht gezieltem Knopfdruck einen dreifachen Espresso ausgeben. In ihre rote Lieblingstasse mit weissen Punkten. Der würzige Duft des dunklen, Leben spendenden Gebräus regte sie zu Heldenstaten an und liess sie ihre Agenda aufschlagen, wobei die Absenz jeglicher Geschäftstermine ihren Übermut nicht unwesentlich dämpfte. Einladungen zu WG-Partys, Wohnungs-Einweihungspartys, Geburtstagspartys, Konzertdaten und anderen, entscheidenden Zusammenkünften füllten die kommenden zwei Wochen fast vollständig aus, aber kein einziger dieser Anlässe konnte ihr Postcheckkonto aufbessern.

Das Display der dicken Désirée zeigte 8 Uhr 53 vor dem Panorama der Bündner Berge und keine neuen Nachrichten an. Darum würde sie gleich als Nächstes ihr neues Büro an der Badenerstrasse aufsuchen, welches sie nun lange genug gemieden hatte. Sie hoffte insgeheim, dass auf ihrem dortigen Anrufbeantworter und im Postfach ihrer geschäftlichen E-Mail-Adresse keine allzu grauseligen Anfragen auf sie warteten – falls überhaupt jemand Interesse an ihren Diensten zeigte.

Sie tauchte eins der knusprigen Gipfeli, die Fiona zuvor beim Beck besorgt und für sie übrig gelassen hatte, in ihre Tasse und blickte gedankenverloren aus dem Küchenfenster. Dahinter mussten doch einfach unzählige Möglichkeiten für eine junge, zumeist dynamische Privatdetektivin wie sie warten. Wie konnte das in einer hyperaktiven Kleinmetropole wie Zürich denn anders sein? Wie pflegte Fiona mit Vorliebe zu predigen? «Das Universum liefert immer.»

Noch während sie nach einer anregenden Dusche über die Stufen des Treppenhauses hinab zum Abstellraum im Untergeschoss stolperte, dachte sie verträumt über jenes Paar Gummistiefel nach, welches sie bald bei «Peter & Vreni» an der Langstrasse, dem Treterhaus ihres Vertrauens, erstehen würde.

Doch zu ihrer perfekten Verwunderung fand sie ihren geliebten Göppel nicht länger an seinem angestammten Platz zwischen dem unentwegt mit eingetrockneter Erde übersäten Mountainbike ihres verboten braun gebräunten Nachbars und dem mit Klebern verzierten BMX des hässlichen wie vorlauten Rotzlöffels aus dem dritten Stock wieder. Ein unheilvoller Verdacht beschlich sie und beschwörte verzerrte, unbequeme Erinnerungen an die vorangegangene Nacht herauf. Irgendein relevantes Ereignis hatte sie ausgeblendet. Und der Verdacht, dass es ausgerechnet mit ihrem Velo zu tun haben könnte, liess sie Balu aus dem muffigen Keller scheuchen und zur Eingangstür eilen, wo sich die dunkle Vorahnung zu ihren Füssen bestätigte. Dort neben den Briefkästen ruhte es im schimmernden Gras. Ihr katzengoldfarbenes, arg deformiertes Damenvelo. Die Gabel gestaucht, das Aluminiumkörbchen wie eine leere Bierdose zusammengedrückt, die Kette disloziert und der Sattel zerschlissen. Enittas Chiquita sozusagen. Mit einem Male kam der vorangegangene Abend wieder hoch.

Prügelsuff. Atötz. Rowdy. Strassengraben.

Noch bevor sie an ein Fluchwort denken konnte, stieg eine weitere Erinnerung in ihr Bewusstsein, die sie mechanisch in ihre Hosentasche greifen liess. Sie wiegte die Visitenkarte des übereifrigen Velofahrers in der Hand und studierte den Aufdruck. Dieser bot die Adresse eines Veloladens im Viadukt feil. «ViaWheel, das Premium-Velogeschäft», dessen Schaufenster sie nach dem Treffen mit Felber vereinnahmt hatte. Damals hatte sie es kaum erwarten können, einmal gründlich dessen Sortiment zu durchstöbern, und nun würde sie rascher dorthin zurückkehren, als ihr lieb war. Und sei es auch nur, um die für ihren Job alles entscheidende Mobilität wiederherzustellen.

Sie befand, die ewige Baustelle Hardbrücke auf dem Hinweg erneut zu meiden, und schleppte das Wrack stattdessen Meter für Meter der Langstrasse entlang zum Viadukt. Balu schwänzelte ihr aufgeweckt hinterher, wie sie das heillos verformte Vorderrad über dem Asphalt hielt, da sich nur noch das Hinterrad wie vorgesehen im Rahmen drehte. Als ihr bereits die Arme abzufallen drohten, erreichte sie endlich die Edelwerkstätte unter der SBB-Brücke am Ende der Geroldstrasse. Letzten Sommer hatte man vor die Torbögen des grau-braunen Viadukts Fensterfronten eingelassen und Geschäftsräume geschaffen. Die trendige Einkaufsmeile, stadtbekannt als «Im Viadukt», beherbergte unter anderem eine Tangoschule, ein übergemütliches Café, einen geräumigen Gemüsemarkt, einen sterilen Salon für protzige Designermöbel, ein vollgestopftes Elektronikgeschäft und eben den Veloladen ViaWheel.

Enitta nahm einen tiefen Atemzug, um sich für die bestimmt mitleidigen Blicke des Personals zu wappnen. Jenseits des Eingangs erwartete sie allerdings nicht derselbe Weinkellercharme wie in den übrigen Läden. Zwar liefen auch hier verbeulte Steinblöcke nach oben hin zu einem Halbkreis zusammen, doch der blütenweisse Fussboden blendete vor Reinheit. Ein Staubsaugerroboter kam hinter der Theke herangesurrt und zog einige Kreise um ihre Füsse, nur um sich vor Balus neugieriger Schnauze wieder in Sicherheit zu bringen.

Aus der Nähe wirkten die ausgestellten Velomodelle noch begehrenswerter als durchs Schaufenster. Über ein Dutzend Premium-Fahrgestelle posierten im einfallenden Mittagslicht, doch ansonsten bestach das Interieur durch fast schon geizige Schlichtheit. Keine Regale mit schlierigen Werkzeugen, keine Poster mit liebreizenden Bikebüsis, keine rumliegenden Putzlappen. Nur ein versetztes Regal mit diversen, nützlich aussehenden Utensilien wie Handschuhen, Velohelmen und Lichtern sowie einem cremefarbenen schmalen Tresen, den sich eine futuristische Espressomaschine und eine Kasse aus den frühen Achtzigern teilten. Der scharfe Geruch von Desinfektionsmitteln lag in der Luft.

«Just a minute», rief eine Stimme. Sie kam von der Plattform, die den Raum in zwei Ebenen unterteilte und nur die Hälfte der Fläche überdachte. Den metallischen Geräuschen zufolge befand sich dort oben die eigentliche Werkstatt, welche über eine breite Stahltreppe zugänglich war. Enitta schaute sich weiter auf der Vorführungsebene um. Die meisten Modelle waren Mountainbikes mit allerlei Schikanen wie Spritzwasserschutz, Elektromotor, Navigations-Compüterchen oder Gepäcktaschen aus Leder. Daneben gab es zwei wettkampfbereite Rennvelos, ein olivgrünes verschupft herumstehendes Fixie und elegant geformte Damenräder. Sogar eines dieser überdachten Vierräder mit Doppelsitz stand zum Verkauf. Enittas Portemonnaie schmerzte wie ein Bauchschuss. Den Beschriftungen der Rahmen zufolge wurden hier nur Edelmarken geboten.

Die Stimme meldete sich zurück. «Hello, junge Miss.» Ihr Besitzer steckte klischeegerecht in einem schwarzen Overall und rieb sich die Hände an einem Tuch, während er gelassen die Treppe hinunterstapfte. Seine kurzen rotbraunen Haare hatten sich zur Strubbelfrisur verschworen, und ein langer Bart stand starr von seinem Kinn weg. In seinem Gesicht blitzte ein Lächeln auf, das merklich nachliess, als er einen eingehenderen Blick auf ihren Patienten warf. «Was kann ich heute für Sie tun?», fragte er und steckte den Lumpen weg. Er sprach mit einem ungewöhnlichen Akzent. Wie ein Deutscher, der zu lange in den USA gelebt hatte. Oder umgekehrt, denn laut seinem Namensschild hiess er Dale Carpenter III.

«Tja», begann Enitta etwas verlegen, «ich hatte gestern Nacht einen Zusammenstoss mit diesem Typen und … nun, Sie sehen es ja selbst. Jedenfalls meinte er, ich solle mich für die Reparatur an Sie wenden.»

«Tatsächlich? Wie war denn sein Name?»

Sie zuckte hilflos mit den Schultern. «Keine Ahnung. Irgend so ein Kurierrowdy, mit einem dieser Dingsis dort.» Angewidert zeigte sie auf das Fixie.

Unter der Sonnenbrille des Mechanikers kamen grosse, wache

Augen zum Vorschein. Er nickte. «Dann schauen wir uns Ihren Liebling einmal näher an.» Mit seinen fleischigen Pranken langte er nach der Chiquita und wiegte sie einige Male prüfend hin und her. «Also ein neues Vorderrad plus Reifen … macht zweihundertachtunddreissig Franken … plus ein neues Pedal … zweihunderteinundachtzig Franken … plus ein neues Körbchen … vierhundertelf … die Vorderbremse tut auch nicht mehr … vom Lenker und der Gabel ganz zu schweigen.» Er schüttelte den Kopf. «Ach, wissen Sie was, M'am? Ich denke, Sie schauen sich besser gleich nach einem neuen Modell um.»

«Aber ich hatte eher an eine Reparatur als einen Neukauf gedacht», maulte Enitta und musterte ihr ramponiertes Schmuckstück sorgenvoll.

Doch Carpenter winkte väterlich ab. «Die meisten Gestelle sind preiswerter, als es die keimfreie Einrichtung glauben macht.» Er holte zu einer einladenden Geste aus. «Nur zu. Nehmen Sie sich alle Zeit, die Sie brauchen. Wünschen Sie vielleicht einen Kaffee?»

Diesem Angebot hingegen würde Enitta nicht widerstehen. «Mit Milch und Zucker», sagte sie und streifte weiter durch die luxuriös glänzenden Drahtesel. Balu wackelte desinteressiert von einem Velo zum nächsten. Nur das hellblaue Damenrad der französischen Marke Fontanelli an der Fensterfront schien ihm eingehende Schnüffeleien wert zu sein. Die geschwungenen Linien und die glänzenden rubinroten Bleche über den Reifen hatten es auch Enitta angetan. Aber vorsichtshalber schielte sie erst einmal nach dem Preisschild. «Modelle ab CHF 350.--» stand da in grossen Lettern. Und direkt darunter, winzig klein gedruckt «Dieses Modell: CHF 2700.--»

Bereits begann sie sich zu fragen, was sie hier eigentlich trieb. Um an dieser Adresse ein Velo erstehen zu können, würde sie siebzehn Katzen vom Baum pflücken müssen. Mindestens. Doch das Glitzern und Funkeln dieser Schönheiten übte eine magische Anziehungskraft auf eine Zweirad-Fanatikerin wie sie aus. Und der Gedanke, auf dem Kanzleiflomi eines dieser schmuddeligen Skelette mit abgeschabtem Sattel und Bremsen, die ins Leere griffen, für fünfzig Stutz zu kaufen, nur um einen Monat später wieder gleich weit zu sein, erschien nicht gerade als tragbare Alternative. Genauso wenig wie die schwerfälligen Aluminiumschnäppchen aus Fernost bei den Billigmöbelketten.

Die Eingangsbimmel holte Enitta aus ihrem Dilemma. Ein drahtiger Typ mit Sonnenbrille, Velohelm und Radlermontur trug ein Fixie mit Tigerentenanstrich auf den Schultern in den Laden. Er grüsste sie mit einem lässigen «Hey», Carpenter mit einer zweideutigen Geste und verschwand im Obergeschoss. Dass sie selbst dem durchtrainierten Fremden hinterhergaffte, erstaunte Enitta nicht halb so sehr wie der Umstand, dass auch Balu dessen Schritten mit misstrauischem Blick und erhobenem Schweif folgte. Äusserst widersprüchliche Gefühle durchfuhren ihren Magen. Auf eine verschwommene Weise kam er ihr äusserst bekannt vor.

In ihrem Rücken röhrte die Espressomaschine los. «Eine gute Wahl», bemerkte Carpenter und zeigte auf das Schaufenstermodell. «Hat übrigens drei Jahre Garantie.»

Eine *ausgezeichnete* Wahl, dachte Enitta und konnte ihren Blick kaum von dem Hollandvelo wenden. Ein elegant geschwungener schwarzer Rahmen, grosszügige Abdeckungen über schneeweissen Reifen, ein kaffeebrauner, sehr bequem wirkender Sattel, eine extravagante Klingel und ein übergrosses, am Chromlenker befestigtes Flechtkörbchen liessen ihr Herz höherschlagen und von lässigen Ausfahrten in der Innenstadt träumen.

Carpenter kam hinter der Theke hervor und reichte ihr ein dampfendes Porzellantässchen samt Untertellerchen und Löffelchen.

Sie nahm einen Schluck und liess sich vom Glanz des Moments hinreissen. «Akzeptieren Sie Amex Blue?»

Der Mechaniker schenkte ihr einen durchdringenden Blick. Dann kräuselte er die Lippen, packte das Preisschild und liess es in seiner Brusttasche verschwinden. «Wissen Sie was? Sie sind meine hundertste zahlende Kundin. Ich überlasse es Ihnen. For free!»

Enitta liess das Tässchen auf das Tellerchen knallen. «Im Ernst?»

«Absolutely.»

«Danke … danke *vielmals*», erwiderte Enitta überrumpelt.

Zögerlich fischte sie den Schmöker aus dem verbeulten Aluminiumkörbchen des verstorbenen Vorgängers, und ganz behutsam, so als wäre das Hollandvelo noch gar nicht das ihre, bettete sie das Buch in den blitzblanken Flechtkorb. «Wie kann ich Ihnen je danken?»

«Fahren Sie einfach sorgsam damit, okay?» Er zückte seine Sonnenbrille wie einen Hut und öffnete ihr mit Schwung die Glastür. «Haben Sie einen angenehmen Tag, M'am.»

Verdutzt lächelnd schob sich Enitta ans Sonnenlicht, hinein in die rauschende Geräuschkulisse aus Bahnen und Autos. Jenseits des Schaufensters verschwand Carpenter bereits hinter der Treppe. Das hatte aber gut geklappt. Zu ihren Füssen kläffte Balu aufgeregt herum und konnte es bestimmt kaum erwarten, in den Korb gehievt zu werden. Mit einem fahrbaren Untersatz wie diesem würde sie sogar die Hardbrücke in Angriff nehmen. Sie strahlte. Schöner Moment!

***

Es hatte Felix Vollenwaider (27/517 Facebook-Freunde) nicht lange in Anspruch genommen, die Kette seines Drahtesels frisch einzufetten. Umso länger dauerte dafür das Waschen der Hände. Die Seife im Prix-Garantie-Spender war mal wieder alle gewesen, und welcher Mensch kam eigentlich auf die Idee, die Ersatzflasche ausgerechnet in der Schachtel mit den Reservelichtern zu verstauen?

«Sind euch die Ersatzteile ausgegangen?», hörte er Dale aus dem Parterre rufen.

Felix trocknete die Hände ab. Seine Fingernägel wären perfekt für den Besuch einer More Than Mode Party im X-tra Club gewesen. «Nope. Hab bei 'ner Freundin übernachtet und den Schlüssel für die Zentrale zu Hause vergessen. Babsy macht den Laden heute nicht vor zwei auf.» Er hängte das feuchte Frottiertuch zurück und kramte erneut in der Packung mit Velolichtern. «Hast du keine Froschaugen mehr?», rief er ungeduldig die Treppe hinab.

«Mach einfach die Augen auf, du Frosch.»

Felix wühlte hektisch zwischen den faustgrossen Geräten. «Da ist nichts.»

«Muss aber. Sonst schnapp dir einfach ein Cateye, alright?»

«Ich brauche ein Velolicht, keinen verdammten Bühnenscheinwerfer.» Warum war das so schwer zu begreifen? Velokuriere hassten grosses, protziges Zubehör. Klein und fein musste es sein. Je weniger Gschmäus am Rahmen hing, desto schneller kam man vorwärts. Mit dicken Reifen und Elektromotoren ausgestattete Velos waren etwas für Leute, die Gefallen an entkoffeiniertem Kaffee, alkoholfreiem Bier oder elektrischen Zigaretten fanden. Wie all die Waldtraktoren, die Dale mit Vorliebe an seine Kundschaft vertickte. In der hintersten Ecke der Box wurde er fündig und fischte ein mit Gummi ummanteltes Dingsi hervor. Er schulterte das Fixie und trat erleichtert die Stufen in den Ausstellungsraum hinab.

Dale Carpenter (48/kein privater Internet-Anschluss) erwartete ihn mit einem Glas Wasser in der Hand. Felix konnte seinen prüfenden Blick hinter den finsteren Sonnengläsern physisch spüren. «Mensch, Junge. Siehst du vielleicht fertig aus. Ich sah einst einen aufgeknüpften Hund in Schanghai, der mehr Farbe im Gesicht hatte als du.»

«Du gäll!», protestierte Felix. «Meine letzte Lieferung erfolgte um vier Uhr früh. Ein Organbehälter fürs Triemlispital. Und heute Nachmittag hab ich schon wieder eine Lesung an der Uni, da bleibt wenig Zeit für Schönheitsschlaf. Aber gut zu wissen, dass du dir Sorgen um mich machst.» Er befestigte das Froschauge am Lenker. «Auch wenn kein Anlass dazu besteht.»

«That a fact?», entgegnete Dale mit gespieltem Erstaunen. «Ist nämlich ein Wunder, dass diese hübsche Lady, die du gestern Nacht übern Haufen gefahren hast, *noch immer* hübsch ist.»

«Die Kleine von eben, meinst du?» Er nestelte am Riemen seines klobigen Rucksacks. «Dass du dich jetzt bloss nicht beklagst. Hab sie extra zu dir geschickt, imfall. Hat sie nicht eben ein nagelneues Bike gekauft?»

«Und *ob* sie das gemacht hat, verdammt», grinste Dale triumphierend. «Konnte ihr dieses edle Hollandvelo schmackhaft machen, das seit etwa neun Monaten in meinem Schaufenster vor sich hin gestaubt hatte.»

«Dann ist ja alles bestens.»

«Yep. Besonders weil du für die Kosten aufkommen wirst.»

«Pah, viel kann das Rentnerteil wohl kaum wert gewesen sein.»

«Bloss schnöde dreitausend.»

Felix' Kiefer drohte abzufallen. «Drei-!»

«Hab ihr überdies drei Jahre Garantie gegeben», fügte Dale flüsternd an. «Und die werde ich genüsslich von deinem Anteil abziehen.»

«Altes Scheusal», knirschte Felix. «Aber gut gemacht ... Schätze, das war ich ihr schuldig.»

Der Mechaniker leerte sein Glas in einem Zug. «Allerdings. Ich hab übrigens ihre Adresse. Falls du ihr mal eine Speziallieferung zustellen möchtest, or so.»

«Keinen Bedarf derzeit.»

«Aha. Verstehe», murmelte Dale. «Du gurkst ja lieber mit deiner Chichi-Flamme Franziska herum.»

«Was meinst du denn damit?»

«Nichts, *gar* nichts», wand sich Dale heraus. «Ich finde ja bloss, dass du dir stets die falschen ... aber, das geht mich ja alles nichts an.» Noch bevor Felix etwas entgegnen konnte, fuhr Dale mit härterem Tonfall fort. «Es wäre einfach schön, wenn du neben deinen Frauengeschichten, deiner Kurierfirma, deinem Scheinstudium und deiner heiligen Tätigkeit als Verleger wieder einmal Zeit für unser Projekt finden könntest. Die Firma wird allmählich ungeduldig ...»

Felix wandte sich seufzend ab und liess seinen Blick über die Traktoren schweifen. Nur er wusste, welcher Leidenschaft Dales Mechanikerherz wirklich galt. Wenn die Velokurier-Community erfuhr, woran sie gemeinsam bastelten, dann würde ihm auf der Stelle das Gesicht vom Schädel gleiten. Denn aus Messengersicht war die Idee einfach nur niederträchtig, aber das Ganze hatte Potenzial. Viel Potenzial. Ein eigentlich überflüssiger Lifestyle-Artikel, für dessen Absatz es genügend solvente Kunden in der Stadt gab. Würde die Firma ihnen tatsächlich eine Lizenz abkaufen, dann spränge dabei so viel Geld heraus, dass er für den Rest seines Lebens als Velokurier unterwegs sein und erst noch viermal pro Jahr in der Weltgeschichte herum reisen konnte.

Nur woher die Zeit nehmen, wenn nicht stehlen? Sein eigener Kurierservice «Hallo Velo» kämpfte derzeit mit widrigen Problemen, von denen eines «Turrikurier» hiess. Ein freches Konkurrenzunternehmen mit ganz jungen Radlern. Nach Feierabend waren das natürlich zwäge Saufkumpels, denn alle Messenger bildeten eine verschworene Community. Doch diese Familienliebe ging immer mehr auf seine Kosten. Darüber hinaus war in weniger als achtundvierzig Stunden Redaktionsschluss der unverblümten Spasszeitschrift «Zürich geht vor», einem allmonatlich aufgelegten Printmedium, das aufgrund eines unglaublich dichten Beziehungsnetzes näher am Nachtleben, dem politischen Kasperletheater und dem Wuseln im kreativen Unterholz der Stadt dran war als jede vergleichbare Publikation. Nicht selten brüsteten sie sich damit, Anlässe treffend bewertet zu haben, bevor diese überhaupt stattgefunden hatten. Auch die nächste Ausgabe strotzte vor Ideen und Konzepten, die sich mehrheitlich um die Festivitäten nach der Street Parade rankten.

Besonders freute er sich auf den Beitrag über das wohl schrägste Lovemobile des Seebeckenumzugs, welches von einem reichen Industriellen aus der Ostschweiz gestellt wurde und für viele als ultimativer Beweis für den Ausverkauf der Tanzveranstaltung herhielt. Was ihn aber gewaltig nervte, war das Gejammer von Sandro, dem Anzeigenverkäufer. Dieser klagte seit Wochen über den Schwund an Werbekunden, was das Magazin gar nicht gebrauchen konnte. Schon bei der letzten Ausgabe hatte er draufgelegt. «Ich werd's irgendwie einrichten», murmelte er und fasste Dale bei der Schulter. «Ach, übrigens, möchtest du vielleicht in der nächsten ‹Zürich geht vor› inserieren?»

Dale stöhnte. «Schon *wieder*?»

«Weisst du, wir sind schon beinahe ausgebucht. Ich dachte, ich lasse einem alten Kumpel wie dir den Vortritt, aber … wenn du nicht willst, dann –»

«Na schön. Ich nehm die zweite Seite.»

«Die *ganze*?»

«Ja, du kannst sogar das Inserat vom letzten Monat recyceln. Aber, Jesus H. Christ, streich gefälligst mein Porträt raus. Ich seh ja aus wie Rübezahls degenerierter Klon.»

«Was stimmt nicht damit? Rübezahl ist Kult.»

«Vielleicht damals, als du noch mit dem Dreirad unterwegs warst.»

«Schön, dass wir darüber geredet haben. Ich ruf dich an, okay?», sagte Felix und montierte seinen Velohelm.

***

Während Enitta verträumt ihren nagelneuen Untersatz die Geroldstrasse hinabstiess, klingelte das Smartphone in ihrer Tasche. Elf Uhr. Auf die Minute.

«Ooooh … Enittaaa», quäkte eine heisere Stimme.

«Fux! Du klingst gar nicht gut.»

«Schlürfe gerade mein drittes Budget-Bull, aber es will und will nicht besser werden …»

«Was hast du denn dieses Mal verbrochen?»

«Gestern hat doch das Chrüützwyss aufgemacht, in den Katakomben unter dem Escher-Wyss-Platz. War das vielleicht eine Hundsverlochete. Alle waren sie da! Sogar die Herren in Hellblau.»

«Klingt nach ’ner gelungenen Party.»

«Mann, du hast *keine* Ahnung. Die Kuh flog bis Mesopotamien.»

«An einem *Montagabend*? Haben die Leute eigentlich nix Gescheiteres zu tun, als unter der Woche zu feiern?»

«Ach, das ist in den Tagen vor der Street Parade immer so. Ausserdem geht die Weltwirtschaft eh bald vor die Sauhunde. Man kann Vulkane nun mal nicht am Ausbrechen hindern. Man kann höchstens auf ihnen tanzen.»

«Jaja, ich weiss. Nicht alle Kinder sind so brav wie ich.»

«Wie lief eigentlich das Treffen mit Prügelsuff?»

«Öhm … speziell. Der Typ ist echt schräg. Verdient der sein Geld wirklich mit Musik?»

«Du, keine Ahnung, ob und wie er seine Rechnungen zahlt. Ich hab ihn zwar schon oft auflegen sehen und dort, wo andere an ihr Limit geraten, wird er erst so richtig warm. Aber schlau bin ich nie aus ihm geworden. Der Mann ist ein wandelndes Mysterium. Konnte er dir wenigstens weiterhelfen?»

«Nai! Mir fehlt in dem Fall grad jegliche Perspektive.»

«Nimm's mal easy. Ist ja nicht so, dass dein Leben auf dem Spiel steht.»

Enitta war versucht, Fux zu erklären, dass manche Menschen für ihr Einkommen schuften mussten. Dass sie nicht einfach auf gut Glück ein Projekt anreissen und gleich wieder verwerfen konnten, sobald Widerstände auftauchten. Sollte sie Felbers Job vermasseln, würde sich das herumsprechen und sie bis ans Lebensende auf räudige Ehebrecher und streunende Rentner abonniert sein. «Du weisst, wie sehr ich unerledigte Dinge hasse», maulte sie. «Wenn ich etwas angefangen habe, dann bring ich's auch zu Ende.»

«Jascho! Halt mich einfach auf dem Laufenden, hörst du?»

«Werde ich.»

«Supi. Tschü-hüs, tschä-tschau.»

Während des Gesprächs hatte Enitta die kühle Unterführung des Bahnhofs Hardbrücke erreicht. Sie entschwand dem gelben Kunstlicht der Pendlerzentrale in einem der schlierigen, fensterlosen Lifte, hinauf ans blendende Tageslicht, wo sie sich mitten in Zürichs grösster Baustelle wiederfand.

Selbst nach monatelangen Renovationsarbeiten wies die fast wiederhergestellte Hardbrücke noch immer offene Wunden auf. Zur Nordseite wurden klobige Geschäftshäuser aufgezogen. Über deren Geburtshelfer, korngelben Konstruktionskränen, erhob sich der bald fertiggestellte Prime Tower – ein kantiger Glasturm und mit einhundertsechsundzwanzig Metern das höchste Gebäude der Stadt – majestätisch und glitzernd ins wolkenlose Firmament. Gleich daneben, auf der Südseite des Bahnhofs, trennte das vielspurige SBB-Trassee die Limmatstadt in zwei Hälften, die von der lärmigen Brücke wieder miteinander versöhnt wurden.

Enitta fuhr ins gleissende Sonnenlicht, vorbei an Holzwänden, Gitterabsperrungen und dem rauschenden Lärm des hektischen Mittagverkehrs, nur um sich am Fuss der Brücke erneut durch Barrikaden entlang der Hardstrasse kämpfen zu müssen. Um weitere Baustellen zu meiden, schwenkte sie unmittelbar vor dem aggressiven Albisriederplatz, wo sich Fussgänger, Busse, Tram und Autos regelmässig ins Gehege kamen, in die etwas zu gemütliche Hardau, das Hochhausquartier der Stadt, und erreichte nach dem Busdepot des ZVV das Letzigrundstadion. Dahinter gelangte sie endlich an die Badenerstrasse, jener breiten Achse, die ihr Heim und ihr Büro direkt miteinander verband. Ab hier klang der Umgebungslärm gerade genug ab, um sie auf das beruhigende Surren ihrer frisch geölten Kette aufmerksam werden zu lassen. Von Baumalleen und Velowegen gesäumt, verliefen in der Mitte der Strasse die grasverzierten Tramschienen der Linie 2 und führten an mehreren Autovertretungen vorbei. Es war auch der Weg in den als Betonwüste verschrienen Stadtteil Altstetten, der dem kollektiven Bewusstsein zwar kein Liebling war, aber für viele Zuzüger eine der wenigen Alternativen darstellte, weil die zentraleren Quartiere der City mittlerweile hoffnungslos an Überbelegung litten. Daher sagten viele dem einstigen Vorort eine grosse Zukunft voraus. Auch weil Partyveranstalter vermehrt dahin auswichen. Ungleich dem Kreis 5, wo ein kantiger Konzernsilo nach dem anderen hochgezogen wurde, gab es hier noch so manch leer stehende Immobilie, die nur auf Wiederbelebung wartete.

Auch die Hausnummer 595, welche Enitta nach wenigen Querstrassen erreichte, war ein solcher Kandidat gewesen. Die Liegenschaft gegenüber einer Subaru-Filiale hatte lange Jahre als Bürogebäude für UBS-Mitarbeitende gedient. Als die Grossbank weitergezogen war, waren mit Spraydosen und Leintücher bewaffnete Chaoten kurz darauf sesshaft geworden, was den erbosten Eigentümer des Gebäudes natürlich sofort eine polizeiliche Räumung ins Auge fassen liess. Doch dank der Vermittlung eines Wirtschaftsanwalts konnte eine Einigung erreicht werden. Nicht zuletzt, weil eine Exmission nur einen kurzfristigen Erfolg erzielt hätte; die ungebetenen Gäste wären schon bald zurückgekehrt. Lieber entschied man sich, die Räume, deren Gesamtfläche sich auf über viertausend Quadratmeter belief, für verboten günstige achtzig Stutz pro Monat zu vermieten. Die Hausbesetzer hatten das gar nicht lässig gefunden und rasch das Weite gesucht, doch echte Künstler konnte die beschränkte Laufzeit des Mietvertrages nicht schrecken. Designer, Schneiderinnen, Maler, Fotografinnen und unzählige Bastler fanden in den ehemaligen Büroräumen eine dankbare Zuflucht für ihre Projekte und Installationen. Wunderkinder und Amateure, paranoide Jungunternehmer und ambitionsfreie Montagsmaler gleichermassen. Und der Umstand, dass sich unter ihnen viele Bündner befanden, hatte auch Enitta dauerhaften Zugang verschafft. Eine waschechte Privatdetektivin brauchte ein richtiges Büro, und ein verhältnismässig zentral gelegenes Geschäftshaus war eine unwiderstehliche Gelegenheit gewesen.

Sie mischte ihr Velo unter das bunte Ensemble aus Drahteseln, das vor dem Eingang unter Tannenbäumen auf seine Besitzer und Besitzerinnen wartete, und stieg die Stufen rauf. Hinter einer mit unleserlichen giftgrünen Tags verzierten Glaspforte schraubte sich eine von Tageslicht geflutete Wendeltreppe drei Stockwerke hoch. Die Wände waren mit Graffitis verschmiert. Jemand hatte die Geländer mit Fäden verbunden und ein regelrechtes Spinnennetz bis zur obersten Ebene gespannt. Hinterlassenschaften der Besetzer, die angeblich den vormaligen Geist kapitalistischen Drills austreiben und das Freidenkertum beschwören sollten. Doch ein Gemeinschaftsgefühl wollte sich zwischen den neuen Bewohnern dennoch nicht richtig einstellen. Zu sehr war der Groove in der Arbeitsgemeinschaft vom Schweizer Bienenfleiss geprägt. Jede Partei werkelte hinter meist geschlossenen Türen an ihren Projekten, und nur sehr selten war die Mehrzahl der ehemaligen Banksterbüros besetzt.

Tatsächlich wähnte sich Enitta zeitweise in einem Geisterhaus, dessen Mieter zwar sehr oft echtes Talent aufwiesen, jedoch ihre Räumlichkeiten der puren Gelegenheit wegen ergattert hatten, nur um sie hinterher ungenutzt zu lassen. Nicht selten gleich zwei Zimmer aufs Mal. Aber was beklagte sie sich. Sie glänzte ja meist selbst durch Abwesenheit. Irgendwie versprühten die schummrigen Flure mit ihren weissen Wänden und in Lila gehaltenen Verstrebungen den Charme eines geräumten Pflegeheims.

Sie betrat die Liftkabine, deren gesamte Rückwand mit einem Spiegel ausgekleidet war, und wurde von einem reduzierten weissen Smiley begrüsst, den ein Schmierfink auf die Innenseiten der Lifttüren gesprüht hatte. Ihr Zimmerchen befand sich auf der zweiten Etage. Natürlich hätte sie sich mit Vorliebe zuoberst einquartiert, doch dort residierte der harte Kern der Gemeinschaft, dessen Flur den restlichen Mietern als einziger des Hauses verschlossen blieb. Neben dem Lift prangte ein Abbild vom hufeisenförmigen Grundriss des Gebäudes, auf dem gelbe Post-its die Quartiere der einzelnen Parteien mit Namen anzeigten. Die Strategie, das Haus ohne öffentliche Werbung und nur über den exklusiven Bekanntenkreis zu füllen, hatte sich bewährt. Im grossen Ganzen hielten sich alle an die Hausordnung, sodass nur vereinzelt Schachteln und Utensilien vor den Zimmertüren lagerten. Die wenigen Wandbemalungen stammten noch von den Chaosbrüdern, und der grau-blaue Teppichboden war so sauber, man hätte ohne Wolldecke darauf picknicken können.

Enittas Büro lag im Ostflügel mit Blick auf den Innenhof, wo sie unter sechs protzigen Neonphalanxen eine karge Einrichtung erwartete. Gleich nach dem Startschuss hatten die meisten Kinder den Möbel Pfister im benachbarten Kaufhaus Letzipark und die Brockis der Umgebung gestürmt und ihre Zimmer rasend schnell mit Hausrat vollgestopft. Selbst begnügte sie sich mit einem Chefsessel und einem schlichten Arbeitstisch, auf dem ein iMac thronte. Für Balu war ein Hundekörbchen ausgelegt, welches er sogleich in Beschlag nahm, und für die potenzielle Kundschaft stand ein angenagtes Ledersofa neben einem betagten Wasserspender bereit. In der Ecke ruhte ein klappriges Metallgestell, das derzeit nur ein paar echt peinliche Kitschromane und zwei halb leere bunte Bundesordner mit Kundendaten beherbergte. Die Wände zierten ein Poster vom Schweizer Kinofilm «Strähl» und eine übergrosse, äusserst detaillierte Landkarte der Stadt Zürich.

Sie liess sich auf dem Sessel nieder und machte den Bildschirm ihres Computers aufblitzen. In ihrem GMX-Postfach fand sie eine freundliche Erinnerung des Stockwerk-Tätschmeisters vor. Den Rest der Inbox belagerten Werbeschreiben ihrer unmittelbaren Nachbarn. Die lärmigen Freizeit-Homies aus dem Erdgeschoss luden vollmundig zu einem Mini-Open-Air auf der Werdinsel mit angeblich vielversprechendem Jungblut aus der Hip-Hop-Szene. Darunter waren solch schillernde Namen wie die Ostschweizer

Combo «Rappsöl», der Engadiner Rüpelrapper «Churaz» oder die Afro-Zürcher Sprechgesangs-Hoffnung «Da Mpfabla» vertreten. Vielleicht im nächsten Leben, dachte Enitta und überflog die übrigen Verlautbarungen über Vernissagen, Lesungen und Sonderangebote. Für heute war nix Gescheites darunter, doch eigentlich war es eine prima Sache, dass die Community regen elektronischen Briefverkehr pflegte. Sie musste bei Gelegenheit mal den Plattenspielervirtuosen am anderen Ende des Ganges anschreiben, dessen Beats und Bärtchen ihr schon häufiger positiv aufgefallen waren. Aber nun war Arbeit angesagt. Falls welche anstand. Letzten Monat hatte sie nur vereinzelt Inserate geschaltet. Eins bei der Kleinanzeigenecke der Migrosfiliale Löwenplatz, ein weiteres auf Ronorp und das dritte am Schwarzen Brett einer Genossenschaftsüberbauung in Zürich-Wiedikon. Meistens reichte das schon, um ein paar Beschattungsaufträge einzuheimsen. Vorgesetzte, die ihre Angestellten im Verdacht hatten, Spesenzettel zu fälschen, oder Ehemänner, die ihre Partnerinnen auf Abwegen wähnten. Störenderweise hatte sie in den vergangenen Wochen vermehrt bizarre Anfragen erhalten. Teilweise derart schräg, dass sie sich kaum noch an ihren Anrufbeantworter herantraute. Endlich rang sie sich augenrollend dazu durch, die Abspieltaste zu drücken, um sich Hilferufe potenzieller Auftraggeber zu Gemüte zu führen. Wie sie befürchtet hatte:

Hoo-rrooor.

Eine Rentnerin äusserte mit schriller Stimme den dringenden Verdacht, dass ihr betagter Papagei Jöggeli teuren Parmaschinken aus dem Kühlschrank klaue, und verlangte vehement nach Aufklärung. Ein stark nuschelnder Mann flehte förmlich danach, gleich selbst observiert zu werden, weil er fürchtete, während der Mittagspause schlafwandelnd und Francine-Jordi-Lieder-singend über die Wiese der Bäckeranlage zu irren. Und – Jesses Gott! – ein renommierter Kindergarten am Züriberg ereiferte sich allen Ernstes darüber, dass der rachsüchtige Geist von Johann Wolfgang Pestalozzi seinen Schützlingen bessergestellter Eltern auf dem Heimweg auflauerte.

Was zum Cabrunz hatten die eigentlich das Gefühl? Dass sie einen Weiterbildungskurs als Geisterjägerin absolviert hatte? Diese

Stadt war von der Rolle. Eindeutig. Höchste Zeit für eine Tasse Kaffee!

Sie schnappte den Wasserkocher vom Regal und pilgerte damit um die Ecke, wo eine kleine Kochnische installiert war. Das Lavabo, von gespültem Geschirr belagert, musste erst frei gemacht werden, damit sie Wasser einlassen und eine grosse Portion Instantkaffee zubereiten konnte. Eigentlich sagte ihr diese Art von Gebräu nicht wirklich zu, aber in der Not rauchte der Teufel Kent. Sie schwor sich, von ihrem nächsten Gehalt endlich eine richtige Kaffeemaschine anzuschaffen. Eins dieser Kapselmodelle aus dem Denner. Die kosteten wenig und sahen schick aus. Sie gab ohnehin schon genug für ihr liebstes Getränk aus, also warum draufzahlen? Nospresso – or else!

Zurück am Pult wurde sie von ihrem eigentlichen Dilemma wieder eingeholt. Was würde sie als Nächstes tun? Sie konnte ihre Pflichten nicht länger wie ein schimmliges Butterbrot vor sich herschieben. Sie musste sicherstellen, dass sie auch nächste Woche noch Arbeit hatte. Warum eigentlich tat sie sich so schwer damit? Sie hatte dieses Leben doch gewollt. Frei zu sein. Anderen Menschen einen Dienst erweisen. Und ja … auch *deshalb*.

Sie fasste in die einzige Schublade des Schreibtischs und holte ein gerahmtes Foto aus Kindertagen hervor. Die Farbe hatte sich über die Jahre allmählich aus dem Bild gestohlen, aber das Lachen ihrer Schwester Janita, die sie darauf umarmte, strahlte noch wie am Tag der Aufnahme. Liebevoll strich sie über das Glas. Wo war sie bloss geblieben? Was war aus ihr geworden? Die Antwort auf diese Frage interessierte so viel brennender als die Neurosen von kleptomanischen Papageien und narkoleptischen Supertalenten. Wie konnte jemand in einer so kleinen Stadt einfach vom Erdboden verschluckt werden? Trieb sie sich etwa in einschlägigen Kreisen herum? Auf der dunklen Seite des Nachtlebens? War sie mittlerweile gänzlich den Drogen verfallen? Schon damals in der Churer Szene war sie als äusserst experimentierfreudig verschrien gewesen. Ein Lautsprecherboxen-Luder. Eine Tanzmaus. War zwingliphil geschimpft worden, weil sie ständig von Züri schwärmte und immer häufiger die Wochenenden dort verbrachte, bis sie eines Tages nicht mehr zurückkehrte. Heute, sieben Jahre nachdem diese Aufnahme entstanden war, hatte sie sich die ehemalige Wunschheimat ihrer Schwester längst zu eigen gemacht. Ironisch genug, dass ausgerechnet sie, die sich wenig aus Clubs machte, gebeten worden war, die Mutter aller Open-Air-Technopartys zu retten. Sie holte einen Faltprospekt aus ihrem Timbuk2-Bäg. Felber hatte ihr den Hochglanzflyer im Helsinki mit auf den Heimweg gegeben.

Street Parade 2011.
20 Years of Love, Freedom, Tolerance and Respect.

Auf dem kunterbunten Cover schipperten verrückte Comicmonster in einem Cartoonauto durch die Gegend. Enitta war der Künstlerin, aus deren Feder die Zeichnung stammte, schon begegnet. Sie residierte im Untergeschoss. Der Anlass bot unzählige Plattformen rund ums Seebecken. Die «Centre Stage», die «Future Sound Stage», die «Jubilée Stage», die «Radio Stage» und weitere, mit Laserstrahlern und Übergrossbildschirmen ausgestattete Bühnen. Verdiente Plattenspielerkünstler aus allen Herren Ländern waren aufgelistet sowie zu rollenden Discos umgewandelte Lastwagen voller handverlesener Ehrentänzer, die sogenannten Lovemobiles. Neunundzwanzig an der Zahl. Die meisten davon wurden von namhaften Clubs der Stadt und bei Städtern eher verpönten Tanzschuppen der Agglomeration oder anderen Kantonen – sprich, dem Ausland – gestellt. Dieses Jahr waren sogar Lkws von den Zürcher Verkehrsbetrieben und dem populären Molkereiprodukte-Hersteller «Goldmeitschi» vertreten. Ein gewaltiger Aufwand, um fast eine Million ausgelassen feiernde Raver bei Laune und Konsumstimmung zu halten.

Enitta rechnete sich Chancen aus, dass Janita auch irgendwo in dieser Menschenmasse mithüpfte, welche zur Hälfte nackt war und die restlichen Körperteile mit glitzernden Fetzen bedeckte, hemmungslos trank, spickte und schnupfte. Zwar würden viele Flipflop-Bünzlis bloss unbeteiligt am Strassenrand stehen und Bilder schiessen, aber die Mehrheit frönte Jahr für Jahr verbotenem Hirnzucker, schnappte sich, was immer im Vorbeigehen zu erhaschen war, und knallte es sich mit Anlauf hinter die Binde. Da war die Gefahr gross, dass der Stoff, auf den Felber sie angesetzt hatte, zahlreich die Besitzer wechselte. Eine finstere Befürchtung stieg in ihr Bewusstsein. Was, wenn ausgerechnet Janita dieser neuen Killerdroge zum Opfer fiel? Das musste sie verhindern.

Sie packte ihr HTC und tätigte den längst überfälligen Anruf.

Felber meldete sich schmatzend. «Und?»

Enitta holte alle Luft der Welt in ihre Lungen. «Ich ... hab weitere Hinweise dafür gefunden, dass die Droge tatsächlich existiert. Ein wichtiger Zeuge, der sich mit Substanzen auskennt, wusste ziemlich schockierende Dinge zu berichten.»

«Verstehe ...», sagte Felber trocken. «Nutze alle Mittel, die du für deine Nachforschungen brauchst. Doch denk bitte dran; wir können keine Anwaltshonorare bezahlen.»

«Ich nehm neunzig die Stunde.» Sie hielt den Atem an.

Am anderen Ende wurde es still. «Lässt sich machen», erwiderte Felber hörbar zerknirscht. «Aber ich will eine *detaillierte* Abrechnung.»

«Geht klar. Apropos Details ... du weisst nicht zufällig, ob einer der Komapatienten das Bewusstsein wiedererlangt hat?»

Felber zögerte. «Ich fürchte, nein. Meine Quelle bei der Stapo ist an der Sache dran. Aber aus der Richtung werden wir wohl keine Infos erhalten.»

«Hm, ein wenig Schützenhilfe wär schon cool. Irgend... äh, eine Idee, in welchen Lokalen ich am ehesten auf die Dealer treffe?» Sie schielte zur Stadtkarte, wo sie die Fundorte der vier bisherigen Komapatienten mit Pinnnadeln markiert hatte. Viadukt, Oerlikon, Zürihorn, Landiwiese.

Das liess nicht gerade auf ein Muster schliessen.

Felber schluckte seinen Mittagsbissen hinunter. «Wahrscheinlich nicht in den grossen Venues. Wir gehen davon aus, dass die Hintermänner das Zeugs erst im kleinen Rahmen testen wollen. Vorzugsweise in Kreisen, deren Anhänger eher gewillt sind, sich was Unbekanntes einzuwerfen.»

Enitta ging in Gedanken ihre Gespräche mit Fux durch. «Hm ... Goapartys vielleicht? Von denen finden derzeit ja mehrere statt, oder?»

«Das ist so. Ein Bekannter von mir schmeisst morgen Nacht

einen illegalen Rave. Irgendwo beim Käferberg oder dem Sihlwald. Am besten, ich gebe dir seine Nummer. Dann kann er dir die Location nennen.»

«Gerne», erwiderte Enitta, notierte sich den Kontakt und beendete das Gespräch, um Felbers Freund anzurufen. Doch der gewünschte Teilnehmer war «zurzeit nicht erreichbar». Sie legte Désirée behutsam aufs Pult. Ihr dämmerte, dass jene Goaparty bestenfalls ein verzweifelter Schuss ins Blaue war. Aber Felber musste sich dessen ebenfalls bewusst sein. Vielleicht dachte er, dass Kommissar Zufall im besten Fall nützen und im schlimmsten Fall nicht schaden könne.

Sonnenlicht streichelte ihr Gesicht. Balu hatte sich längst in die hellen Streifen gelegt, welche durch die beiden Fenster ins Atelier drängten. Bis dieser Fetenklempner ans Telefon ging, konnte es Abend werden. Prügelsuff war ja auch nicht eher aus dem Bett gekommen. Sie begann sich zu fragen, womit sie die Zeit bis dahin verbrachte, als ihr plötzlich Fionas Bemerkung einfiel. Ihr Lieblingsautor Stassel hielt doch heute eine Autogrammstunde ab. Das makellose Wetter hätte wohl eher einen Abstecher in die Max-Frisch-Badi angezeigt, doch irgendwie zog es sie gerade magisch in die Buchhandlung. Viel zu lange schon hatte ihre Wohnungsgenossin von dem Schriftsteller geschwärmt. Wer konnte denn sagen, wann sich die nächste Gelegenheit bot, ihm einmal persönlich gegenüberzustehen? Mehr als zwei Stunden würde das bestimmt nicht dauern. Danach konnte sie immer noch den ganzen Abend, ja die ganze Nacht über arbeiten. Dass sie kein Ticket besass, tat ihrem Enthusiasmus keinen Abbruch. Mochte Fiona auch im Vorverkauf leer ausgegangen sein; an der Kasse waren sicherlich noch ein paar Eintritte zu ergattern. Wie viele Frauen würden dieses Prachtwetter schon einer Lesung bei Kunstlicht vorziehen?

Sie schnappte sich Hut, Hund und Handy und eilte die Treppe hinab.

Mit ihrem glänzenden Hollandvelo schwebte sie wie auf einem Luftkissenboot durch einen bilderbuchreifen Stadtsommer, sanft untermalt von den Elfenklängen der Pierces-Schwestern. Die Fassaden leuchteten mit ihren milden Farbtönen wie ein expressionistischer Traum im hellen Sonnenlicht, und die City flirrte vor Leben. Besonders an ihrem Ankunftsort. Die Füsslistrasse, eine sonst moderat besuchte Gasse an der Bahnhofstrasse, hatte sich in eine lärmende Fanmeile verwandelt. Unter der Baumallee zwischen den Gebäuden von Orell Füssli und dem St. Annahof tummelten sich gefühlte dreihundert Frauen aller Couleur und Couture – fröhlich rauchend, schnatternd und gackernd.

Enitta überliess ihr Velo Balus Obhut und mischte sich geschmeidig ins allmählich dichter werdende, Justin-Bieder-würdige Gedränge. Aufgrund der unterdurchschnittlichen Körpergrösse gelang es ihr binnen weniger Minuten, an den anderen Damen vorbei bis zur Kordelabsperrung vor dem Eingang der Buchhandlung zu schlüpfen. Dort allerdings war die Stimmung unter den Wartenden nicht mehr ganz so drollig, denn bullige Fleischberge, ihren schwarzen T-Shirts nach der «Servilas Gebäudeschutz AG» angehörig, beäugten den Aufmarsch wachsam und würden so bald wohl niemanden vorlassen.

Jenseits der Fenster volkte es nämlich bereits wie blöd, was sich durch ein aufgerichtetes Hochglanzplakat neben der Absperrung erklärte. «Wahre Grösse folgt dem Jetstream» hiess es da vollmundig, und über den fetten Lettern richtete der Autor seinen Zeigefinger mitsamt goldenem Lächeln auf die Betrachterin. Eric Stassel, die ewig junge Grinsekatze mit offenem Hemd, würde seinen Verehrerinnen bis halb vier Uhr zur Verfügung stehen. Doch nur solchen mit einer Eintrittskarte, wie Enitta realisieren musste. Selbst jene hatten es noch nicht vollzählig in den Laden geschafft. Es musste doch einen Weg geben, wie sie dennoch Kapital daraus schlagen konnte, die Zweite in der Reihe zu sein.

Vor ihrer Nase rang eine junge Dame auf unruhigen Absätzen und mit extragrosser Gucci-Handtasche um ein aufrechtes Rückgrat. Dabei presste sie ihr hochpreisiges Lederaccessoire derart verkrampft gegen die Schulter, dass Enitta durch den breiten Schlitz ins Innere der Tasche zu blicken vermochte, wo ein weisses Papierstück schimmerte. Dessen Aufdruck «Starticket» brachte sie auf eine teuflische Idee. Ganz nebenbei liess sie Mittel- und Zeigefinger in den beigen Edelbeutel gleiten und schob sich sogleich an der Dame vorbei zum Security vor, dem sie unverfroren ihren

Privatdetektivinnenausweis ins Gesicht streckte. Ein laminiertes, aber nicht eben schlecht designtes Relikt aus Ausbildungstagen.

Der Berg schüttelte die verspannte Miene. «Das ist kein Presseausweis.» Bereits wollte er sie mit der flachen Hand zurück in die Masse komplementieren, doch Enitta insistierte.

«Nix Presse. Die *Firma* schickt mich. Man hat vermehrt Taschendiebe gesichtet. Wir wollen doch nicht, dass die Fans von Herrn Stassel belästigt werden, oder?»

Die Vermutung lag nahe, dass sich die Servilas-Leute bereits angestrengt um die Eingänge sowie die unmittelbare Sicherheit des Stargastes kümmerten und bestimmt keine Lust auf weitere Störfaktoren verspürten. Aber noch liess der Wächter das Argument nicht zählen und ignorierte sie, um stattdessen die Frau herbeizunicken, welche Enitta eben überrundet hatte. Als diese jedoch ihr Eintrittsticket vorweisen wollte, stand sie plötzlich mit leeren Händen da. Mit gänzlich entgleisten Gesichtszügen ereiferte sie sich über den Verlust ihrer Karte. Sie schimpfte, stampfte und buddelte so energisch in ihrer Tasche, dass ihr fast die viel zu grosse Sonnenbrille vom Kopf gepurzelt wäre.

«Sehen Sie?», fuhr Enitta den Security an. «Wirklich unglaublich, was sich heutzutage für ein Gesindel unter die anständigen Leute mischt.»

Der Wächter fletschte knurrend die Zähne und wedelte sie schliesslich zum Eingang.

Zuvor fasste Enitta der Bestohlenen sanft an die Hüfte und liess bei der Gelegenheit das Ticket zurück in die Tasche gleiten. «Keine Sorge, Schätzli, das Billett taucht schon wieder auf. Ist ja auch ein unglaublich grosser Beutel, den du da mit dir rumschleppst», feixte sie und liess den roten Teppich ohne Verzögerung hinter sich.

Das Gedränge im Untergeschoss war derart dicht, dass bereits mehrere Bücher von den Auslagen auf den Teppich gestürzt waren. Parfümwolken aus hundert verschiedenen Flakons verwandelten die Buchhandlung in einen Blumenladen. Selbst mit einem Baseballschläger hätte die Detektivin nicht bis zum Podium vordringen können, daher wählte sie die stillstehende, von Securitys frei gehaltene Rolltreppe ins Obergeschoss, von wo die vor der Krimisektion aufgebaute Bühne durch ein Treppenauge gut einsehbar war. Wohlgemerkt nach einem halben Dutzend charmant, aber bestimmt angebrachten Äxgüsis und Ellbogenmanövern.

Im Parterre würde der grosse Autor in wenigen Minuten vor einem purpurroten, etwas schräg aufgehängten Vorhang erscheinen und sich hinter ein breites Pult setzen, um zu seinen Fans zu sprechen, deren freudige Erwartung den Lautstärkepegel nahe an die Schmerzgrenze hob. Beinahe jede der zumeist aufwendig nachgebesserten Damen war mit Buch und Filzschreiber bewaffnet. Dicht an dicht reckten sie ihre festlich bemalten Gesichter zum Rednerpult. Jede zweite wippte auf den Absätzen, manch eine schunkelte gar mit den Hüften. Überraschend viele, hauptsächlich weibliche Medienvertreter hatten sich am Rand vor die hohen Bücherregale gepflanzt und liessen mit feisten Apparaten Lichtblitze über die makellosen Frisuren zucken.

Und noch jemand war dabei, den Event aufzuzeichnen. Direkt neben ihr stand eine junge Blondine in dunklem Hosenanzug und kritzelte emsig mit Wildsauklaue Notizen auf ihren Block. Soweit es Enitta aus den Augenwinkeln erkennen konnte, hielt die Frau akribisch Anzahl, Alter, Verhalten, Kleidungsgewohnheiten und andere marketingrelevante Details der Besucherinnen fest. Unmittelbar neben der Bühne machte sie eine tupfgleich gekleidete Person aus, welche ebenfalls mit wachem Blick die Zuschauer studierte. Die beiden waren bestimmt Assistentinnen in Stassels Sold. Ob so viel Aufhebens konnte Enitta nur die Stirn runzeln. Sie war ja wirklich gespannt, was dieser Selbsthilfeguru zu erzählen hatte. Allein die Genrebezeichnung: Selbsthilfe. Wer sollte einem denn helfen, wenn nicht man selbst? Die allgegenwärtige Aufregung begann allmählich auf sie abzufärben, verwandelte sich zusehends in Ungeduld. Im Parterre leuchteten zwischen den Köpfen Smartphone-Bildschirme auf. Auch Enitta wollte nach Désirée greifen, um die Zeit abzulesen, doch des Autors Gehilfin hatte längst eine rote Stoppuhr gezückt. Der Countdown auf deren Front lief in diesem Augenblick aus.

Punkt dreizehn Uhr: Showtime. Aber noch blieb die Bühne verlassen. Weder regten sich Scheinwerfer, noch erklang Musik aus den aufgehängten Boxen. Jemand drehte die Beleuchtung auf statt runter und fieser Feedbacklärm entwich dem Soundsystem. Allgemeine Verwirrung, dann plötzlich spontaner Applaus. Von beschwingter, amerikanisch angehauchter Popmusik begleitet, trat eine Dame in ihren frühen Fünfzigern mit stilsicherer, konservativer Ankleide zielstrebig und aristokratisch auf das improvisierte Podest. Ehrwürdigen Blickes faltete sie die Hände vor dem Schoss und wartete sichtlich geduldig, bis sich die stille Aufmerksamkeit aller auf sie gerichtet hatte. Als sich das Geschnatter dennoch nicht vollständig legen wollte, erhob sie mahnend die Arme. «Meine Damen. Meine Daa-a-men! Darf ich Sie *bitte* bitten? Aufgrund des heutigen, unerwartet immensen Aufgebotes hat sich Herr Stassel schweren Herzens zu einer kurzfristigen Planänderung entschieden.»

Schlagartig verklangen jegliche Geräusche im Laden und die Zuhörerinnenschaft hing an den Lippen der Sprecherin. Sie war alles, was die Bücherfreundinnen noch von ihrem Messias und dessen Heilbotschaften trennte.

Die Dame rückte ihre silbern umrahmte Lesebrille zurecht und bediente sich eines staubtrockenen Tonfalls. «Die Lesung wurde gestrichen.»

Wortlaute der Ungläubigkeit mischten sich mit Buhrufen und lauten Seufzern.

«Stattdessen», fuhr die Dame ungerührt weiter, «gehen wir direkt zur Autogrammstunde über. Und die ersten dreissig Leserinnen – und *Leser* – werden *gratis* eine Ausgabe des Hörbuches von *Wahre Grösse* erhalten. Bitte begrüssen Sie mit mir, *Eric Stassel*!»

Die eben noch schwelende Empörung wurde schlagartig von leidenschaftlichem Applaus und euphorischen Pfiffen weggespült. Für Enitta kam diese Umstellung wenig überraschend. Warum auch aus einem Buch vorlesen, das die überwiegende Mehrheit höchstwahrscheinlich schon auswendig kannte? Wie aus dem Nichts tauchte Stassel auf und eilte locker-flockig die drei Stufen zur Plattform hinauf, wo er der Laudatorin einen freundschaftlichen Schmatzer auf die Wange drückte. Er zeigte mit gewinnendem Lächeln auf ein paar ihm angeblich bekannte Gesichter im Publikum, deutete eine Verbeugung an und schüttelte sich erfreut die eigenen Hände. Die hellbraunen Haare hatte er kurz geschnitten, das weisse Hemd trug er verwegen geöffnet, und sein grauer Anzug schimmerte edel im Scheinwerferlicht. Schmunzelnd und nickend erkannte er die Zuneigung seines Publikums an. «Liebe Freunde», begann er in breitem Walliserdeutsch und adjustierte mit geübtem Griff das Mikrofon an seinem Ohr. «Wahre Grösse … ist wahnsinnig gross. Aber, wahre Grösse … ist niemals … grössenwahnsinnig!» Kaum da er die Worte gesprochen hatte, rieselte eine Extraportion Glitterkonfetti von der Decke und die lüpfige Countrymusik kehrte zurück.

Nun gab es für seine Anhängerinnen kein Halten mehr. Frenetischer Applaus flutete die Buchhandlung. Alle Lichtkegel fanden Stassel, der seine Arme einladend hob, als hätte ihn Jesus persönlich geschickt, um seinen vom rechten Pfad abgekommenen Schäfchen den Weg in ein erfülltes Leben zu weisen. Die Frau zu Enittas Linken erlitt gar einen Heulkrampf. Von der eigenen Begeisterung ihrer Sinne beraubt, brach sie zusammen. Sofort nuschelte die Assistentin per Headset Unterstützung herbei, jedoch nicht ohne die Geschehnisse mit völlig emotionsloser Miene schriftlich festzuhalten. Unten versuchte währenddessen eine die Bühne zu stürmen und konnte von der Sicherheit in letzter Sekunde daran gehindert werden, sich wie eine Säbelzahntigerin auf den Schriftsteller zu stürzen. Stassel reagierte souverän, warf der abtransportierten Angreiferin galant einen Handkuss hinterher und ergriff wieder das Wort. Sofort fand das Tollhaus zur Vernunft.

«Darum will ich Sie nicht länger mit meinem Geplapper langweilen, denn ich brenne darauf zu erfahren, was Sie *mir* zu sagen haben. Treten Sie doch bitte näher. Und nur keine Aufregung; es ist genug Stassel für alle da.» Er genoss noch einige Augenblicke lang den Applaus, setzte sich hinters Pult und trank einen Schluck Wasser aus einem Weinglas.

Enitta beobachtete erstaunt, wie die eben noch total verrückten Fans nun im Gänsemarsch auf die Bühne pilgerten, um ihren kleinen Augenblick mit dem Stargast zu ergattern. Und Stassel spielte filmreif mit, lächelte, entbot ein horchendes Ohr, posierte für ein gemeinsames Foto und händigte einen signierten Buchumschlag nach dem anderen aus. Die Beschenkten bebten ihrerseits vor Entzückung und schwebten mit weit aufgerissenen Augen und Mündern vom Podest.

Die Privatdetektivin konnte diese Begeisterungsstürme nicht wirklich nachvollziehen. Zu sehr erschien ihr die ganze Veranstaltung wie eine Schmierseifenoper. Wohl konnte sie vor sich selbst nicht leugnen, irgendwie doch von Stassels Aura der Macht – gepaart mit seinem jugendlichen Elan – selbst auf diese Distanz vereinnahmt worden zu sein. Doch ausser Fionas Lobhudeleien wusste sie herzlich wenig über sein Tun und Wirken. Steinreich war er. Ein vormaliger Investmentbanker mit Walliser Wurzeln, der irgendwann in seinem Leben eine Kehrtwende eingelegt hatte, um sich der Philanthropie zu widmen und Bestseller über ein harmonisches Miteinander zu schreiben. Ausgerechnet eine Ex-Heuschrecke! Vielleicht aber fand sie ja gerade diesen krassen Kontrast so anziehend. Täuschte sie sich, oder schickte er alle paar Minuten einen vielsagenden Blick zu ihr herauf? Ach was, sie musste sich irren. Bei *dem* Angebot konnte sie ihm wohl kaum aufgefallen sein. Ausserdem war der Mann fast doppelt so alt wie sie. Doch dann linste er wieder in ihre Richtung. Und noch einmal. Ein gewinnendes Lächeln umspielte seine Lippen. Galant verabschiedete er eine Leserin und unterbrach die Signierung einen kurzen Augenblick, um sich diskret an seine Assistentin zu wenden. Diese fasste sogleich an ihr Headset und noch im selben Moment begann ihre Kollegin im Obergeschoss zu nicken. Sie notierte etwas auf ihrem Block, drehte sich nach Enitta um und blickte ihr mit ausdrucksloser Miene unverwandt in die Augen. «Eric Stassel wünscht Sie zu sprechen.» Es klang beinahe wie ein Befehl. Die Assistentin riss den Zettel vom Block und streckte ihn hin.

«Aha», sagte Enitta mechanisch und musterte die krakeligen Worte.

Werte Dame,
bitte schliessen Sie sich mir doch nach diesem Anlass zu Wein und vorzüglicher Küche im Maison Blunt an der Gasometerstrasse an.

Ihr Erscheinen wird hochgeschätzt.
Gewidmet
Ihr Eric Stassel

Völlig überrumpelt forschte sie im Gesicht der jungen Agentin. «Und wenn ich nun keine Zeit habe?»

Die Assistentin hob mit zusammengekniffenen Augen das Kinn und wies auf die Vorgänge im Parterre. «Sie sehen es ja selbst», erwiderte sie vorwurfsvoll. «Jede andere würde für so eine Gelegenheit morden.» Schon im nächsten Moment hatte sie sich wieder abgewandt und fokussierte die Lage rund um den Podest. Ganz so als hätte die Unterhaltung nie stattgefunden. Nun wurde es Enitta zu bunt. Stassel wollte sie persönlich treffen. Bis vor einer halben Stunde hatte sie sich nur am Rande für ihn interessiert und jetzt sollte ihr die eher zweifelhafte Ehre eines Fantreffs zuteilwerden? Einfach so? Sie musste raus aus dem Laden. An die frische Luft. Unverzüglich! Des Autors Anhängerinnen machten ihr die Flucht fast noch schwieriger als das Vordrängeln, doch mit viel Willen erreichte sie endlich das Treppenhaus, eilte die Stufen hinab ins Parterre, zum rettenden Ausgang. Draussen war der Auflauf zu ihrem Erstaunen sogar noch grösser geworden und quoll mittlerweile bis zur Bahnhofstrasse. Sie zwängte sich am Rand des Mobs entlang und fand über eine schmale Holztreppe Zuflucht im Café Ernst.

In der schicken, eher rustikal eingerichteten Wirtschaft setzte sie sich an die Fensterfront und bestellte erst einmal einen grossen Latte macchiato. Den hatte sie sich nicht nur verdient, sondern auch bitter nötig. Sie fühlte ihre Kräfte ob des Tumults schwinden.

Zuckersturz!

Es war kurz vor zwei Uhr. Noch blieben ihr fast zwei Stunden Zeit zu entscheiden, ob sie auf Stassels Angebot eingehen würde.

Sie nutzte die Pause, um erneut die Nummer des Partyveranstalters zu wählen, den ihr Felber genannt hatte, und traf diesmal auf ein Freizeichen. Leider lief das Läuten ins Leere. Niemand meldete sich. Etwas enttäuscht stocherte sie mit dem überlangen Löffel in ihrem Kaffeeglas und musterte das Gedränge unten in der Gasse. Ein Kastenwagen der Stapo war neben der Tramhaltestelle parkiert. Ringsum stauten sich Passanten, die wahrscheinlich kaum etwas über den Anlass in der Buchhandlung wussten.

Sie erinnerte sich mit Grausen an den Morgen, als sie nach ihrem Umzug zum ersten Mal in den reissenden Pendlerstrom im Hauptbahnhof geraten war. Zwar hatte sie den HB zuvor schon häufig besucht, war an so manchem Freitagabend in Chur in den Zug gestiegen und hatte gleich nach der Ankunft mit ihren Freundinnen den nächstbesten Duda angehauen. Läuft hier was? Besonders das altehrwürdige Landesmuseum neben dem Hauptbahnhof hatte sie immer wieder verzückt. Zu Beginn war sie sogar der grundfesten Überzeugung gewesen, dass dort einst der König von Zürich residiert hatte.

Doch jeden Tag, den *ganzen* Tag mit einem heillos überlaufenen Stadtzentrum konfrontiert zu sein, das hatte einer anstrengenden emotionalen Umstellung bedurft. Dagegen wirkte der Kern von Chur, mal von einschlägigen Stunden am Wochenende abgesehen, richtiggehend ausgestorben.

Anfänglich hatte sie sogar artig jeden einzelnen Passanten an der Bahnhofstrasse gegrüsst und dafür nur schräge bis sträfliche Blicke geerntet. Es war ihr völlig unverständlich gewesen, weshalb etwas, das in ihrem Heimatkanton zum guten Ton gehörte, in Zürich gänzlich unerwünscht war. Denn wenn man in Chur eine Beiz betrat, dann setzte man sich aus purem Anstand zum einzig anwesenden Gast – selbst wenn man den gar nicht kannte. Man gesellte sich zu ihm an den Tisch und begann eine Unterhaltung. Man grenzte sich nicht mit Handtaschen, Gratiszeitschriften und griesgrämigen Mienen ab wie in den hiesigen Bussen und Trams. Und nun hatte sie sich zwischenzeitlich nicht nur an diese Modalitäten gewöhnt, sondern empfand sie längst als normal.

Unvermittelt klingelte ihr Telefon. Unbekannt wünschte sie zu sprechen. Sie nahm den Anruf entgegen. «Ja?»

«Ja?», echote es düster aus dem Lautsprecher.

«Was *ja*?»

«Wer *ist* da?», fragte eine barsche Stimme.

«Dänk Enitta!»

«Aha! Und woher hast du diese Nummer, Enitta?»

Endlich dämmerte ihr, dass sie wahrscheinlich soeben vom Veranstalter zurückgerufen wurde. «Spreche ich mit Lan Dei Productions? Ich hab die Nummer von Reto Felber erhalten.»

Der Anrufer grummelte. «Whatev' … Worum geht's?»

«Um die Goaparty morgen Abend. Ich würde sehr gerne –»

«Bedaure», fuhr ihr der Anrufer dazwischen. «Das ist ein Privatanlass.»

«Also Reto meinte, das sei kein Problem. Er hat mir schon so viel über euch erzählt», flunkerte Enitta.

«Herrgott noch mal», stöhnte der Mann genervt. «Dieser Ausverkäufer …»

Sie bemühte ihren charmantesten Tonfall. «Aber ich wäre so gerne dabei. Ich hab mir heute einen ultrakurzen Hauch von Kleidchen gekauft … Bitte, ich erzähl's auch bestimmt nicht weiter.»

«Pffft, das sagen sie alle», knurrte der Mann und klang dennoch mit einem Male ein ganzes Stück zugänglicher.

«Wo müsste ich denn hinkommen? Morgen Abend?»

«Die Party findet heute statt. Dreiundzwanzig Uhr. Schau auf unserem MySpace-Profil nach.»

«MySpace? Die Seite ist doch längst tot –»

«Genau darum geht's ja», lachte die heisere Stimme. «Und bring gefälligst was mit. Ein paar Rumflaschen, Roten oder was zu rauchen.» Dann hatte er aufgelegt.

Enitta starrte auf ihr Handydisplay. Das konnte ja heiter werden. Wie gross war denn die Wahrscheinlichkeit, dass sie an einem zufällig ausgewählten Anlass auf die Drogendealer treffen würde? Aber da ihr derzeit keine andere Fährte blieb, konnte sie es genauso gut herausfinden. Sie rief die weltgrösste Datenbank aus Karteileichen auf und besuchte das angestaubte Profil der Lan Dei Productions. Viel mehr als ein paar verwackelte Nachtaufnahmen und eine Playlist mit hektischen Stampfbeats und rasselnden Bassspuren gab dieses nicht her. Unter Neuigkeiten prangte der wortkarge Verweis auf eine Party namens Stanzbein, die mitten im Gebüsch unterhalb des Uetlibergs geplant war. Natürlich ohne Angabe von Datum oder Uhrzeit. Wie sehr sie es doch hasste, mit ihrem Velo den Hang hinaufzutrampen.

Im gleichen Moment kam die Bedienung mit Kaffeehauskostüm einkassieren. Sechs Franken fünfzig! Enitta rundete dennoch auf sieben auf, weil sie sich daran erinnerte, dass Felber für ihre Stunden und nicht den Fahndungserfolg am Schluss zahlte. Da ihre Arbeitszeit aber gerade noch später in die Nacht gerutscht war, würde sie sich für den Augenblick eine Weile ablenken müssen. Die meisten ihrer Freundinnen waren um diese Zeit noch am Schaffen, also zog sie halt alleine die Bahnhofstrasse hinab und suchte Ablenkung im Jelmoli, was jedoch ohne Begleitung nur halb so glatt war. Schliesslich entschied sie sich dazu, Stassels Einladung anzunehmen, kehrte zu Balu zurück und radelte in Richtung ihres Lieblingsquartiers.

Das Maison Blunt, ein populäres marokkanisch-orientalisches Restaurant, befand sich nahe der Langstrasse, im Erdgeschoss eines völlig unscheinbaren beige gepinselten Wohnhauses. Vor der Fassade warteten rote Metallstühle um hellblaue Tischchen im grellen Sonnenlicht auf Kundschaft. Wohliger Apfelgeschmack und der U2-Hit «Magnificent» verrieten Enitta, dass im Loungeabteil bereits ein paar Studis schwafelnd und Shisha paffend auf den Kissen hockten. Die hohen Flügel des parallel angelegten Restaurants jedoch waren verriegelt. Dem Eingangsschild entnahm sie, dass sich das Lokal jeweils zu den späten Nachmittagsstunden eine Ruhepause gönnte. Sie sah sich von Stassels Assistentin bereits genarrt und wollte den Rückzug antreten, als hinter dem schmalen Türfenster eine schwarz gekleidete Person mit Schürze auftauchte und ihr Einlass gebot.

Die schlauchförmig verlaufende Gastwirtschaft bestach durch schlichtes Mobiliar und nordafrikanisches Flair. Wobei die Küche ihrer Grossmutter mit ähnlich kunstvoll verzierten Kacheln ausgeschmückt war. Decke und Wände zeigten sich makellos geweisselt, trichterförmige Metalllampen hingen an langen Kabeln weit über die urchigen Holztische herab, neben der langen Theke waren saftige Orangen aufgetürmt und auf den Fenstersimsen posierten Rosen und Bitches. Wie sie weiter über die blauen Mosaikblumen auf dem Fussboden schritt, erblickte sie am hintersten Tisch den einzigen Gast, der sich hinter aufgeschlagenem Nachrichtenpapier verbarg.

Der Mann nahm die Zeitung vom Gesicht und erstrahlte bei ihrem Anblick. «Ja hall-oh! Welch freudige Überraschung, dass Sie zu mir gefunden haben.» Er wies auf den Platz gegenüber. «So nehmen Sie doch bitte Platz.»

Enitta zog die Stirn in Falten und trat vorsichtig näher, packte die Stuhllehne und zog sie langsam heran, ohne den Gentleman mit der heiteren Miene aus den Augen zu lassen. Was zum Schellenursli trieb sie eigentlich hier?

Stassel faltete die Neue Zürcher Zeitung fein säuberlich zusammen und legte sie behutsam auf einen dünnen Stapel weiterer Publikationen. Er reichte ihr geschmeidig die Hand. «Eric. Freut mich.»

Sie schielte nach den fünf Fingern und entsann sich, dass die Groupietussen von der Buchhandlung sie wohl mit beiden Händen ergriffen hätten, und erwiderte die Geste. «Enitta. Carigiet», fügte sie verzögert an. «Sprechen Sie häufig solche Einladungen aus?»

Stassel faltete die Hände. «Gewiss nicht, Enitta. Aber als ich Sie heute bei der Autogrammstunde bemerkte, da sah ich diesen ... *Ausdruck* in Ihren Augen. Sie sind auf der Suche nach Antworten, gehe ich da richtig?»

Sie hob eine Braue. Wenn ihm dieses Detail mitten in der Hektik aufgefallen war, dann besass er eine bemerkenswerte Auffassungsgabe. Vielleicht war diese Antwort aber auch blosse Masche. «Ich bin Privatdetektivin. Mein ganzer Arbeitstag dreht sich um Fragen.»

Stassel lächelte verlegen. Oder wirkte so. «Tatsächlich? Darf ich denn erfahren, in welche Richtung Sie derzeit ermitteln?»

Das ging den Mann nun wirklich nichts an. Enitta wollte schon höflich auf das Berufsgeheimnis verweisen, doch etwas an Stassels jovialer Art und seiner Aura der Diskretion lockte sie aus der Defensive. Sie griff nach dem Stiel des leeren Weinglases und kräuselte die Lippen. «Nun ... da ist diese Schurkenbande, die mit einer neuartigen Modedroge die Zürcher Partyszene aufmischt. Doch sehr weit bin ich mit meinen Recherchen bislang nicht gekommen.» Sie warf ein Auge auf die Inneneinrichtung und verspürte wenig Lust, das Thema weiter zu vertiefen. «Weshalb hat es Sie ausgerechnet an die Langstrasse verschlagen? Jemand wie Sie könnte sich doch locker ein Lokal am Paradeplatz leisten.»

Stassel wiegte den Kopf zur Seite. «Erfolg hat nun mal seinen Preis.» Sogleich griff er nach der Weinflasche und goss den – wahrscheinlich sündhaft teuren Tropfen – elegant in ihr Glas. «Ich kann mich dieser Tage kaum mehr unbehelligt in Grossstädten bewegen. Aber ich will mich nicht beklagen», beeilte er sich zu sagen. «Als ich seinerzeit für die Golden Lion Bank tätig war, kehrte ich über Mittag mit Vorliebe im Zeughauskeller ein. Mittlerweile ist das kaum mehr möglich – Sie haben die Fantrauben ja selbst gesehen. Darum weiche ich auf dieses herzige Lokal aus, welches ich vor ein paar Jahren entdeckt habe – dem Universum sei Dank. Aber erzählen Sie doch bitte mehr. Haben Sie schon einen Verdacht?»

«Nur die Gewissheit, dass die Droge in den nächsten Tagen wieder auftauchen wird. Irgendwo an einer Party, von denen momentan an jeder Ecke eine steigt.»

Stassel setzte eine besorgte Miene auf. «Findet am Samstag nicht wieder dieses Kostümfest statt? Diese ... Striitpareyd?»

Enitta nickte. «Wenn ich nicht bald Ergebnisse zutage fördere, wird sie dieses Jahr wohl abgesagt. Und das ausgerechnet an ihrem zwanzigsten Jubiläum.»

«Wegen dem Umlauf besagter Droge? Wie jammerschade. Ich mache mir zwar nichts aus elektronischer Tanzmusik – mein Herz schlägt für handgemachten Swing. Aber für den Tourismus bedeutete dies bestimmt einen herben Rückschlag.»

«Für meinen Auftraggeber steht viel auf dem Spiel, ja. Mir bleiben bloss noch ein paar Tage Zeit.»

Der Kellner hatte sich servil neben Stassel gestellt und erkundigte sich wortkarg nach dessen Wohlbefinden.

«Sie haben doch bestimmt Appetit. Was darf ich Ihnen offerieren?», fragte Stassel.

«Ich, äh ...» Sie packte die einem blauen Notizblock nachempfundene Speisekarte. Mit jeder weiteren Seite wurde sie ratloser. Mezzeplatten ... Tabouleh ... Zalouk ... Halloumi ... Kefta? Selbst die Legenden bemühten einen ihr unbekannten Wortschatz. Nun rächte es sich, dass sie schon so viel von dem Lokal gehört und nie was davon gesehen hatte. Da! Die rettende Parole. «Gerne einen Blattsalat. Mit … äh … knusprigem Knoblibrot?»

«Ich bitte Sie, Enitta. Ich habe mir eine währschafte Portion Züri Gschnätzlets bestellt. Genehmigen Sie sich doch auch einen Teller. Enrique, der Koch, hat ein goldenes Händchen», flüsterte er ihr verschwörerisch zu.

«Na schön. Aber bloss einen Kinderteller. Ich habe eine Verpflichtung gegenüber meiner Garderobe.»

Die Bedienung nickte höflich, räumte diskret die Speisekarten weg und empfahl sich. Die Schnute, die sie dabei gezogen hatte, war Enitta jedoch nicht entgangen. Züri Geschnätzlets in einem Restaurant, das normalerweise nordafrikanische Spezialitäten servierte? Das roch stark nach Gotteslästerung.

Stassel lächelte verschwörerisch. «Dieses Menü befindet sich selbstverständlich nicht auf der Karte, aber da Enriques Frau eine meiner treuesten Anhängerinnen ist, bekocht er mich dennoch damit. Wenn auch etwas zähneknirschend.»

Enittas Blick fiel auf die zusammengefaltete NZZ. Eric Stassel hatte es tatsächlich auf die Titelseite geschafft. Allerdings aus eindeutig zweifelhaften Gründen. Mit dicken Lettern berichtete die Zeitung über die «Hörigen der Hohlstrom-Havarie». Gleich daneben lag ein schneeweisses iPad2. Es zeigte die Auslandsrubrik von Spiegel-Online. «So ein Stass – der König der Klugscheisser empfängt Zürich», lästerte die renommierte Redaktion. Sie ergriff das teure Spielzeug und entnahm dem Artikel wenig Schmeichelhaftes über Stassels Promotour. «Womit befasst sich Ihr neuestes Buch eigentlich?», fragte sie beiläufig, während sie die Zeilen überflog.

«Es handelt sich um den Nachfolger meines weltweiten Bestsellers der Jetstream-Theorie – einem Aufruf zu einem bewussteren Leben», antwortete Stassel.

«Die Aufmerksamkeit der Presse scheint Ihnen zumindest sicher.» Sie blinzelte nach einem bestimmten Abschnitt. «Wie lebt es sich denn als angeblicher Skandalautor?»

«Ach, da sind bloss ein paar durcheinandergebrachte Zusammenhänge etwas zu plakativ geraten. Ich schreibe keine Skandale. Das überlasse ich getrost den Journalisten.»

«Also meine Mitbewohnerin ist ein glühender Fan von Ihnen. Doch persönlich masse ich mir kein Urteil an. Ich habe irgendwie nie kapiert, wovon dieser Jetstream genau handelt», sagte Enitta und hob abrupt den Blick. «Und sagen Sie jetzt bloss nicht, ich müsste das Buch lesen.»

Stassel schmunzelte. «Und ob! Ich mache es Ihnen nämlich zum Geschenk.» Er hievte seine Ledermappe auf den Tisch und brachte ein Exemplar «Die Jetstream-Theorie» zum Vorschein.

«Würden Sie es eventuell für meine Freundin signieren?»

«Selbstverständlich», sagte Stassel und produzierte mit geübtem Griff einen Montblanc-Füllfederhalter aus der Innentasche seines Jacketts. «Wie lautet der werten Dame Name?»

«Fiona. Bornschein.»

Stassel kritzelte einige Zeilen auf die erste Seite und überreichte die Kopie auf einem unsichtbaren Silbertablett.

Enitta seufzte. «Die wird vielleicht Purzelbäume schlagen. Vielen Dank, Herr Stassel.»

«Keine Ursache. Bestellen Sie Ihrer lieben Fiona beste Grüsse.»

Sie verstaute das Buch in ihrer Tasche. «Dennoch. Wie kommt ein ehemaliger Investmentbanker dazu, Lebensratgeber zu schreiben? Ich meine … nicht dass Sie das gute Leben nicht kennen würden, aber –»

«Sie fragen sich, warum ausgerechnet ein ehemaliges Schwergewicht dieser angeblich raffgierigen Bankergilde die Spiritualität entdeckt hat, nicht wahr?» Er spielte mit ernstem Blick an seinem Weinglas herum. «Nun, ich will freimütig einräumen, dass gerade in jener Branche ein paar rabenschwarze Schafe die Weide abgrasen, doch wer sich bei der Unendlichkeit bedient, kann niemals *zu viel* nehmen. Wir wirken in einem expandierenden Universum voller unendlicher Möglichkeiten und Ressourcen. Es ist die Einstellung der gewöhnlichen Leute – egal ob arm oder vermögend –, dass nicht genug für alle da sei. Wir glauben zu sehr nur an das, was wir sehen, und hören im Namen der Vernunft blind auf unseren Grind. Daher wurde mir irgendwann einfach sonnenklar, dass wir uns alle viel zu weit von unserer inneren Stimme entfernt hatten. Der Jetstream erschien mir wie eine perfekte Metapher dafür, vermehrt unserer Intuition zu lauschen, anstatt auf die Urteile unseres Verstandes hereinzufallen. Sie sind gewissermassen auch dem Jetstream gefolgt, als Sie sich heute spontan dazu entschieden, meine Einladung anzunehmen.»

Enitta lehnte sich zurück und schenkte Stassel einen stutzigen Blick. «Um die Drogenbande zu finden, brauche ich also bloss diesen ... *Jetstream* zu jagen, ja?»

«Absolut.»

«Aha ... und wo genau finde ich den?»

Stassel lachte auf eine verzückte Art auf, die ihm Enitta einfach nicht verübeln konnte, sosehr sie es auch versuchte. «In Ihrem *Herzen*, Enitta. Die meisten Leute begehen den Fehler, viel zu weit zu suchen. Dabei passt in Wirklichkeit immer alles herrlich zusammen.»

Enitta fummelte an ihrem Melonenhut herum. «Finden Sie? Ich bin nämlich im Begriff, mich mitten im Wald zu verlieren. Buchstäblich –»

«Vertrauen Sie darauf, liebe Enitta; alles, was Sie jemals brauchen, wird das Universum bereitstellen.»

***

Felix fühlte sich wieder einigermassen erholt, als er auf seinem Fixie durch die von einer grellen Nachmittagssonne aufgeheizte Innenstadt flitzte. Während der Vorlesung hatte er sich eine Mütze Schlaf gegönnt und den sterbenslangweiligen Vortrag über postnatale Depressionen frühreifer südkongolesischer Flussschlangen mit der Webcam seines Laptops fürs spätere Studium aufgezeichnet. Der kühle Fahrtwind verschaffte ihm Erleichterung, als er den Wiediker Häuserfassaden entlang glitt.

Mitten im Quartier erreichte er die Zentrale des Unternehmens, für das er Touren fuhr; der «Hallo Velo Kurierdienst GmbH». Die einstige KFZ-Werkstatt war mit wenigen Secondhand-Büromöbeln, Lagergestellen voller Ersatzteile und Werbeprospekten sowie mehreren herumstehenden Rennvelos nur zur Hälfte genutzt, aber bei dem tiefen Mietzins würde er sich nicht beschweren. Es roch nach Zwiebeln und Tomatensauce, mit einem Hauch Gummibärli und erkaltetem Espresso. Diese Gerüche neueren

Datums vermischten sich mit dem hartnäckigen Garagenmief Marke modrige Paletten und öligem Betonboden, der hier seit Jahrzehnten vorherrschte.

Hinter einem rechteckigen bulligen Schreibtisch hatte sich die gute Seele des Hauses verschanzt; die Kurierassistentin Babsy Blumentritt (20/512 Netlog-Freunde) und neuerliche KV-Abgängerin. Sie war die Einzige gewesen, die sich damals auf das Inserat gemeldet hatte, und seither kaum mehr aus dem Arbeitsalltag seiner Firma wegzudenken. Mit ihren oft stressbedingten Quiek- und Quietschgeräuschen, meist durch Störungen des Betriebssystems hervorgerufen, wirkte das zierliche Mädchen manchmal wie eine lebendig gewordene Walt-Disney-Figur. Aber kam es hart auf hart, dann konnte sie ganz andere Saiten aufziehen und zeigte nicht selten Alphatierattitüden. Dann konnte sie als Herrin über den Terminplan, für den sich die übrigen Angestellten eh kaum interessierten, ganz schön diktatorisch werden. Dies hatte ihr, neben anderen Übernamen, den Titel Miss Ouolini eingebracht. Doch aufgrund ihrer Begabung zum Multitasking war sie meistens hoffnungslos unterfordert und füllte ihre Arbeitszeit damit auf, Luftschlösser zum Einsturz zu bringen, Fettnäpfchen auszuwaschen, regenbogenbunte Socken zu häkeln oder auf einem kleinen TV-Gerät pfützenseichte Telenovelas zu gaffen.

Felix' halbwegs gute Laune erlitt eine Herabstufung. Eigentlich hätte das gesamte Team zur Lagebesprechung versammelt sein müssen.

«Wo ist Ilir?», verlangte er von Babsy zu wissen.

«Zahni. Wurzelbehandlung», murmelte diese mit gelangweilter Miene, ohne vom Bildschirm aufzuschauen.

«Geschieht ihm recht», knurrte Felix, «so lahmarschig, wie der in letzter Zeit durch die Stadt schleicht. Manos?»

«Der, ähm … regiert gerade uneingeschränkt.»

«Hä?»

«Er sitzt auf dem Thron», platzte es aus Babsy heraus. «Tout de Suite», fügte sie etwas sanfter an. «Hab ihm noch gesagt, er soll nicht beim Delüx-Döner Stopp machen, aber hier hört ja doch keiner auf mich …»

Felix schielte zum Ende der Halle, wo die sanitären Anlagen untergebracht waren. «Manos!», brüllte er.

Manos Theodorowsky brüllte zurück. Es klang mehr wie ein verzweifelter Aufschrei als wie eine artikulierte Antwort.

«Und Bernhard?»

«Was für'n Bernhard?», echote sie. «Ach, der Neue? Stimmt, von dem hab ich gar nichts mehr gehört …» Sie packte das Funkgerät und wiegte es mit hilflosem Blick in der Hand. Dann legte sie es schulterzuckend beiseite. «Verschollen in der Binz, möcht ich meinen.»

«Arbeitet denn heute überhaupt *wer*?»

«Ja!», ereiferte sich Babsy. «Ich!»

Er lehnte sein Velo neben den Eingang und ging um den Schreibtisch herum. «Tatsächlich? Woran denn?»

Babsy drehte mit sichtlich pikierter Miene den Flachbildschirm in seine Richtung, der den Einsatzplan für September anzeigte. Links ein heilloses Chrüsimüsi aus grellfarbigen, sich überlappenden Balken und rechts so leer und weiss wie die antarktische Eiswüste. «Tja», sagte sie mit weit aufgerissenen Augen, «wenn gewisse Mitarbeiter endlich ihr Occupy Hörsaal abbrechen und andere weniger Freizeit in Skandinavien verbringen würden, wären wir gar nicht so schlecht aufgestellt.»

Felix wollte schon zum Gegenschlag ausholen, da fuhr ihm das schrille Klingeln der Telefonanlage dazwischen.

«Oh!», schildbürgerte Babsy. «Ein Anruf. Wie geht das schon wieder? Ach ja.» Sie langte nach dem Hörer. «Hallo Velo?» Heftig nickend kritzelte sie ein Memo voll und legte kopfschüttelnd wieder auf. «So 'ne Band namens The New Bank of England braucht deine Dienste. Im Kühlschrank ihres Bandraums hat's keinen Champagner mehr.» Mit bezauberndem Lächeln reichte sie die Notiz. «Du wirst am hintersten Ende von Seebach erwartet.»

Seebach. Das bedeutete, bis zum Milchbuck den Hügel hinaufzutrampen und dann ein Ödland namens Oerlikon durchqueren, das sich gerade noch zur Stadt zugehörig schimpfen durfte. Oerlikon, das war wie Winti. Nur halt näher. Aber es half alles nichts. Die Neue Bank von England waren Kumpels von ihm. Der Sänger arbeitete als Fotograf für sein Stadtmagazin, und wenn denen der Champagner ausgegangen war, dann hiess das nichts anderes, als dass er so viele Dosen vom Discounterbier Ranzenberger Prickelherb in seine Tasche packen musste, wie diese zu fassen vermochte.

Babsy wartete noch eine Sekunde, bis sie ihm ein paar weitere Zettel entgegenhielt. «Jetzt mach nicht so ein Gesicht. Oder bist du mit dreissig schon zu alt für den Job?»

«Siebenundzwanzig», korrigierte Felix scharf und überflog die Aufträge. Ein Typ aus dem Seefeld wollte seine neue Luxusbrille am besten gestern geliefert haben, an der ETH warteten Laborproben auf Abholung und eine Anfrage vom AVFMSAF, dem Autonomen Verein für mehr selbst autorisierte Fussgängerstreifen, würde ihn wegen eines Kessels gelber Farbe vom Bahnhof Tiefenbrunnen bis zum Schlieremer Stadtzentrum jagen. Ein ganz normaler Arbeitstag mit einem Schuss Agglo-Alptraum. Wie hatte sein Studienkolleg Julan, der drei Jahre in einer Vororts-WG gehaust hatte, zu sagen gepflegt?

«Willsch du aushalten im Schliere, trinksch du viele, VIELE Biere.»

Für einen Moment überlegte er ernsthaft, ob er nicht doch wieder als Haschkurier arbeiten sollte. Das war ein äusserst lukratives Geschäft mit vielen illustren Kunden aus Punk und Sternsehen gewesen. Aber schon einen Atemzug später verwarf er den Gedanken. Für solche Spässe war er schlichtweg zu oft mit mehreren tausend Franken Bargeld in eine Kontrolle gerasselt und unter dringendstem Verdacht entlassen worden. Er wollte sich bereits auf sein Fixie schwingen, da präsentierte Babsy noch einen Nachschlag.

«Nicht so hastig, gäll. Benoit hat sich noch gemeldet. Er hat den Schlüssel zu seinem Depot hinterlegt, für den Fall, dass heute Abend wieder die Anlage aussteigt.»

Felix verzog ungläubig das Gesicht. «Der Anlass findet doch erst morgen statt.»

«Nein, *heute*», widersprach Babsy und fuchtelte seine Einwände zischend beiseite, um sich einer Schlüsselszene am Bildschirm hinzugeben. Irgend so ein braun gebrannter Typ mit Schnauz und über den Ausschnitt seines Flanellhemdes wucherndem

Brusthaar vollzog gerade eine Schlangenbeschwörung bei einer blonden mageren Schönheit. Untermalt von unerträglich seifiger Geigenmusik.

«Wusste gar nicht, dass du Spanisch sprichst», sagte Felix.

«Tu ich auch nicht. Aber Carlos ist sooo ein strammes Mannsbild. Diese dunklen Augen ...» Sie parkte ihr Kinn auf der Faust und seufzte aus tiefster Seele. Dann schaltete sie den Mini-Fernseher aus und klatschte in die Hände. «Und jetzt wird gearbeitet. Hopplaschorsch!»

Felix stopfte zwei der Zettel in seine Brusttasche und warf Babsy einen strengen Blick zu. «Am besten, du versuchst Bernhard an die Strippe zu bekommen. Er muss sich um die restlichen Aufträge kümmern – sollte Manos weiter auf St. Helena festsitzen.» Mit einem Mal fiel ihm die Ausstattung von Barbaras Schreibtisch negativ auf. Eine Hello-Kitty-Plüschfigur, eine tönerne Madonna, halb leere Kaugummipackungen und zerlesene Frauenheftli zierten die Ränder. Vom windschiefen Ke$ha-Plakat in ihrem Rücken ganz zu schweigen. «Und sieh zu, dass dein Bravo-Shizzle nicht überhandnimmt, ja? Wenn unsere Kunden und Kundinnen, oder noch schlimmer, unsere Konkurrenten diesen Kinderkram sehen ... Wir sind Velokuriere, Meitli. Wir sind die letzte Verteidigungslinie des Rock 'n' Roll!»

Von seiner Ansage sichtlich mitgenommen, packte sie ihr Plüschkätzchen und liess es unter dem Pult verschwinden. Ihre gekräuselten Lippen waren bis zum Ohrläppchen gewandert.

Fast bereute Felix seine Schelte. Er jonglierte so viele Kristallkugeln gleichzeitig, dass die Dinge allmählich aus dem Ruder laufen mussten. Die letzten Wochen hatte er Babsy de facto mit der Koordination der Aufträge allein gelassen, da brauchte er sich nicht zu wundern, wenn sie sich und ihre Welt immer mehr einbrachte. Er schwor sich, alsbald die Zügel wieder fest in die Hand zu nehmen. Für den Augenblick jedoch stahl er sich mit seinem Velo davon. Als er aus der Garage glitt, hörte er noch, wie T-Rex-Babsy nach Manos brüllte.

***

Enitta räkelte sich in Gesellschaft von Balu und einer Packung Chips auf dem Wohnzimmersofa und zappte gelangweilt durch die Fernsehprogramme. Sie hatte alles versucht, um die Stunden bis zur Party am Fusse des Uetlibergs totzuschlagen. Hatte den Kühlschrank mit Einkäufen vollgestopft, Wäsche gewaschen, achtzehn Levels lang Angry Birds gezockt und sogar die Mikrowelle, welcher sie noch nie Esswaren anvertraut hatte, gewissenhaft gereinigt – und dennoch war es erst Viertel nach acht. Fiona würde ihr an diesem Abend keine Gesellschaft leisten. Sie hatte sich zu ihrer gemeinsamen Freundin Nikki, einer aufsteigenden Grafikkünstlerin, begeben, welche zum letzten Mal eine ihrer denkwürdigen Hauspartys schmiss. Danach würde das verrückte Huhn für ein sechsmonatiges Praktikum nach New York ziehen. Enitta war auch eingeladen gewesen, aber sie wusste genau, dass sie es nicht mehr aus Nikkis Wohnung schaffen würde, bevor die Plakate verkehrt rum hingen. Alles was in der Werbebranche Drang und Schale besass, hatte auf Facebook bereits zugesagt, und so eine illustre Bande würde sie unwiderruflich in den Bann ziehen. Würde ihr eine kurze Stippvisite gänzlich verunmöglichen. Da kannte sie sich selbst zu gut.

Vom Unterschichtenfernsehen der deutschen Privatsender aufs ZDF gescheucht, bezeugte sie ein paar matte Lacher lang die neue Koproduktion der beiden Schwergewichte Günther Jauch und Thomas Gottschalk – Gott, Günther – und wechselte dann auf TeleZüri. Dort rätselte gerade ein Promi-Experte mit Fliege und Hosenträger über das Singledasein des berüchtigten Millionenerben Urs Scheller. Der umtriebige Besitzer eines Schuh-Imperiums sei monatelang nicht mehr in weiblicher Begleitung gesichtet worden und dennoch hielten sich hartnäckige Gerüchte, dass er seit geraumer Zeit wieder liiert sei. Mit einer Designerin aus der Ostschweiz. Dieses Katz- und Mausspiel würde angeblich halb Züri um den Schlaf bringen, sprach es aus dem weggeschminkten Gesicht der Moderatorin.

Genug! Per Knopfdruck fiel die Mattscheibe in den Tiefschlaf. Draussen funkelte die Stadt im goldgelben Licht und rief sie zu sich. Die Atötz war dienstags geschlossen, daher entschied Enitta, der Rio Bar einen Besuch abzustatten und sich mit ein paar Bieren – ach was – Cocktails für die Bagage am Illegaliente zu wappnen.

Keine Viertelstunde später fand sie sich bei der kleinen Festwirtschaft am Kopf der Gessnerbrücke wieder. Die munzige Rio Bar war in einem ehemaligen Werkgebäude untergebracht, nahe am Hauptbahnhof und direkt an der Sihl. Wie immer im Sommer säumten längst besetzte Stühle den kleinen Kiesplatz, doch Enitta fand lieber Platz auf einem der raren Barhocker. Sie beäugte die Auslese bunter Bouteillen über einer meterlangen, mit unglaublich schöner Handschrift vollgeschriebenen Menütafel und orderte ein eiskaltes Appenzeller Quöllfrisch.

Schon die ersten paar Schlucke linderten die Hitze und verliehen der Stadt wieder ihren verführerischen Reiz. Zürich konnte manchmal ein echt hartes Pflaster sein, wenn man alleine unterwegs war. Dann erschienen einem selbst die vertrautesten Orte fremd und abweisend. Dies war keine Stadt, in der man mal eben so verweilen konnte. Man musste sich diese Oasen schon selbst suchen. Und heute Abend war sie ganz auf sich gestellt, wie ihr ein Blick über die Schulter auf die zahlreichen Gäste im Steingärtchen bestätigte. Vielleicht war es ja tatsächlich wieder an der Zeit, sich einen Duda anzuschaffen. Zwar liebte sie es, frei zu sein, und doch war sie gleichzeitig wieder frei, geliebt zu werden. Aber was phantasierte sie da herum? Bei ihren Arbeitszeiten und -orten würde sie in ihrem Leben ohnehin keinen Platz für einen Mann freischaufeln können. Heutzutage fielen die schliesslich nicht mehr einfach so vom Himmel. Nicht dass sie das je getan hätten, aber früher konnte man wenigstens noch davon träumen.

Da legte er seinen pieksauberen dunklen Mantel neben ihr auf den Tresen, setzte sich auf den letzten freien Hocker und bestellte höflich ein Mineral.

Die junge Servierdüse hinter der Bar grüsste ihn aufmerksam zurück. Nicht wie einen Kollegen, aber jemanden, der sich gelegentlich blicken liess. Es würde nicht lange dauern, bis er sie bemerkte. Er schenkte ihr ein Lächeln. «Hoi.»

Enitta zog ihr Glas heran. Ein knappes «Hey» war alles, was ihrem Mund entglitt. Wobei … eigentlich war er von geiler

Erscheinung: hatte blondes Haar, eine trainierte Statur und die dreissig seinem jugendlichen Gesicht nach noch nicht lange überschritten. Lässig wischte er eine Strähne beiseite und schmunzelte erneut in ihre Richtung. Ganz unaufdringlich, aber seine wachen blauen Augen liessen Enittas Bier wieder ein paar Zentimeter von ihr weg wandern.

«Eine unglaubliche Hitze heute», bemerkte er beiläufig und nahm einen Schluck aus seinem Glas.

Jetzt, da er es erwähnte, gelüstete es sie umso mehr nach kühlem Gold. «Ich bin selten hier.» Sie konnte sich kaum erklären, woher diese steifen Worte eben gekommen waren.

«Dann hab ich ja Glück gehabt», lachte er. Sein Spruch schien ihm im nächsten Augenblick auf eine sympathische Art peinlich zu sein, doch dann machte er Nägel mit Köpfen und reichte ihr die Hand. «Andreas.»

Sie erwiderte seine Geste zögerlich. «Enitta.»

«Freut mich.» Seine Hand glitt zurück zum Mineralglas.

Enitta klammerte sich ebenfalls an ihr Getränk. «Und wo kommst du her … Andreas?»

Er zuckte mit den Schultern. «Ich arbeite ein paar Strassen weiter. Ich …» Er hielt inne. «Ich helfe meinen Mitmenschen.»

«Was für ein Zufall», schnaubte Enitta amüsiert. «Ich auch.»

«Ein gutes Gefühl, nicht?»

«Schon, aber … es hält jeweils nicht sehr lange an.»

Er bedachte sie mit diesem Blick, als hätte sie eben was unglaublich Bedeutendes gesagt.

Stassels Worte sickerten in ihren Geist. Die Leute suchen viel zu weit, dabei passt in Wirklichkeit immer alles herrlich zusammen. Schickes Hemd, das dieser Andreas da trug. Überhaupt wirkte seine Garderobe sehr sorgsam gewählt und fügte sich dennoch unauffällig in die Umgebung ein. Was er wohl von Beruf war? Womöglich arbeitete er für eine der beiden Grossbanken am Paradeplatz? Oder für eine Werbeagentur? Seine Haltung verriet, dass er bestimmt seit dem frühen Morgen geschuftet hatte, und dennoch schwitzte er kein bisschen. Rein äusserlich waren ihm die noch immer hohen Temperaturen in der City kaum anzumerken. Er hatte etwas unverschämt Frisches an sich. Umso unverständlicher, warum er bei dieser Hitze einen Mantel mit sich herumschleppte.

Für einen Moment verweilten sie still beieinander. Nippten an ihren Getränken und tauschten wiederholt neugierige, wenn auch zaghafte Blicke aus. Als Enitta den letzten Schluck ihres Biers über die Zunge geschickt hatte, liess sie das Glas etwas zu laut auf die Theke treffen. Sie schenkte Andreas, der mit seinem Mineral gleich weit war, ein schelmisches Lächeln. «Darf ich dich auf einen Drink einladen?»

«Ich trinke keinen Alkohol», erwiderte er. «Sorry.»

So leicht würde Enitta nicht aufgeben. Sie presste die Lippen aneinander und linste zur Wandtafel, um sich nach einer nullprozentigen Alternative umzusehen. «Für den Honeymoon ist es eindeutig zu früh. Wie klingt ein … Sommertraum?»

«Ja, gerne.»

Enitta winkte das Barfräulein zur Bestellung heran.

«Hast du einen?», fragte Andreas.

«Einen was?»

Er stützte das Kinn auf die Hand und schien ihr seine ungeteilte Aufmerksamkeit zu schenken. «Einen Traum, den du diesen Sommer verwirklichen möchtest.»

Die Frage jagte eine Bilderflut durch ihr Bewusstsein, die sich zu einer kleinen Filmsequenz aufreihte. Sie sass mit Janita am Schiffssteg beim Zürihorn. Spätabends. Niemand sonst war zugegen. Beide tranken sie Bier, lachten und blickten zu einer der neonbeleuchteten Fähren. Dahinter ragten die pittoresken Schneeberge weit jenseits des Sees in den purpurnen Himmel. «Ja», hauchte sie. «Ich arbeite jeden Tag daran.»

An der Kreuzung neben der Rio Bar lauerte eine Mittelstandsbüchse ungeduldig auf grünes Licht. Der scheppernde Beat ihrer Musikanlage strömte nervös durch die weit offen stehende Eingangstür. Ringsum zog die blaue Stunde auf. Nur am Horizont leuchteten ein paar letzte vanillefarbene Flecken. Eine Gruppe junger, schick aufgemachter Menschen erhob sich und trollte aufgepeitscht hinaus in die Nacht, hinein in das eigentliche Leben. So als wartete dort draussen etwas Grossartiges. So als müssten sie morgen früh nicht wieder pünktlich zur Arbeit erscheinen.

«Dieser Ort steht wirklich nie still», bemerkte Andreas. «Man könnte denken, dass ich mich nach all den Jahren daran gewöhnt habe.»

Das Barfräulein legte Servietten aus und parkierte zwei mit Limettenschnitzen verzierte Cocktailgläser. Die dunkelrote Flüssigkeit glitzerte verführerisch. Feierlich stiessen sie auf den Sommer an.

Er stellte sein Glas ab und beantwortete ihre unausgesprochene Frage. «Ich bin in Frauenfeld aufgewachsen. Lebe aber seit 2005 in der Stadt. Dem Beruf zuliebe.»

«Gehst du nie in den Ausgang?»

«Ich stehe meist früh auf und gehe spät zu Bett. Da komme ich nur selten zum Feiern.» Er hob die Augenbraue. «Du wohl eher schon?»

Sie zuckte die Schultern und prüfte die Uhrzeit. Der kleine Zeiger war der Zehn längst näher als der Neun. «Mehr, als ich sollte.»

«Auch heute wieder?»

Sie fühlte sich ertappt.

Andrerseits war es nur zu offensichtlich. Die Rio Bar war eine der besten Startrampen für einen Abschuss ins Nachtleben. Sofern man nach dem Besuch noch gerade laufen konnte. «Nun ... ja. Da ist dieser Anlass ... Aber es ist mehr sollen als wollen.» Der Gedanke an versiffte Vogelscheuchen unter Tannen weckte Gelüste auf ein weiteres Bier. Oder drei. «Möchtest du mich vielleicht begleiten?»

«Weisst du, ich kehre selten auf mehr als ein Mineral ein. Und wenn ich länger bleibe, brauche ich dafür schon einen verdammt guten Grund.»

«Also?» Natürlich wusste sie, dass es eine hoffnungslos verrückte Idee war, einen Wildfremden – und sei er auch noch so sympathisch – an einen Event zu schleifen, von dem sie kaum erwartete, dass er ihr selbst zusagen würde. Ganz zu schweigen davon, dass der Besuch unter Arbeit lief und sie kaum Zeit für romantisches Geplänkel haben würde. Aber die Idee fühlte sich gerade richtig an. Vielleicht folgte sie einfach dem Jetstream.

Andreas schien einen Schluck lang versucht. «Gegenvorschlag:

Begleite mich übermorgen an eine gute alte Stubete beim Lindenhof.»

Enitta riss die Augen auf. «Stubete? Du meinst Handörgeli, Hudigäggeler und verschrumpelte Mannli mit Ohrringen? No way!»

«Warum denn nicht? Zu Hause höre ich mir zwar keine Ländler an, aber meine Eltern haben mich damals zuhauf an solche Feste geschleppt. Ist eine gute Art abzuschalten. Stampfmusik gibt's in der City doch schon genug.»

Folklore war ebenso fester Bestandteil ihrer eigenen Kindheit gewesen, mit der sie noch heute widersprüchliche Heimatgefühle verband. Dort, wo sie ursprünglich herkam, war das Spiel mit dem Kontrast zwischen urchigen Bräuchen und modernem Lifestyle eine Grundeinstellung, die man nie wieder aus dem eigenen Leben getilgt bekam. Dennoch hatte es seinen guten Grund gehabt, dass sie nach Zürich gezogen war.

«Das wär schon ein arger Bruch mit meinen Gewohnheiten», sagte sie trocken.

«Dann wird dich dort bestimmt keiner deiner Freunde sehen. Es gibt leckere Schweizer Küche, und ich bin übrigens auch noch vor Ort.»

Enitta musste lachen. «Heimlich hab ich mir ja schon immer einen Weg aus diesem sündigen Leben gewünscht, nur hätte ich ihn mir nie so radikal vorgestellt.»

Andreas trank aus. «Donnerstagabend. 19 Uhr 30 beim Lindenbock an der Fortunagasse.» Er stand auf und warf seinen Mantel über den Unterarm. «Danke für den Drink. Ich freu mich auf dich.» Im Vorbeigehen strich seine Hand über ihre Schulter. Dann war er verschwunden.

Das laute Treiben an den Tischen im Freien und die Erinnerung an den Rave am Uetliberg drängten mit einem Mal wieder in ihr Bewusstsein. Enitta tat ihr Bestes, dieses Gefühl, das Andreas bei ihr ausgelöst hatte, festzuhalten. Wie einen wunderbaren Traum, der sich durch das laute Schrillen des Weckers Stück für Stück zerstieb. Sie wollte ihn wiedersehen. Und wenn sie sich dafür Kuhglocken und Altherrengejodel antun musste. Sie wünschte sich von der Bedienung noch etwas Sonne in ihren halb leeren

Drink, bezahlte, trank aus und machte sich auf den Weg in die Wildnis.

Sie radelte der Gessnerallee entlang und fand sich eine Abbiegung später an der Station Selnau wieder, einem groben Betonsockel mit abgeschrägtem Glasdach, der stolz aus dem Flussbett der Sihl ragte. Darunter verliefen die Schienen der S-Bahn, welche sie bis an die Spitze des Uetlibergs beamen würde. Sie verspürte nämlich grad wenig Lust, sich mit Muskelkraft den Hügel hinaufzuquälen, und kettete ihr Velo ans Geländer, das die oval geformte Station umgab. Die SBB-Uhr über dem Lifteingang zeigte 22 Uhr 15. Im kühlen Gewölbe darunter würden die roten Waggons der S10 schon bald am breiten Marmorperron vorfahren und sie in den rabenschwarzen Sihlbahntunnel entführen. Das Bähnchen passierte einspurig die Industrielandschaft Binz, mehrere, unnötige Haltestellen und rauschte, vorbei an schier endlosen Tannenfronten, zum Gipfel. Der Wald ringsum verschluckte mit zunehmender Steigung jegliches Umgebungslicht.

Enitta kramte die windschiefe Skizze hervor, die sie gemäss der Wegbeschreibung auf MySpace angefertigt hatte. Die Location musste sich irgendwo weit unterhalb der Aussichtsplattform beim Hochpreis-Resti Utokulm befinden. So gesehen erschien ihr die gewählte Anreiseroute als die einzig vertretbare. Sie freute sich schon auf bäumige Stolperstunden im finsteren Dickicht. Überhaupt war das ihre erste Reise auf den höchsten Punkt der Stadt, was angesichts ihrer Vergangenheit als Bergkind schon ziemlich wunderlich war. In den vergangenen drei Jahren musste sie zu einer waschechten Stadtzürcherin mutiert sein, die nur dann zum Verlassen der City bereit war, wenn sie sich Kurztrips in fremdländische Metropolen gönnte. Dafür musste sie zwar zum Flughafen in Kloten fahren, der sich knapp nicht mehr auf Stadtzürcher Boden befand, doch das ging in Ordnung. Diese paar Kilometer überbrückte sie mit der S-Bahn und brauchte so den unheiligen Agglomerationsboden nicht direkt zu berühren. Sie war nun mal keine dieser Bündnerinnen, die eine Fernbeziehung mit den Bergen führten und freitagabends vom Heimweg getrieben einen Zug nach Chur bestiegen. Snowboarden konnte sie auch nicht, sondern bestenfalls Après-Ski fahren. Vielleicht war es nicht allzu gesund für den Bildungshorizont, wenn man sein Leben stets innerhalb derselben zwölf Stadtquartiere führte, von denen gerade mal die Kreise 2, 3, 4, 5 und Wipkingen wirklich dazugehörten.

Aber wenigstens war sie sich dieser Neurose bewusst.

An der Endstation verliess sie als Einzige die Bahn, während mehrere alte Ehepaare und eine Grossfamilie zustiegen. Neben dem Bahnsteig befand sich die Gastwirtschaft gmüetliBERG, ein altes graues Gebäude mit Schrägdach. Das Personal räumte gerade Speisekarten und Aschenbecher von den Tischchen, und Enitta überlegte ernsthaft, ob sie noch auf einen Gnadenkaffee einkehren sollte, bevor sie sich ins Unterholz begab. Doch Balu äusserte mit einem vehementen Ruck an der Leine dringendere Bedürfnisse. Sie entliess ihn am hinteren Ende des Perrons zu den Baumstämmen und zückte einmal mehr ihr Telefon, um sich im Gelände zu orientieren. Zwei geizige Empfangsbalken bescherten ihr eine quälend lange Ladezeit der Standortanzeige, und es dämmerte ihr, dass sie diesen Goa-Rave wohl nur mit viel Glück finden würde. Die Anreise war auf MySpace äusserst vage beschrieben gewesen, denn die Abgeschiedenheit des Austragungsortes hatte Methode.

Sie fasste sich ein Herz und beschritt einen als Gratweg ausgewiesenen Trampelpfad. Ringsum ragten finstere Baumsilhouetten in das funkelnde Licht des aufziehenden Vollmondes. So sehr Tussi konnte sie also nicht geworden sein, wenn sie sich tapfer und auf eigene Gefahr mitten in der Nacht ins Nichts begab. Schon als Meitli war sie in Davos nach Dämmerungseinbruch durch die Waldränder geschlichen und hatte dabei verwegenerweise niemals Angst verspürt. Zur Not würde ihr Balu zu Hilfe eilen, falls sich beispielsweise ein lüsterner Grüsel mit Zelt und Fahne aus dem Dickicht auf sie stürzte.

Der unebene Kiesweg führte steil den Hang hinab. Nur selten traf sie auf ein sicherndes Geländer, meistens dann, wenn das Gefälle ohnehin schon durch eine schiefe Holztreppe abgemildert wurde. Sie entsann sich eines schmalen Pfades, der nach ein paar hundert Metern scharf nach rechts ausscheren würde, und hätte ihn wegen Überwucherungen auch fast verpasst. Nun befand sie sich buchstäblich auf dem Holzweg, wehrte abweisendem Geäst und verminderter Sicht, der sie mit dem Scheinwerfer ihres Smartphones beikam. Im kalten Lichtschein wirkte der verschlungene Wald wie ein düsteres Wunderland, das nur darauf wartete, dass Alice ins Kaninchenloch fiel. Ein paar Atemzüge lang dachte sie übers Umkehren nach. Noch konnte sie es auf den letzten Zug schaffen. Jedoch wurde der Pfad wieder breiter, die Bäume wichen zurück und liessen an manchen Stellen Mondlicht gar auf den Grund passieren. Sie stoppte und lauschte angestrengt. Verräterische, wummernde Bässe konnte sie nicht ausmachen, dafür raschelte es ringsum und kühler Nachtwind streifte die Baumkronen. Unbeirrbar stolperte sie weiter. Der Handyempfang hatte sich mittlerweile ganz verabschiedet, sodass sie sich nicht länger mit dem Navigationssystem orientieren konnte. Aber das war eigentlich egal, denn das Display hätte wohl ohnehin nur eine grüne Fläche angezeigt. Für ihre Memoiren mochte dieser verpeilte Nachtmarsch eine nette Anekdote hergeben, aber für den Moment wirkte die Aktion einfach nur falsch.

Balu schien da ganz anderer Meinung zu sein. Mit Leib und Seele hatte er sich auf den Kurs eingeschworen und würde ihr auch ohne Leine nicht von der Seite weichen, egal wie weit sich das Wäldchen noch in die Länge zog.

Ein Lächeln huschte über Enittas Lippen. Genau aus diesem Grund hatte sie sich ja von klein auf einen Hund gewünscht. Damals, als ihre Eltern noch zusammen gewesen waren, wurde sie fast jeden Sonntag auf ausgedehnte Spaziergänge durch Wiesen und Täler gezerrt. Jung, wie sie gewesen war, hatte sie das natürlich als sterbenslangweilig empfunden und daher so lange Terror gemacht, bis sie endlich einen Kater geschenkt bekam. Aber da dieser stubentreue Schmusepelz keine Lust aufs Wandern verspürte, hatte Klein-Enitta einfach munter weitergequäkt; sie musste sich mit einem Wauwau aus Plüsch zufriedengeben. Jahre später – sie war bereits in der Lehre – stiess sie im Internet auf die Anzeige einer italienischen Familie in der Ostschweiz, die Welpen abzugeben hatte. Von den herzallerliebsten Fotos angestachelt, machte sie sich mit einer Freundin ins ferne Rorschach auf, jedoch nicht ohne dieser das heilige Versprechen abzunehmen, sie unter allen Umständen am Kauf eines Tieres zu hindern. Bis zur Verabschiedung war sie tatsächlich standhaft geblieben, aber eins der Hundchen büxte im letzten Moment aus und sprang ihr auf dem Parkplatz mitten in die Arme. Da hatte sie nicht länger widerstehen können und den kleinen Racker kurzerhand gekauft.

Ihre Turnschuhe trafen auf etwas Matschiges. Sie war froh, dass sie die pinken Puma-Sneakers aka *der* Fehlkauf 2010 geschnürt hatte.

Sie würde sich mit den Kosten für das neue Familienmitglied noch ruinieren, hatte ihr Vater damals geschimpft. Und obwohl sie seine Predigten geflissentlich ignorierte, musste sie sich eingestehen, dass ein Haustier allerdings eine ziemliche Umstellung war.

In der Ferne keifte unbestimmbares Getier und flinke Pfoten fanden wenige Meter hinter dem Wegrand Deckung. Nur mit sichtlicher Mühe konnte es sich Balu verkneifen, umgehend die Verfolgung aufzunehmen. Enitta stellte mit Genugtuung fest, dass sich die vielen Trainingsstunden bezahlt gemacht hatten. In welpigeren Jahren war ihr sein unbändiges Temperament beinahe über den blonden Lockenkopf gewachsen. Gerade in den ersten zwei Wochen war er ihr auf Schritt und Tritt gefolgt und hatte sie beinahe in den Wahnsinn getrieben. Sass sie auf dem Thron, weinte er vor der Klotür. Und gönnte sie sich eine Dusche, erging er sich selbst auf dem Badezimmerteppich in herzzerreissenden Klageliedern. Später hatte er ihre CD-Hüllen zerbissen und die Tapeten ausgefranst, sobald er während einem ihrer Streifzüge durch die Kaufhäuser in ihrem abgeschlossenen Zimmerchen eine kurzfristige Isolationshaft erdulden musste. Da hatte selbst der plärrende Fernseher keinen Unterschied gemacht. Doch so folgsam er mittlerweile auch geworden war; sie hätte besser auch den Spürhund in ihm fördern sollen, denn gerade diese Eigenschaft wäre in ihrer jetzigen Lage sehr von Vorteil gewesen. Jetzt konnte Rotdeppchen nur noch hoffen, dass der grosse, böse Wolf in die Ferien gefahren war.

Als sie sich schon hoffnungslos verloren gewähnt hatte, zuckten in der Ferne giftgrüne Blitze. Sie verliess den Kiesweg und folgte dem betörenden Leuchten durchs Unterholz. Dumpfe Bässe krochen durchs Gestrüpp, wurden immer korpulenter, je weiter sie durch die Büsche stapfte. Es klang fast so, als würde sie nach einem langen Tauchgang ganz langsam an die Oberfläche zurückkehren.

Schliesslich fand sie sich am Rande einer kleinen Lichtung wieder und fühlte sich wie Gargamel, der endlich das Dorf der Schlümpfe gefunden hatte. Sie überblickte eine abfallende, von mehreren Zelten besiedelte Wiese, auf der ein gar seltsames Treiben im Gange war. Halb nackte Gestalten tanzten sich unter gleissendem Vollmond die verbliebenen Fetzen von den Leibern, schwangen wilde Mähnen und polierte Glatzen im Rhythmus der fiependen und quietschenden Computermusik. Von den Eindrücken förmlich hypnotisiert, mischte sich Enitta unter die Leute. Fluoreszierende Alienfratzen hingen von den Bäumen, schiefe Zelte säumten den Waldrand, und ein sehr improvisiert aussehendes, mit eingefärbten Tüchern ausgekleidetes Metallgerüst beherbergte den Zeremonienmeister. Das dürre Männchen mit viel zu grossen Kopfhörern zappelte in einem pinken T-Shirt hinter den Mischpulten und fuchtelte aufgebracht mit den Ärmchen.

Das Publikum, etwa hundert Nasen an der Zahl, huldigte mit seinen Tänzen namenlosen Gottheiten, pries das Universum, beschwor Naturgeister und unterwarf sich kollektiv der konstant rotierenden Spirale aus technoiden Klängen. Der platt getrampelten Wiese nach zu urteilen, hatte die Stanzbeinparty wohl am späten Nachmittag begonnen. Vielleicht sogar schon vorletzte Nacht. Gegen die lockere Ankleide der Leute, die sich auf zerrissene Jeans, Flipflops und T-Shirts beschränkte, wirkte der durchschnittliche Street-Parade-Besucher wie ein Charles-Vögele-Model. Hier war Tanzkultur ein freies Wild, losgelöst von Werbebannern und Star-DJs. Bei dem vorüberwehenden Düftchen hätte sich Rexona jedoch ganz gut als Hauptsponsor gemacht.

Mancher Raver sah ziemlich fertig aus und zuckte in den letzten Zügen, während andere erst so richtig auf Touren zu kommen schienen. Ein Besucher hüpfte gar herum, als versuchte er verzweifelt, seine blanken Fusssohlen vor unsichtbaren, weit verstreuten Kohlen zu bewahren. Sie begriff, dass sie soeben mindestens fünfzehn Jahre zurückgereist war. Hinein in eine Zeit, die heutige Partygänger, also Menschen ihrer Generation, nur noch vom Hörensagen kannten. Bevor die Ära der Mega-Raves ihren Niedergang erlebt hatte und die Clubkultur das Ruder übernahm, um es bis zum heutigen Tag fest in Händen zu halten.

Sie genoss diese Erfahrung. Freiluft statt abgestandenem Discomief. Freistil statt Dresscode. Unbetitelte Klassiker statt Radiohits. Schwesterliche Gleichheit statt Gästelisten. Originelle Dekoration anstelle von schwarz bemalten Wänden. Glückspillen anstelle von grimmigen Türstehern. Allerdings zog sie verstopfte Damenklos immer noch jederzeit den frei stehenden Büschen vor. Es hatte alles seine Grenzen.

Manch Anwesender beäugte sie auch wie eine Zeitreisende. Sie kümmerte sich nicht darum, schritt weiter durch die Reihen der Goaner und bemühte ein Kopfnicken, um sich nicht völlig ins Abseits zu befördern. Balu wich nicht von ihrer Seite und schien von den vielen Eindrücken merklich verwirrt. Sie nahm ihn vorsichtshalber an die Leine. Im Zentrum der Menschenmenge thronte ein verrosteter Scheinwerfer auf einem wackeligen, pseudo-esoterischen Altar und schickte Signale zu den Sternen. Enitta fragte sich, warum ihr dessen Richtstrahl nicht schon vorher aufgefallen war. Immerhin musste man den doch von Weitem sehen. «Habt ihr keine Angst, dass die Polizei aufkreuzt?», fragte sie einen Mittvierziger mit grauen Haaren und schwarzem T-Shirt.

«Glaubsch?», lachte er. «Das ist *denen* doch egal», winkte er ab. «Die Einzigen, welche sich an unserem Treiben stören könnten, sind diese Naturschutz-Fundis, und die gehen nach ‹10vor10› in die Federn. Von daher ...» Schon tanzte er davon.

Ein Talibartli mit knutschgelbem Cap und lässig wippender Wampe verströmte würzigen Kräuterrauch, ein Ravegirl mit violetten Trichterhosen und glitzerndem Gesicht schickte schillernde Seifenblasen zum Firmament und ein Typ mit Fleischkappe, blanker Brust und gekrümmtem Rücken liess seine Fäuste eng nebeneinander kreisen. Wie sie die Kinder der Haschpfeife musterte, musste sie instinktiv an Janita denken. Ob sie auch zugegen war? Wie sie wohl heute aussah? Sie könnte sich direkt neben ihr schütteln und dennoch unsichtbar bleiben. War sie diese hibbelige Technotante mit Nasen-Piercing, Prinzessin-Leia-Frisur und Lennon-Brille? Von der Grösse her kam sie in etwa hin. Zu früh gefreut. Aus dem Kinn des «Mädchens» spross ein Goatee. Egal wie krass sich die Menschen fürs Nachtleben umgestalteten; *so* drastisch konnte sie sich unmöglich verändert haben.

Als sie nach ihrem Streifzug bei den hinteren Zelten aus Mandalatüchern angelangt war, stand dort sogar ein untersetzter alter Mann in einer kompletten Appenzeller Tracht herum und zog leidenschaftlich an seinem Lindauerli. Wohl von ihren Blicken aufgescheucht, verschwand er zwischen den Tüchern. Enitta nahm zur Kenntnis: Je mehr man sich von der Tradition entfernte, desto näher kam man ihr. Und noch etwas liess sie grosse Augen machen. Am anderen Ende der Wiese führte eine breite Offroadstrasse hinunter in die Stadt. Dort wo der Pfad mit der Wiese verschmolz, war neben einem Berg aus Velos sogar ein Shuttlebus parkiert, mit dem die Veranstalter ihr Equipment auf den Hügel geschafft haben mussten. Wenn sie das nur vorher gewusst hätte. Doch die Wut über die im Grunde überflüssige Schnitzeljagd von vorhin wurde vom Durst überflügelt. Sie linste nach einer Art Ausschankstelle und fand ein annehmbares Äquivalent in einem langen, schief stehenden Tresen, der mit einer riesigen Glasschale und herumliegenden Pappbechern gedeckt war. Im Topf schwamm eine dunkelrote, mit Sicherheit unerwünschte Zusatzstoffe enthaltende Brühe. Weiter wurden Teller mit Früchten, eine Partyplatte mit nicht mehr ganz so frischem Fleisch und diverse, im Halbdunkel eher schwer erkennbare Auslagen angeboten. Dagegen wirkte der Stapel mit Kühlboxen am anderen Ende der improvisierten Bar doch weit einladender.

Von einer in Würde gealterten Raveveteranin mit aufwendig gewickeltem Kopftuch liess sich Enitta eine Flasche reichen, wischte das Eis vom Glas und bezahlte per Fünfliber. Viel entspannter führte sie das Studium der eingeschworenen Gruppe fort, deren perfekte Einheit beinahe von der Bedrohung hinterhältiger Dealer ablenkte. Schliesslich hatte sie nicht zuletzt deswegen die beschwerliche Anreise auf sich genommen. Da dämmerte ihr, dass sie nicht die Einzige mit wachsamen Augen war. Ein glühender Blick war direkt auf ihre Backe gerichtet. Er gehörte zu einem stark geschminkten Mittvierziger, der seine Mähne mit einem Turban bändigte und wie die perfekte Mischung aus Seeräuber und Zirkusdirektor wirkte. Lässig futterte er Fertigsalat aus einem Plastikbeutel.

«Du bist diejenige, die angerufen hat, nicht?», fragte er mit heiserer Stimme. Ein amüsiertes Lächeln umspielte seine Lippen.

Enitta blieb das Feldschlösschen fast im Halse stecken. Der Feldherr persönlich. Woher er das wohl wusste? «Noch hab ich's nicht bereut», gab sie zurück.

Sie stellten sich einander vor und Enitta erfuhr, dass sein Name Benoit war, wobei er ihre Hand einen Moment zu lange schüttelte. Ganz gefällig lehnte er sich an den Tresen und erzählte, wie er auf seine uralte Reserve-Ersatzanlage zurückgreifen musste, nachdem die Polizei seine zwei letzten Partys im Sihlwald gesprengt und das ganze Equipment beschlagnahmt hatte. Wie wenig ihn dies kratze, da es um die gerechte Sache ginge. Wie es dem Herzblut seiner langjährigen Getreuen zu verdanken sei, dass dieser exklusive Event in Windeseile auf die Stanzbeine gestellt werden konnte. Und dass dies noch lange nicht alles gewesen sein würde.

Er sollte recht behalten, denn unvermittelt zog ein Gewitter aus oszillierenden Bassspuren über der kleinen Raverstadt auf. Ein reissender Strom aus stahlharten Rhythmen ergoss sich wie ein empörter Wildbach aus den betagten Boxen in die Szenerie, beschwor einen Regensturm aus Acidfiltern und messerscharfen Snaredrums herauf. Die Klänge schienen sich in flüssiges Metall zu verwandeln. Das Publikum reckte die Zungen, johlte und begann vor Verzückung Haken zu schlagen. Wütende Stroboblitze froren ihre Verrenkungen an Ort und Stelle ein.

Enitta wandte sich nach dem Altar und realisierte, dass hinter dem Mischpult ein fliegender Wechsel stattgefunden hatte. Der schlaksige Typ war einer massigen Gestalt in weissen Gewändern gewichen. Der neue Zeremonienmeister hebelte wie ein Irrer an den Reglern, dass der Pferdeschwanz an seinem Hinterkopf herumwirbelte.

Es war DJ Prügelsuff, und er zog alle Register.

Mühelos mischte er einen Track in den nächsten und liess den Regensturm zu einem Orkan werden. Als Enitta sein Set schon auf einem schwindelerregenden Zenit wähnte, schaltete er gleich zwei Gänge höher und katapultierte die Leute in eine Dimension, von deren Existenz bis dahin wohl nur er selbst gewusst hatte.

Selbst Benoit machte einige Schritte von der Bar weg und liess sich zu einem verhaltenen Tänzchen hinreissen.

Enitta hätte sich beinahe in einer Trance verloren und erinnerte sich nur zufällig daran, dass sie stattdessen die Augen offen halten musste. Mitten im Getümmel konnte einer dieser Drogendealer lauern und seinen Horrorstoff anbieten. Doch sie machte niemanden aus, der verdächtig umherschlich. Irgendwie schienen die Leute auch schon kräftig bedient und vollends damit beschäftigt, sich die Seelen aus dem Leib zu tanzen. Wahrscheinlich hätte Prügelsuff noch stundenlang so weitermachen können, ohne an Grenzen zu stossen, doch ungleich ihm hatte die Technik ihr Limit. Ein brachialer Donnerschlag beendete das Unwetter, von dem nur ein Rauchwölkchen über der DJ-Kanzel übrig blieb. Das Tanzvolk, brutal aus einem transzendentalen Zustand herausgerissen, reagierte erst verwirrt und dann mit lauten Pfiffen auf die oktroyierte Stille.

Benoit hingegen wusste sofort, was los war. In seinen Cowboystiefeln stapfte er über die Wiese zum Altar. «Herrgott Strohsack, Prü-gäll-suff!», brüllte er. «Nicht schon wieder!»

Der Zeremonienmeister trat einen Schritt vom qualmenden Mischpult zurück und verwarf theatralisch die Hände. «Ich war's nicht! *Wirklich* nicht! Ich *schwör's*!»

«Wer denn sonst, du schnapsnasige Schranzbacke!»

«Was, Schnaps?», verteidigte sich Prügelsuff mit brüchigem Lächeln und hob einen Plastikbecher. «Ich hab bloss Orangensaft getrunken.»

Immer mehr Leute belagerten die Konstruktion und forderten die Rückkehr der Musik ein.

«Sieh nur, was du angerichtet hast», wetterte Benoit und nestelte ein altes Nokia aus seinen weiten Hosentaschen. «Wenn ich jetzt keinen Ersatz auftreiben kann, ist die Party gelaufen. Aber auf jeden Fall haben wir deinetwegen erst mal Sendepause.»

Nicht alle Raver sahen das so drastisch. Vor den Zelten begann eine kleine Gruppe junger Leute mit Didgeridoos, Djemben und

Triangeln zu jammen und einzelne Tanzsüchtige stiegen sogar darauf ein.

Prügelsuff fummelte währenddessen hastig am Mixer herum und koppelte ihn ganz von den Kabeln ab, um ihn in die Höhe zu halten. «Alter, das Ding war bereits Schrott gewesen, bevor ich überhaupt den ersten Regler berührte.»

«Dieser *Schrott*», knurrte Benoit, «war mein letztes Mischpult.»

«Dein *zweitletztes*», schaltete sich eine dritte Stimme dazu. Zwischen den Gästen bildete sich eine Schneise und ein junger Mann mit Helm und Velo trat an den Bühnenrand. Er streifte seinen massigen Kunststoffrucksack von der Schulter und präsentierte mit cooler Miene ein verchromtes, nagelneu wirkendes Mischpult.

Benoit liess sein Mobiltelefon sinken. «Wie ...?»

«War doch klar», schnitt ihm der Kurier das Wort ab. Er drückte das Mischpult dem dürren DJ in die Finger. «Jedes Jahr derselbe Brunz mit deiner Antikanlage.»

«Nun ja», murmelte Benoit, «danke jedenfalls.»

«Ha! Warte, bis du unseren neuen Nachtzuschlag siehst», feixte der Bote. Der Jockey eilte schnurstracks hinter die Anlage, schnauzte Prügelsuff in die Ecke, verkabelte den Metallkasten und krönte sich mit den Kopfhörern. Die Bassspuren rollten mit gemächlicherem Tempo und verminderter Lautstärke wieder übers Gras und allmählich trollten sich die Gäste zurück auf die Lichtung, um den heiligen Segentanz fortzusetzen.

Benoit bestand darauf, dem Kurier ein Bier zu spendieren, und geleitete ihn zur Bar.

Da begann Balu knurrend an der Leine zu reissen. Sein Unmut richtete sich gegen den Messenger, der mittlerweile seinen Velohelm abgezogen hatte und mit dem Feldherrn anstiess.

Endlich begriff sie, dass er derselbe Typ war, der sie erst kürzlich nach Mitternacht so rüde über den Haufen gefahren hatte.

«*Du* schon wieder?», rief sie aus.

Der Kurier musterte sie stirnrunzelnd und stieg endlich. Doch sein Gesicht zeigte kein Anzeichen von Scham, dafür ein verwegenes Grinsen. «*Immer* wieder.» Und anstelle einer Entschuldigung holte er zu einem Ablenkungsmanöver aus. «Darf ich dir ein Bier spendieren?»

«Eines mindestens», erwiderte Enitta. Sie stiess die offerierte Flasche etwas zu heftig gegen die seine.

«Dass wir uns hier oben begegnen …», begann der Kurier.

«So klein die Stadt, so kurz das Gedächtnis.»

«War ein Versehen», sagte er versöhnlich und nannte ihr nebenbei seinen Namen. «Warst du mit Dales Service zufrieden?»

Enitta würde ihm nicht die ganze Geschichte erzählen. «Bin zu Fuss hier.» Sie legte absichtlich einen vorwurfsvollen Unterton in ihre Worte.

Er musterte sie erneut. «Wow. Ich hätte dich eher dem Chreis Chaib zugeordnet. Wen kennst du denn von den Leuten hier?»

«Niemanden. Bin beruflich unterwegs.»

«Als?»

Enitta wandte den Blick ab. Gerade rechtzeitig, um zu bezeugen, wie Prügelsuff in einem der Zelte Zuflucht fand. «Als Privatdetektivin.»

Felix rülpste. «Allerhand! Und wonach suchst du?»

«So genau weiss ich das erst, wenn ich es … *rieche* …» Würziger Käseduft streifte ihre Nase, und sie brauchte bloss über die Schulter zu schauen, um dessen Quelle auszumachen. Wie von Zauberhand war neben der Bowle ein riesiges Caquelon erschienen. Sie trat näher an das Geschirr und fand darin eine frische Portion Fondue brodeln. Jemand hatte sogar ein Körbchen mit Brotwürfeln und Gabeln bereitgestellt. Ohne dass sie etwas bemerkt hatte. Sie schaute umher, versuchte, den Spender zu ermitteln, doch ausser ein paar herumlungernden Gestalten und der tanzenden Menge war niemand zugegen. Da wurde sie erneut auf den Appenzeller in seiner feuerroten Tracht aufmerksam. Er eilte zu einem Töffli mit Anhänger, schwang sich auf den Sattel und machte sich knatternd aus dem Staub.

Abrupt fügten sich in Enittas Geist die Puzzleteile zusammen.

Käsegeruch! Der Samichlaus! Natürlich!

Sie eilte zur Bardame und zeigte auf das Caquelon. «Hast du das eben aufgetischt?»

Die Frau trat näher und musterte die Pfanne sichtlich überrascht. «Nein … ich hab keine Ahnung, woher …» Sie rief Benoit herbei.

Auch dieser wusste nicht, wie das Gericht auf die Bar gelangt war. «Fondue im Hochsommer – so kaputt», lachte er.

Entgeistert starrte Enitta auf die frische Käsesuppe, die über einer blassblauen Flamme blubberte und einen einladenden Duft verströmte. So schräg sich der Gedanke anfühlte; sie war sich sicher, die perfide Droge gefunden zu haben. Die Hintermänner verteilten den Stoff als leckeres Nationalgericht getarnt an die Partygänger. Auf so eine Idee musste man erst einmal kommen. Sie erwog noch einen Moment lang, dem Dealer hinterherzujagen, entschied sich dann aber für die Sicherstellung. Zu Fuss würde sie den Schuft ohnehin nicht mehr einholen und ausserdem durfte dieses Caquelon keinesfalls unbeaufsichtigt herumstehen.

Sie kramte ein Plastiktütchen aus ihrer Tasche und schaufelte mit einem Becher eine grosszügige Probe in das Kunststoffbriefchen. Die nette Dame hinter der Bar, welche ihre Aktion mit verdutztem Blick verfolgte, reichte ihr auf Anfrage zögerlich eine Kühltasche, in welche Enitta den geschmolzenen Käse steckte.

«Du, äh … was machsch da?», fragte Felix.

«Euch vor stepptanzenden Waschbären bewahren», erwiderte Enitta und faltete den Plastikbeutel zusammen, um ihn in die Tasche zu packen.

Abgesehen davon, möglichst rasch einen handelsüblichen Kühlschrank aufzusuchen, blieb eigentlich nur noch eines zu tun. Nämlich das vergiftete Fondue aus dem Verkehr zu ziehen.

«Ja so fein», hörte sie eine weibliche Stimme ausrufen. Sie gehörte zu einer leicht bekleideten Altersgenossin, die mit hosenknopfgrossen Pupillen und entrücktem Lächeln auf die Käsebrühe gaffte. Deren Kollegin, welche ihre mit Glitzersteinchen besetzten Flipflops in der Hand wiegte und verspielt zur Musik schaukelte, sah ebenfalls hungrig aus.

«Lass mich mal probieren», sagte die junge Frau.

Enitta begriff, dass Handeln angezeigt war. Sie packte den Griff des Caquelons, doch das grosse Geschirr liess sich seines Gewichts wegen nicht hochheben. Selbst mit beiden Händen war das nicht zu schaffen. Aber wenn sie die Brühe schon nicht ausschütten konnte, dann würde sie sie wenigstens ungeniessbar machen. Kurzerhand schnappte sie sich die schmutzigen Flipflops und schmiss sie in die Pfanne. «En Guete», grinste sie und trat von der Bar weg.

Nun wurden die zwei Robinsontussen zum personifizierten Aufruhr im Hühnerstall, empörten sich über Mundraub und Vandalismus. Doch Enitta drehte sich nicht nach ihnen um. Irgendwo schrie immer eine herum.

Benoit, der die Szene beobachtet hatte, fing sie ab. «Was ist denn mit dir los? Bist du völlig verrückt?»

«Felber wird dir alles erklären», entgegnete sie trocken und schob sich an ihm vorbei.

«Felber?», echote Benoit. «Was …? Aso. Jetzt langt's langsam!»

Sie ignorierte sein Gezeter und packte Felix am tätowierten Arm. «Bring mi aweg vu do!»

Der steile Pfad flachte alsbald ab und führte angenehm eben dem Waldrand entlang. Durch die Stämme glitzerte jenseits brachliegender Ackerflächen das nächtliche Zürich. Bald, so hoffte Enitta, würden sie an eine befahrene Strasse gelangen, denn irgendwie war es eine merkwürdige Situation, mit einem ihr eben noch verhassten Rowdy alleine durch den finsteren Forst zu schleichen. Auch Balu zeigte sein Misstrauen, indem er in mehreren Metern Abstand zum Kurier dem Kieselpfad entlang wackelte und den Mann nicht aus den Augen liess.

«Das war vielleicht ein Auftritt», bemerkte Felix, während er sich lässig aufs Fixie stützte. Der silberne Schein des Mondlichts liess seine aufgestellte Mähne leuchten.

«Glaub mir, ich hab diesen Leuten wahrscheinlich das Leben gerettet. Auch wenn's nicht danach aussah.»

«Wenn du meinst … Wie wird man eigentlich Privatdetektivin?»

Enitta kickte einen Kiesel davon. «Aus reiner Langeweile.»

«Ich meinte mehr *wie* als warum. Schätze, dafür gibt's keinen Lehrgang, oder?»

Enitta schnaubte. «Nicht wirklich. Ich habe eine Informatikerlehre in Chur gemacht, bei der ‹Carrington Davenport International›.» Bestimmt war ihm dieser Name ein Begriff. Das britisch-französische Grossunternehmen stellte alle möglichen

Elektronikgeräte her und hatte ausserdem mehrere fette Rüstungsverträge am Laufen.

«Und warum hat es dich nach Züri verschlagen?»

Enitta zögerte. Mit der eigentlichen Motivation für ihren Umzug wollte sie noch nicht herausrücken. «Dafür gab's vielerlei Gründe. Nach fünf Jahren bei der gleichen Firma wollte ich einfach was Neues machen, aber da ich nicht so recht wusste, *was*, hab ich mir die Stadt mit dem grössten Jobangebot ausgesucht.»

Balu folgte einem verdächtigen Geräusch ins Unterholz, doch ein knappes Kommando von Felix liess ihn augenblicklich umkehren. Dies nahm Enitta gleichermassen still wie erstaunt zur Kenntnis. Normalerweise gehorchte er nur *ihrem* Wort. «Zunächst absolvierte ich eine Ausbildung als Eventmanagerin, doch zum Abschluss hin verlor ich irgendwie das Interesse. Also hab ich mich anschliessend bei einer Marketing-Agentur im Seefeld vorgestellt, weil ich es für hip hielt, in so 'nem Laden zu arbeiten. Allerdings hätte mein Alltag daraus bestanden, Zahlen zu schubsen – und zwar bis der Taschenrechner glüht. Da wollte ich natürlich wissen, von wie vielen Überstunden genau die Rede war.» Sie tippte sich theatralisch an den Filzhut. «Da meinte dieser Brillenpumuckel von Personalchefin doch glatt: ‹Lassen Sie mich Ihnen einen gut gemeinten Rat für Ihre berufliche Zukunft geben, Frau Carigiet. Stellen Sie nie wieder so eine Frage bei einem Vorstellungsgespräch.› Das war schon ein ziemlicher Dämpfer gewesen, aber glücklicherweise brauchte ich mich nie wirklich um eine Anstellung zu bemühen – irgendwie kamen stets Leute an, die mich für ihre Firma verpflichten wollten. Dieser Anwalt beispielsweise, der mich zu einem Trip nach Wien einlud. Oder jene Reiseagentur, die noch eine Niederlassung in Argentinien aufstocken wollte. Angeblich war ich sogar für die IT-Abteilung bei Google im Gespräch gewesen.» Sie zuckte mit den Schultern. «Na ja, ich kenne halt ein paar Leute. Oder sie mich. Jedenfalls wollte ich einen Job, bei dem ich mich mindestens während der Mittagspause um meinen Hund kümmern kann, und so was fand sich nicht gerade leicht. Irgendwann stolperte ich über dieses Inserat und schaute, mehr aus Langeweile, bei einer Infoveranstaltung der Akademie für Privatdetektive vorbei. Da wusste ich, das ist es.»

Felix schaute sie schief an. «Es gibt eine Akademie für Schnüffler?»

Sie lachte. «Allerdings. Aber wir sprechen hier nicht von einer altehrwürdigen Universität mit Bibliothek und Culinarium. Die sind in einem beliebigen Bürogebäude in Neu-Oerlikon untergebracht. Aber ich fühlte mich dort vom ersten Tag an pudelwohl.»

Felix verzog die Mundwinkel. «Spannend … ich kenne Leute, die würden ihre Seele auf Ebay stellen, um in Googles Plauschbüros unterzukommen. Und sei's bloss als Hauswart. Wobei … selbst für *die* Stelle bräuchte man mindestens drei Doktortitel.»

«Ach weisst du, diese ganze Konzernwelt interessiert mich null. Ich glaube sogar, dass man gerade bei Google, Apple oder Facebook wegen dem Erfolgsdruck eher unter Erschöpfung und Depressionen leidet. Ich trau mir als Informatikerin durchaus was zu, doch in einer IT-Bude würde ich mir unter all den Diplomträgern wohl nur klein und grau vorkommen. Vielleicht liegt es ja an meinen Kindheitstagen in den Bündner Alpen, aber ich kann mir kaum vorstellen, die nächsten vierzig Jahre in einem muffigen Office als satangesteuerte Konzerndrohne zu fristen. Da bin ich lieber unter freiem Himmel unterwegs und habe so erst noch genügend Zeit für mein Hündli. Gäll du, Balu.»

Das Tier erwiderte ihre Zuneigung mit einem herzhaften Wuff.

«Wieso hast du ihn Balu getauft?»

«Weil die Familie, bei der ich ihn kaufte, ein Dschungelbuch-Poster im Kinderzimmer hängen hatte. Sein Name war quasi vorgegeben. Hatte zwar versucht, ihn Arturo zu nennen, nach meinem Grossvater. Aber darauf hat er nie reagiert.»

«Privatdetektivin …», murmelte Felix nach einer Kunstpause. «Klingt romantisch. Aber kann man wirklich davon leben?»

Sie musterte Felix mit seiner Sportmontur, dem skelettierten Fixie und seinem leeren Rucksack. «Haha, die Frage geb ich gern zurück. Und wenn wir schon dabei sind, warum wird man Velokurier?»

Felix zuckte die Schultern. «Schätze, aus den gleichen Gründen. Ich studiere seit fünf Jahren an der Uni Zürich. Da fallen Gebühren an, für die ich nicht hinter einem Schreibtisch absklaven und jemandes Hiwi-Zeichenaffe sein will. Ich brauche echt niemanden, der im Namen der Zeitkontrolle mit Stoppuhr und Baseballschläger hinter der Bürotür lauert.»

«Was für Studiengänge hast du denn belegt?»

«Publizistik und Germanistik. Ich betreibe nebenher ein Szene-Magazin.»

Mittlerweile konnte Enitta durch die Baumreihen die beleuchteten Komplexe des Triemlispitals erkennen. Gleich würden sie in die Zivilisation zurückkehren. Der Gedanke war tröstend, denn ihre Knie begannen allmählich zu schmerzen. Morgen früh musste sie die Probe beim kantonalen Labor abliefern, darum wollte sie so schnell wie möglich unter die Bettdecke gelangen. Nun zählte jede Minute.

«Velokurier wird man aus Überzeugung», fuhr Felix fort. «Und ja, es reicht zu einem freien Leben.»

Sie überquerten die Geleise und gelangten eine Quartiergasse später an die verlassene Birmensdorferstrasse. Im zwielichtigen Schein der Strassenlaternen machte Enitta ein fernes Fahrzeug mit Leuchtkasten auf dem Dach aus. Sie trat einen Schritt auf den Asphalt und winkte das Taxi heran.

«Steht deine Detektei im Telefonbuch?», fragte Felix.

«Nein. Noch nicht.»

«Meine Firma schon», erwiderte er und strich sich mit stolzem Finger über die dunkelblaue Montur. «Hallo Velo», stand dort geschrieben. «Einfach den Chef verlangen.»

«Dann sehen wir uns ja bestimmt mal wieder. Vergiss nicht, du schuldest mir was», lachte Enitta und stieg ins Taxi. Im Rückspiegel sah sie noch, wie er ihr zuwinkte und in einer Seitenstrasse verschwand. Interessanter Typ. Dann waren ihre Gedanken wieder bei der Beute, die in der Tasche ruhte. Sie bat den Fahrer um Beförderung zur Station Selnau. In ihre aufkommende Müdigkeit mischten sich Gefühle von Stolz und Genugtuung. Liebevoll strich sie erst über den rauen Kunstfaserstoff, dann über Balus Fell. Felber würde zufrieden sein.

4

Mittwoch, 10. August 2011

Die samtweichen Stimmbänder von John Mayer retteten Enitta in letzter Sekunde aus einem finsteren Alptraum. Nachdem sie kopflos durch den finsteren Wald geirrt war und einen ihrer Lieblingsturnschuhe verloren hatte, steckte sie bis zum Hals in einem Moor aus nebelumspielter, wohlig warmer Käseschlacke. Während John seine elektrische Gitarre stilvoll streichelte, verblich die unangenehme Traumwelt zunehmend, doch die Sauna wollte partout nicht weichen. Hartnäckig klebte das Leintuch an ihrer nackten Haut. Allmählich dämmerte ihr, dass sich in dem kleinen Zimmerchen bereits zu früher Morgenstunde die Sommerhitze zu stauen begann, weil sie vor dem Zubettgehen die Fensterläden nicht verriegelt hatte. Sie schüttelte die Horrorvision ab und konnte dennoch nur einen einzigen Gedanken fassen.

Die Fondueprobe!

Mit zerzauster Frisur stolperte sie hastig in die Küche, ohne die zmörgelnde Fiona eines Blickes zu würdigen. Im Kühlfach, versteckt unter einem Sack Findusfritten, drei vereisten Salamipizzas und einem halb leeren Mövenpick-Glacébecher, wühlte sie ihren Schatz hervor. Ein eiskaltes Plastiktütchen mit gelblichem Inhalt, der an einen toten Riesenkaugummi erinnerte. Erleichtert hielt sie sich den kühlen, dünnen Beutel an die Stirn und nahm endlich Platz.

«Alles im rot-grünen Bereich?», fragte Fiona und schob stirnrunzelnd das Körbchen mit dem Frühstücksgebäck rüber.

Enitta legte das Briefchen ab und langte hungrig nach einem Weggli. «Alles perfekt», erwiderte sie schmatzend. «Der Fall ist fast gelöst. Nur noch die Probe beim kantonalen Labor abliefern, und dann ist endlich wieder Zahltag.»

Fiona schielte nach dem Tütchen. «*Dafür* biste gestern so spät nach Hause gekommen?»

«Hab ich dich etwa geweckt?»

Fiona schüttelte den Kopf. «Nee. War noch wach gewesen. Muss heute Nachmittag eine Kampagne für einen Kondomhersteller präsentieren. Mensch, ich hab keine Ahnung, was ich denen erzählen soll.»

Enitta drückte sich den Rest der Brötchenwatte in den Rachen. «Dir wird schon was einfallen.»

«Oder Sparta. Der hat mir eben gesimst. Meinte vollmundig, er hätte das Ei des Kolumbus entdeckt.»

«Ei-ei!»

Fiona gähnte zustimmend. «Gut, wenn man zuverlässige Mitarbeiter hat. Wo haste dich überhaupt rumgetrieben?»

Enitta streckte ihren Rücken, und mit einem Male machten sich die Strapazen wieder schmerzhaft bemerkbar. Sie ergriff ihre getupfte Lieblingstasse. Der Kaffee war längst lauwarm geworden. «An so einer Goa-Party am Uetliberg. Du! Der Typ, der mich neulich vor der Haustür angefahren hat, war auch dort.»

«Angefahren?», echote Fiona mit entsetztem Blick.

«Mit dem Velo», beruhigte Enitta und erzählte die Geschichte.

«Ich wollte schon immer mal bei einem Strassenhelden aufsatteln», miaute Fiona lasziv.

Enitta ertappte sich dabei, wie sie beim Gedanken an die durchtrainierten Muskeln unter Felix' Montur in Wallung geriet. «Apropos Männer, ich bin gestern einem Herrn begegnet, der dich bestimmt noch mehr aus dem Häuschen bringt.»

Fiona liess die Tasse auf den Tisch krachen. «Stassel!»

«Schau mal im linken Chuchichäschtli nach», grinste Enitta.

Die Deutsche fuhr wie von der Tarantel gebissen vom Stuhl hoch und steckte die Nase in den Schrank. Mit überschwänglichen Worten der Dankbarkeit umarmte sie Enitta und öffnete das Büchlein so vorsichtig, als sei es aus Blätterteig. Als sie die Widmung auf der ersten Seite bemerkte, seufzte sie verträumt. «*Meiner lieben Fiona.* Ach … Süsschen. Der Tag ist gerettet. Egal was kommt.»

Enitta berichtete vom gemeinsamen Essen im Maison Blunt, liess jedoch aus, dass Stassel ihr seine Telefonnummer gesteckt hatte. Wahrscheinlich würde dort ohnehin nur eine von den beiden Hosenanzugtussen rangehen.

«Das muss gefeiert werden», gluckste Fiona. «Heut um halb eins auf der Josefwiese. Du hast es doch nicht etwa vergessen?»

«Vergessen? Was denn?»

«Unseren Firmen-Barbecue.»

Die Mittagsgrillfeste der «Spontimat GmbH» liessen selbst ein Gelage beim Griechen wie eine Veganerparty aussehen. Alle Mitarbeiter von Fionas Company und ein Rattenschwanz handverlesener Kollegen aus den Stadtkreisen 4 und 5 versammelten sich jeweils in einem Stadtpark für die Begehung eines hoffnungslos überzogenen Lunchbreaks. «Au ja», stiess sie aus. «Wältklass!» Sie schielte zur Küchenuhr. 8 Uhr 35. Das kantonale Labor war bereits seit einer halben Stunde geöffnet. Ausserdem hatte sie noch nicht geduscht. Allmählich wurde die Zeit knapp. «Ich muss los», rief sie und schüttete den Rest des Kaffees runter.

Ihre Destination lag oberhalb des Kunsthauses, mitten im Quartier versteckt. Der Weg an die Fehrenstrasse wurde durch die zunehmende Steigung mit jedem Pedalentritt beschwerlicher und schliesslich stiess sie ihr Hollandvelo die letzten Meter zu einem alten Gebäude hinauf, das sich nahtlos an einen neuartigen Bau mit blauer Fassade und abgeschrägten Fenstern schmiegte. Sie betrat den Komplex durch einen steinernen, mit historischen Zeichnungen verzierten Torbogen und erreichte zwei schwere Glaspforten später die Empfangshalle. Eine reizende Dame entsprach ihrer Bitte nach Lars Hartmann, welcher keine drei Minuten später wie aus dem Nichts neben ihr erschien.

Der bärtige Hüne trug eine Brille mit dunklem Rahmen und hatte die langen braunen Haare hinter dem Kopf zusammengebunden. «Enitta Carigiet?», fragte er streng.

Sie nickte abgehackt.

Hartmann streckte abrupt die Hand aus. Doch nicht um die ihre zu schütteln. «Du hast was für mich?»

«Die Probe, ja …» Sie holte den kühlen Beutel aus ihrer Handtasche und übergab sie dem Laboranten.

«Wurde auch Zeit», murmelte dieser und stolzierte zurück zum Eingang. «Hier lang.» Jenseits einer weiteren Glasschleuse, zu der sich der Angestellte mit rotem Badge Einlass verschaffte, durquerten sie eine Art Grossraumbüro, das in früheren Jahren eine Turnhalle gewesen sein musste. Es erinnerte Enitta an die ihr verhassten Besuche im Chemielabor der Sekundarschule Chur, so vollgestopft, wie der Raum mit Schränken, Tischen und technischen Gerätschaften war. Dahinter betraten sie übergangslos den Neubau. Mit grossen Schritten eilte Hartmann über den cremefarbigen spiegelglatten Linoleumboden. «Wo hast du das her?», fragte er mit hörbarer Abscheu.

«Gefunden …»

«Gefunden, ja? Wo denn?»

Enitta gefiel die Fragerei nicht. Besonders deshalb, weil der Typ so neugierig wie misstrauisch war. «Um Inhalt und Ursprung herauszufinden bin ich ja hier …»

Der Laborant wandte seinen Blick ab. Touché!

In einem winzigen Büro am Ende des Korridors trafen sie auf einen rundlichen bärtigen Mann, der hinter hohen Papierstapeln vor einem PC hockte. Wortlos nahm er Hartmann die Probe ab und musterte den Inhalt des Beutels mit wenig erfreuter Miene, bevor er kopfschüttelnd auf seiner Tastatur zu tippen begann. «So ein Käse», murmelte er in den Bart.

«Alle Samples müssen vor der Untersuchung registriert werden», bemerkte Hartmann, ohne seinen ungeduldigen Blick vom Bürolisten zu nehmen. Kurz drauf stürmte Hartmann mit dem Plastiktäschchen ins Treppenhaus, um im oberen Stockwerk sein eigenes Büro zu betreten, welches an eine gut aufgeräumte Werkstatt erinnerte. Unter der hohen Decke machte sich ein protziger Korpus breit, auf dem allerlei technische Hilfsmittel standen. Aus den Wänden ragten kleine Zapfsäulen. Teuer aussehende, von Kabeln umgarnte Maschinen brummten auf den Theken. Dagegen wirkten die kleinen Flachbildschirme auf der schmalen Fensterphalanx direkt spartanisch. Enitta fühlte sich wie bei CSI: Crime Scene Investigation. Nur die indirekte bunte LED-Beleuchtung fehlte. Hartmann war bereits im Nebenraum, welcher dem ersten stark ähnelte. Zu Enittas Überraschung fand sie ihn dort vor einer Geschirrspülmaschine stehen und Reagenzgläser einräumen. Sie zeigte auf den weissen Kittel, der über einem Bürosessel hing. «Ich hätte erwartet, dass hier alle mit Schürzen und Schutzbrillen herumlaufen …»

Hartmann sah auf und schnaubte amüsiert. «Die Kittel ziehen wir höchstens an, wenn Pressevertreter oder Buchprüfer vorstellig werden.» Er schloss den Automaten, aktivierte ihn und schien endlich einen Gang runterzuschalten. Mit durchdringendem Blick hielt er sich das Tütchen vor die Brille und musterte den mittlerweile aufgeweichten Inhalt.

«Was geschieht nun?», fragte Enitta.

«Pürieren, zentrifugieren, analysieren.»

«Dauert das lange?»

«Etwa eine Stunde.»

Die vielen Apparaturen weckten mehr und mehr ihr Interesse. «Ich darf doch bestimmt zuschauen, nicht?»

«Eher ungern. Ich hab noch viel zu tun und –»

«Aber Felber meinte, das sei okay.»

«Felber», knurrte Hartmann leise. «Wenn's denn unbedingt sein muss. Aber dass du mir nichts anfasst, kapiert?» Er trat an ein Gerät, das wie eine Kreuzung aus Mixer und Mikroskop wirkte und sich als Püriermaschine entpuppte. Der Laborant goss die Probe in den Einlass und liess den Apparat seine Arbeit tun. Das Resultat war ein eklig aussehender gelber Brei, dem Hartmann mit der Pipette ein paar Tropfen entnahm, die er in ein winziges Fläschchen drückte. In der gegenüberliegenden Zimmerecke öffnete er die Klappe einer Zentrifuge, die man leicht mit einer Waschtrommel hätte verwechseln können. Mit geübtem Griff steckte er die Probe in eine Halterung.

Während die Maschine losröhrte, genehmigte er sich einen Schluck aus einer PET-Flasche. So lässig wie er sich dabei an den Korpus lehnte, konnte dieser Arbeitsschritt keine Ewigkeit dauern.

«Arbeitest du schon lange hier?»

«Fast sechs Jahre.»

«Aha. Und was treibst du so den ganzen Tag?»

Hartmann bedachte sie mit feindseligem Blick. Entweder weil er die Frage komplett daneben fand oder weil er keine Lust verspürte, die Wartezeit mit höflichem Geplänkel zu überbrücken. Er löste seine verschränkten Arme. «Wir analysieren hier hauptsächlich Lebensmittelproben, um Skandalen vorzubeugen. Gammelfleisch, Frostschutzmittelbier – solche Sachen.»

«Ihr schaut also Coop und Aldi auf die Finger?»

«So ähnlich. Aber Grossverteiler wie Coop oder Migros haben ohnehin ihre eigenen, hochgerüsteten Labors. Die wollen von sich aus Qualität sicherstellen.»

Das Röhren klang allmählich ab. Hartmann öffnete den Deckel und holte die Mikrophiole heraus. Der vormals gelbliche Inhalt hatte jegliche Farbe verloren, was laut dem Chemielaboranten beim Schleudervorgang mit allen Substanzen geschah. Er drückte Enitta das Röhrchen in die Hand. «Und nun sind wir bereit für die Spektralanalyse.»

Sie begutachtete den winzigen Behälter. Das Symbol des Herstellers Agilent erinnerte vage an das Logo der Loveparade. Wenn das mal kein böses Omen war.

Hartmann zitierte sie in einen weiteren Nebenraum, welcher von lautem Dröhnen erfüllt war. Auch hier dominierte ein Inselkorpus und unzählige Kabel wurden von Gittertrassees an der Decke in alle Richtungen geführt. Mindestens sieben monströse Maschinen, die wie futuristische Kaffeemaschinen aussahen, säumten die Theken entlang der Wände und machten mächtig Mais.

«Unsere Massenspektrometer», kommentierte Hartmann. Der Lärm stamme von den Rotationspumpen am Boden, welche in den Maschinen das für die Untersuchung notwendige Vakuum erzeugen würden. Obwohl jede der Maschinen laut dem Laborant mehrere hunderttausend Franken kostete, wiesen die Dinger nicht mehr als jeweils fünf Knöpfe auf und wurden bestimmt mit faustdicken Bedienungsanleitungen geliefert. Am unteren Ende des einen Gerätes fand Enitta einen breiten Schlitz vor. «Ihr benutzt noch Floppy-Disk-Laufwerke?»

«Nix Floppy-Disk! Das ist eine Einspritzpumpe», korrigierte Hartmann scharf und liess sich die Probe aushändigen. Er wandte sich dem grauen Monstrum zu, welches den Grossteil des Korpus für sich beanspruchte, und steckte die Phiole in einen Zylinder an der Front. Was von der Fläche noch übrig war, wurde für eine Computerstation genutzt. Der Laborant drückte ein paar Tasten am Keyboard und beäugte die Software auf dem Bildschirm. Anders als in Vegas oder Miami wurde man hier nicht mit spritzigen, farbfrohen Animationen verwöhnt, sondern steuerte die Geräte mit Hilfe einer sehr schlicht gehaltenen Anzeige. Sie bestand im Wesentlichen aus einer dürren Zickzackkurve vor weissem Hintergrund, ratternden Datensträngen und ein paar Schalttasten.

«Windows *XP*?», bemerkte Enitta verdutzt.

Hartmann seufzte. «Na ja ... die Entwicklung der Software ist halt schweineteuer. Die Hersteller richten sich nicht auf jedes neue Betriebssystem von Mikroweich aus.» Ein angedeutetes Lächeln huschte über seine Lippen. «Aber bald kriegen wir *Windows* 7.» Als er den weiteren Verlauf der Kurve studierte, verdüsterte sich seine Miene zunehmend.

«Na? Schon was gefunden?»

«So schnell geht das nicht», bremste Hartmann ihren Enthusiasmus ab.

«Wie gross ist überhaupt die Chance, dass ihr den geheimen Inhaltsstoff findet?»

«Sehr gross. Vorausgesetzt, dass er wirklich existiert.» Er richtete sich auf und strich über die Verschalung. «Weisst du, bei den alten Maschinen mussten wir exakt wissen, wonach wir suchen, während die neueren Modelle einfach alles auswerten. Das hat aber den Nachteil, dass wir uns am Ende durch einen Berg aus Daten wühlen müssen – und genau *das* kostet Zeit. Vor heute Abend würde ich mal nicht mit Ergebnissen rechnen.»

Enitta warf nochmals ein Auge auf die Anlage. Ein alter Gummischlumpf posierte auf dem Gehäuse des Monstrums, und ein brauner Plüschgorilla mit rosa Mütze baumelte lässig vom Trassee. Weitere Infos über die wenig stilvoll entworfenen, aber umso geheimnisumwitterteren Geräte wären bestimmt unterhaltsam gewesen, doch sie vermutete, dass derlei wissenschaftliche Ausführungen sie aufgrund mangelhaften Wissens über Physik schon bald überfordern würden. «Ich mach dann Meldung, dass ich geliefert hab, okay?»

«Tu das. Und sag ihm, dass ich mich erst melde, wenn ich was Handfestes habe.»

Hartmann geleitete sie aus seinem Büro den Gang hinab zum Hinterausgang, vor dem ein Kid mit Käppi, wahrscheinlich ein Lehrling, gerade seine Raucherpause machte.

«Gopf, Beni!», herrschte Hartmann den Teenager an. «Was treibst du da?»

Beni hob lässig seine Zigi. «Sieht man doch», murmelte er.

«Genau! Und deshalb hoffentlich zum letzten Mal», bellte Hartmann. «Hier herrscht Rauchverbot, und zwar *rings* ums Gebäude.»

Der Lehrling zog eine Faxe. «Hä? Versteh ich jetzt nicht …»

Hartmann schnappte sich die Zigarette und zerdrückte sie wie ein lästiges Insekt unter seinem Schuh. «Unser Labor ist zufälligerweise der kantonalen Gesundheitsdirektion unterstellt. Deshalb erhalten wir jedes Mal heftige Reklamationen von den lieben Anwohnern, wenn sich ein Mitarbeiter oder eine Mitarbeiterin vor dem Gebäude mit Glimmstängeln vergiftet.»

«Maaannn! Was interessieren uns diese Bünzlis?», maulte Beni.

«Diese Bünzlis bezahlen unsere Rechnungen, junger Mann. Also ab in den Stollen, und zwar subito!» Wenig sanft schubste Hartmann den Lehrling zurück ins Gebäude. «Alles Gute», sagte er noch und war im nächsten Moment jenseits der Tür verschwunden.

Wie Enitta aus dem Schatten des Vordachs zurück in die gleissende Sonne trat, verspürte sie Heissdurst auf Eiskaffee. Doch der Kiosk unten vor dem Kunsthaus war wie *jeder* Zeitungsstand an *jedem* Mittwoch mit Lottospielern verstopft. Umso durstiger radelte sie die Künstlergasse hinauf, wo sich der Rechberg befand – ein gut verborgener Stadtgarten. Die saftig grüne, mit Treppen versehene Anlage neben dem Konservatorium versprühte herrlichen Versailler Charme und war bei den Studis als Fläzefläche beliebt. Im kühlen Baumschatten setzte sie sich auf eine Parkbank, rückte ihre Turnschuhe im Kies zurecht und genoss das süsse Gesöff. Schon wollte sie Felbers Nummer auf ihrem Telefon wählen, als ihr Fux zuvorkam.

«Hey, Love», grüsste eine verkatert klingende Stimme.

«Hi, Dear. Auch schon wach?»

«Ja, aber noch immer im Bett …»

«Gaht's no?», lachte Enitta. «Sofort raus aus den Federn! Heute ist ein wunderschöner Tag.»

«Ich hab grad Zero Goat auf Sonnenlicht», klagte Fux. «Nicht nach gestern Abend. Wir waren an der Binz und Kunz, so einer abgespaceten Bunkerparty unter einem leer stehenden Geschäftshaus. Ich *sage* dir.»

«Hattet ihr volles Haus?»

«Der Rückschweiss floss in Strömen. Da waren all die üblichen Verdächtigen, plus eine hartgesottene Gruppe von ZHdK-Studis. Die hatten die Deko konzipiert. Bestand bloss aus viel Trockeneis und einem einzigen, blinkenden Rotlicht. Eine solche Wolkensuppe, ich konnte kaum mehr die eigene Tüte sehen. Das Volk ist total ausgerastet.»

«Ach komm jetzt. Ein paar Biere steckst du doch locker weg.»

«Bier von wegen. Ich hatte mir in meinem jugendlichen Leichtsinn um drei Uhr morgens eine Portion Meskalin andrehen lassen. Haben schier den Ausgang nicht mehr gefunden ...» Sie hörte, wie er sich eine Zigarette ansteckte. «Es ist ein schillerndes Leben», stöhnte er, «aber irgendwer muss es führen. Die einstigen Partyveranstalter sind mittlerweile so richtig alt geworden, und die Dorfjugend, der sie das Feld überlassen haben, hat keinen Plan, wie man eine anständige Fete schmeisst. Die legen lieber dreissig Hämmer auf die Theke und geben sich eine Nacht lang mit Bretzel-House zufrieden. Da müssen wir einfach dagegenhalten. Wie läuft eigentlich dein Fall?»

«Grossartig! Ich habe soeben ein Sample der Droge beim kantonalen Labor abgeliefert. Wie von Felber gewünscht.»

«Tatsächlich? Wo hast du die aufgetrieben?»

«Bei so einer Goa-Party am Uetliberg.»

«Der Stanzbein? Ganz gross. Haben uns gestern noch überlegt, ob wir auch dorthin gehen. Aber das bedeutet dann einen grossen Erfolg, right?»

Enitta bemerkte eine zerknitterte «20 Minuten», die auf der Bank ruhte, und holte sie auf den Schoss. «Quasi. Der Labormensch wird die Probe nun auf ihre Inhaltsstoffe untersuchen, aber der grosse Skandal wird, glaub ich, ausblei...»

Sie hätte beinahe den Kaffee verschüttet. Die Headline der Zeitung meldete: «Zombie-Fondue-Party am Platzspitz. 6 zugedröhnte Jugendliche verhaftet!»

«Das ist gar nicht gut», murmelte sie. Als Titelbild hatte die Redaktion ein Archivfoto der heillos verwüsteten Gartenanlage aus düsteren Needle-Park-Tagen hinter dem Landesmuseum gewählt und darunter prangte die Frage: «Droht der Stadt ein neues Drogenelend?»

«Was ist nicht gut?»

«Wart rasch», knurrte Enitta und überflog den Aufmacher.

Zürich. In der Nacht auf Mittwoch verhafteten Beamte der Stadtpolizei eine Gruppe randalierender Minderjähriger, die zuvor eine neue Modedroge probiert hatten. Laut Polizeisprecher Marco Benaglio (44) handelte es sich dabei um «einen selbst gebastelten Drogencocktail mit zufälligen Inhaltsstoffen». Doch 20 Minuten liegen Insiderinformationen vor, die vehement vor einer Epidemie des sogenannten «Zombie-Fondues» warnen. Angeblich ist die von Kennern als hochgiftig eingestufte Mixtur in den letzten Wochen an mehreren Anlässen aufgetaucht und hat bislang vier Opfer gefordert. Ein 19-Jähriger aus Horgen und eine 21-Jährige aus Neuenhof AG liegen derzeit noch im Koma. Ist die Street Parade nun in Gefahr? SEITE 2.

«Du, Fux. Ich muss einen Anruf machen. Wir reden später, okay?»

Sie holte sich Felber ans Telefon. Er klang ähnlich niedergeschlagen wie Fux, aber bestimmt aus anderen Gründen.

«Die Events scheinen sich derzeit regelrecht zu überschlagen», knirschte Felber. «Wie ich heute erfuhr, war ein Tamedia-Mensch schon länger an der Sache dran gewesen, aber erst der Zwischenfall beim Landesmuseum hatte ihm genügend Power geliefert, um die Bombe platzen zu lassen. Dass die Droge nun einen Strassennamen hat, ist nicht gerade hilfreich. Jedenfalls danke ich dir vielmals dafür, dass du den Stoff auftreiben konntest. Good work!»

«Kann ich sonst noch was tun? Vielleicht eine weitere Party besuchen? Möglicherweise gelingt es mir, einen der Hintermänner -»

«Jaanöd!», schnitt Felber ab. «Viel zu riskant. Dein Job war die Beschaffung der Chemikalie, und den hast du ausgeführt. Nun müssen wir Lars' Analyse abwarten.»

«Und was ist mit der Probe, die die Polizei am Platzspitz sichergestellt hat?»

Felbers Stimmung schien sich subtil zu heben. «Ganz unter uns, angeblich soll die unbrauchbar sein. Meine Quelle wollte keine Einzelheiten nennen, aber so wie es derzeit ausschaut, liegt dem Forensischen Institut nur ein Sample von dem illegalen Rave an der Landiwiese vor. Jenes Sample, das die Polizei überhaupt erst nervös gemacht hat. Mein Informant weiss ausserdem, dass die Wissenschaftler aus dem Befund nicht richtig schlau werden.»

«Das sind gute Neuigkeiten, nicht? Wenn die keinen Beweis dafür finden, dass das Zombie-Fondue irgendwie gefährlich ist, dann könnten die Komapatienten doch sonst was geschmissen haben.»

«Ich wünschte, es wäre so easy. Die Angelegenheit entwickelt sich derzeit zu einem regelrechten Politikum. Im schlimmsten Fall kann uns die Polizeipräsidentin auch ohne handfesten Beweis den Stecker ziehen. Ich fürchte jedoch, dass ich mich geirrt habe. Irgendeine Substanz *ist* im Umlauf. Meine einzige Hoffnung ist nun, dass Lars herausfindet, welche.»

«Der Mann scheint kompetent.»

«Der Mann ist ein Genie. Es wird gut kommen. Schick mir bitte deine Kontodaten und eine Spesenabrechnung an meine E-Mail-Adresse, damit ich dich auszahlen kann: *Reto.Felber@streetparade.ch*. Aber schreib den Betreff bitte in Grossbuchstaben und setz die Priorität auf Hoch. Meine Inbox verkommt in diesen Tagen zu einem veritablen schwarzen Loch.»

Artig bedankte sich Enitta und versprach, erreichbar zu bleiben, falls doch noch der Fall der Fälle eintreten würde. Was immer das bedeutete. Eigentlich war sie äusserst erleichtert darüber, aus dem Fall raus und keinen Kriminellen begegnet zu sein. Und noch mehr freute sie sich auf den bevorstehenden, dringend nötigen Geldfluss.

Beschwingt verliess sie den Park, montierte ihre Sonnenbrille, schwang sich aufs Velo und fuhr quer durchs Niederdorf, über die Limmat und hinüber zur Langstrasse, wo sie jenseits einer Seitenstrasse den Röntgenplatz passierte. An der Kreuzung Ottostrasse/ Josefstrasse machte sie Station beim Sindi Markt, dem ikonischen Quartierladen mit sri-lankischem Charme. Das Geschäft war täglich bis um dreiundzwanzig Uhr geöffnet und stellte seit langen Jahren einen festen Wert dar, wie man an der E-Mail-Adresse des Besitzers ablesen konnte, die ulkigerweise an der Leuchtreklame prangte. Während sich andere Siedlungen zu später Stunde mit den Shops der Gaddafi-Tanken zufriedengeben mussten, konnten hier die Anwohner auf eine Einkaufsmöglichkeit zurückgreifen, bei der stets exotisches Flair mitschwang. Sie passierte den Zeitungsstand am Eingang, wo bunte Heftli mit unverständlicher Schnörkelschrift einsortiert waren, schnappte sich ein paar eiskalte Bierdosen aus dem Kühlregal und hievte ein Zweiergespann Cervelats in ihren Plastikkorb. Gemüse gab es kaum in der Auslage, dafür alle möglichen plastikverpackten Knabbereien.

Für das Barbecue gerüstet, trat sie zurück auf die Strasse und das Gelände der für Zürcher Verhältnisse riesigen Josefwiese. Das quadratisch-praktische Mini-Erholungsgebiet war nach allen Seiten von Baumalleen eingefasst und wurde am anderen Ende durch das Viadukt der SBB abgeschlossen. Jenseits der Brücke ragte der ohne Unterlass qualmende Kamin der Kehrrichtverbrennungsanlage erhaben in ein makelloses Firmament. Diese saftigen Gräser waren eine Oase der Ruhe, ein Treffpunkt für Familien, Cliquen, Pseudosportler, Selbstdarsteller und an diesem Mittag glücklicherweise nicht annähernd so stark besucht wie am Wochenende. So hatten sich ihre Freunde die besten Plätze unter den beiden windschiefen Bäumen in der Mitte des Parks gesichert und hockten friedlich wie die Meersäuli um zwei qualmende Smokey-Joe-Kugelgrills.

Fiona riss sich die übergrosse limettenfarbene Sonnenbrille vom Gesicht und streckte Enitta ein iPad entgegen. «Sieh mal, was sich Sparta ausgedacht hat.» Auf dem Display erschien ein Kinderüberraschungs-Ei vor weissem Hintergrund, das bis zur Hälfte von einem Kondom überzogen war. Am oberen Bildrand prangte der Satz: «Jetzt sind wir auf einmal drei.» Und direkt unter dem Ei stand geschrieben: «Das geht nun wirklich nicht! Ceylor.»

«Hast du das mit Ferrero abgesprochen?»

«Ach», winkte Fiona ab, «die sollen mal nicht schwierig tun.»

Enitta machte höflich die Runde und schüttelte Hände, mal feste, mal schlaffe, mal klebrige.

Die erste gehörte Hendrik Thoma (26/621 Facebook-Freunde), dem zweiten Mann in Fionas Team. Hendrik war der Aussendienstler und Akquisiteur. Zielsicher wie ein Marschflugkörper eilte er für die «Spontimat GmbH» durch die Stadt, was ihm seinen Spitznamen Cruise eingebracht hatte. Wie immer trug er Hut, Brille und das obligate schwarze T-Shirt. Zum Gruss aufstehen mochte er nicht, aber sein Handschlag war der einer Beisszange.

Cruise war halt ein waschechter Züriboy. Sagte nur in Züri «hoi».

Danach folgten ein paar Fiona-Anhängsel, die, falls sich Enitta korrekt entsann, drüben im Bluewin-Tower arbeiteten und Maria und Elvira hiessen. Der etwas schmächtige Typ mit Tattoos und Sandalen stellte sich als Roman vor. Ihn hatte Enitta auch schon getroffen. Arbeitete im Technopark bei einer Firma für Internet-Security.

Dann war sie beim dritten Mitglied der «Spontimat-Gruppe» angelangt. Sven Farner (25/1988 Facebook-Freunde) war der Werbetexter und ein begnadeter dazu. Sven kannte einfach jeden und nichts, weswegen er von vielen einfach Sparta genannt wurde. Wie an den meisten Sommertagen trug er seine dunklen Haare kurz geschoren, seinen Bart spriessend und sein stählernes Sixpack zur Schau. Mit breitem Lachen sprang er auf und schloss Enitta in die Arme, was seine Freundin Sara den Blick abwenden liess. Anfänglich hatte Enitta sie bloss für eifersüchtig gehalten, doch mittlerweile fand sie die aufgegaste Tusse einfach nur anstrengend. Bei jedem weiteren Treffen musste sie sich erneut vorstellen, weil Sara ihren Namen bereits innerhalb von zwei Tagen vergessen hatte. Es sei nichts Persönliches, hatte Sparta ihr wiederholt versichert. Die Kleine sei einfach schlecht mit Gesichtern. Und noch hoffnungsloser mit Namen. Enitta hatte Sara deswegen schon vor einer Weile unter Schwiegerkollegin verbucht, also einer wenig sympathischen, engen Freundin von sehr engen Freunden, zu der man mindestens anständig sein *musste*. Enitta entschied, sich von nun an jedes Mal mit anderem Namen vorzustellen.

Mit drei weiteren, leicht gekleideten Ladys, die gerade Fetakäse, Kaninchenfutter und halbweisse Poulet-Brüstchen mümmelten, schloss sich der Kreis. Tamara und Sandra freuten sich trotz blitzschnell angeknipsten Lächelns merklich begrenzt über die Bekanntmachung, die dritte jedoch, Natalie, schien Freundinnenpotenzial zu haben. Keine dieser Essigzicken, die einem nicht mal den Dreck unter den Fingernägeln gönnten. Ihren Namen würde sich Enitta merken.

Sie warf das Badetuch auf die freie Wiese neben Fiona und zwei angeritzte Cervelats zum brutzelnden Fleisch. Die gluschtigen Auslagen liessen ihr das Wasser im Mund zusammenlaufen, doch in diesem Augenblick gab es etwas, wonach sie noch viel mehr hungerte. Nach Antworten. «Darf ich mir deinen Schatz rasch ausleihen?», fragte sie Sara mit ihrem charmantesten Tonfall und wartete die Erlaubnis nicht ab. Herzhaft langte sie nach Spartas Arm, zog ihn hoch und aufs im gleissenden Mittagslicht leuchtende Gras. Als sie etwas Abstand gewonnen hatten, zückte Enitta die Sonnenbrille. «Sag mir, dass du Neuigkeiten hast.»

Sparta strich über das Drachentattoo auf seinem Oberarm. Der legendäre Optimismus in seinem Gesicht verblasste. Vor zwei Wochen hatte er angeboten, seine Kontakte in der Telekommunikation anzuzapfen, um sie bei der Suche nach Janita zu unterstützen. Er kannte Mitarbeiterinnen bei allen drei grossen Telefonanbietern und hatte somit indirekten Zugriff auf die Kundendaten von fast allen helvetischen Handynummern. Und das ging ganz einfach. Die Telemarketing-Abteilungen der Provider wechselten ihre Mitarbeiter oft im Wochentakt aus, um frisches Blut in die Callcenter zu pumpen. Denn der Job am Headset war hart, grottenschlecht entlöhnt und forderte oft Arbeitseinsätze zwischen Mitternacht und Morgengrauen. Vom Frondienst an Wochenenden und Feiertagen ganz zu schweigen. Über diese miesen Mätzchen ihrer geizigen Arbeitgeber waren viele Angestellte derart verärgert, dass sie gegen einen kleinen Zustupf nur zu gerne sensitive Dinge ausplauderten. Komplett antilegal natürlich, aber dennoch humanitär verantwortbar. Enitta war sich sicher, dass bei diesem Aktionsradius irgendetwas aus den Datenbanken ans Neonlicht gekommen sein *musste*.

Sparta schüttelte den Kopf. «Nichts. Meine Leute haben nicht die geringste Spur finden können.»

Enitta fühlte trotz der sommerlichen Hitze eine eiskalte Welle ihr Rückgrat fluten. Ein schauerliches Gefühl, dem sie sich tapfer verweigerte. Immerhin bestand die Möglichkeit, dass Janita sich nie ein Mobiltelefon zugelegt hatte. Ziemlich untypisch zwar für ein Stadtkind, aber sie besass seit früher Kindheit eine tief greifende Abneigung gegen elektronische Geräte jedwelcher Art. Enittas Entschluss, Informatikerin zu werden, hatte sie bloss mit verächtlichem Nasenrümpfen quittiert.

«Wir haben wirklich jeden Lead verfolgt. Sogar die Anschlüsse eurer Familie gegengeprüft. Mit wem sie derzeit verkehrt, wissen wir ja nicht. Sieht schlecht aus, fürchte ich. Wobei …»

«Ja?»

«Ich hab noch was anderes probiert. Ich kenne jemanden bei einer Kreditkartenfirma. Die haben dort 'ne Software, mit der man den Wohnsitz jeder in der Schweiz ansässigen Person ermitteln kann. Doch auch diese spuckte null Resultate aus. Es ist, als wäre sie vom Erdboden verschluckt.»

Zumindest wusste Enitta, dass sich ihre Schwö nie bei der Churer Einwohnerbehörde abgemeldet hatte. «Vielleicht lebt sie ja unter einem Decknamen …»

Sparta schenkte ihr einen stutzigen Blick. «Janita? Die du mir stets als Selbstdarstellerin beschrieben hast? Eher weniger.»

Enitta verwarf hilflos die Hände. «Vielleicht musste sie … untertauchen.»

Sparta seufzte. «Du klammerst dich an einen Strohhalm. Vielleicht solltest du einfach die Möglichkeit ins Auge fassen, dass sie ausgewandert ist. Nach London, Berlin oder was weiss ich wohin. Ohne vom Schlimmsten auszugehen, kann ich mir ihr Verschwinden echt nicht anders erklären.»

Sie ballte die Fäuste. «Niemals!»

Sparta hielt seinen Blick aufrecht. «*Warum* nicht?»

Die Rauchfahne der beiden Grills streifte Enittas Nase. «All diese Sichtungen. Seit letztem November haben mir mindestens ein halbes Dutzend Kolleginnen berichtet, sie in der Stadt gesehen zu haben.»

Er machte ein paar Schritte um sie herum. «Lass es mich als Werber ausdrücken: Die Leute sehen nur das, was sie sehen wollen.

Und du … höchstwahrscheinlich auch. Du jagst einer Erinnerung hinterher. Fünf Jahre sind eine lange Zeit. Wer kann schon sagen, zu was für einem Menschen Janita geworden ist. Vielleicht *will* sie gar nicht gefunden werden.»

«Das wiederum will *ich* nicht akzeptieren. Ich kann es einfach nicht –»

«Dann bleibt dir nichts anderes übrig als zu warten. Darauf, dass dir eine neue Spur in die Hände fällt oder sie von sich aus zu dir kommt. Wär ja möglich – *wenn* deine Vermutung stimmt und sie noch immer in der Stadt weilt. Zürich ist klein und manchmal geschehen Wunder.» Er legte den Arm um ihre Schulter. «Für Hoffnung gibt es nie einen Grund», flüsterte er. «Darum hat man sie ja.»

Drüben unter den Bäumen wandte sich Sara mit erhobener Nase ab. Enitta nutzte die Gelegenheit und steckte Sparta diskret zwei Lappen. Das Geld würde an seine Informantinnen fliessen. Die konnten es gut gebrauchen. Der Gedanke daran, wie sie wahrscheinlich in diesem Augenblick in winzigen Hasenstallboxen am Stollenkoller litten, verdrängte ihre Enttäuschung über Spartas leere Hände. Wie glücklich musste sie sein, diesen wunderbaren Mittwochnachmittag im Kreis ihrer Freunde verbringen zu dürfen. In diesem magischen Sonnenlicht. In diesem von Leben erfüllten Stadtpark, während die armen Gackerlaken im Prime-Tower zusehen mussten. Bei der hinteren Baumreihe spielten drei alte Männer Boccia und Studis ohne Shirts widmeten sich jenseits der Schattenlinie mit Holzklötzchen einer wunderlichen Kegelvariante. Knirpse verfolgten einander mit wuchtigen Wasserknarren aus Plastik und unter den Schirmen des improvisierten Cafés im Klohäuschen vor dem fernen Viadukt genossen die etwas gemütlicheren Städter Eistees und Schalen. Mochte sie auch nicht wissen, wo in aller Welt Janita derzeit weilte; sich selbst hätte sie in diesem Moment an keinen anderen Ort auf dem Planeten gewünscht. Unvermittelt schubste sie Sparta in Richtung Gelage. «Jetzt lass uns endlich was essen.»

Das Grill-out dauerte bis in den späten Nachmittag, dann waren nur noch Enitta, Natalie und Cruise übrig. Sie hatten sich über ihre liebsten amerikanischen Serien ausgetauscht und Enitta bekannte sich freimütig dazu, die meisten Episoden gratis übers Internet zu streamen. Das war nach Schweizer Gesetz zwar ausdrücklich *nicht* illegal, aber moralisch durchaus fragwürdig. Zumindest nach Ansicht von Natalie, die als Praktikantin bei Universal jobbte. Besonders gegenüber den Filmschaffenden sei es ziemlich unfair. Von einem bisschen schlechten Gewissen geplagt und ein paar Bieren ermuntert, liess sich Enitta überreden, zur Busse wieder einmal ins Kino zu gehen. Damit die Strafe auch zählte, würden sie sich bei diesem strahlenden Wetter in ein kleines Lichtspieltheater zurückziehen, um sich einen europäischen Schwarzweiss-Film in einer Sprache reinzuziehen, die sie nicht verstanden. Cruise jedoch, der dafür bekannt war, vielseitig desinteressiert zu sein, machte sich lieber mit Natalies Nummer aus dem Staub.

So folgten die beiden Girls der Neugasse zurück zur Langstrasse, wo sich das Liebhaberkino RiffRaff befand. Wie immer prangten dort die Plakate unabhängiger Produktionen in den Schaufenstern, und es dauerte nicht lange, bis sie sich auf einen Film geeinigt hatten. Ein finnischer Streifen mit dem verheissungsvollen Titel «Die sieben brutalen Selbstmorde des singenden Weihnachtspferdes». Dieser hatte von der Berlinale über Cannes bis hin zum Zürcher Filmfestival alle möglichen Preise eingeheimst – so was *musste* einfach grottenschlecht sein. Fast neunzig Minuten lang flimmerten Bilder von Marihuana rauchenden Osterhasen, skandinavischem Männerballett, dem Ersten Weltkrieg in Pink und einem verfressenen, depressiven Gaul über die Leinwand. Als der Bilderrausch endlich vorüber war, verspürte Enitta keinen Hunger mehr, dafür jede Menge Durst. Besonders als sie aus dem gut klimatisierten, halb leeren Kinosaal zurück an die drückende Abendhitze kehrten.

Natalie verabschiedete sich und verschwand in den Gassen, wo sie in einer Ein-Zimmer-Wohnung hauste. Enitta stand der Sinn jedoch noch lange nicht nach dem Heimweg, denn die Arbeit war getan und die Kriegskasse wieder voll. So was gehörte gefeiert! Umso mehr freute sie sich über eine Textnachricht von Fux, der zu einem Bierchen lud. Sie holte die Synth-Rocker The Birthday Massacre in die Kopfhörer und schwang sich aufs Velo.

Die Totalbar war nur drei Strassen entfernt, versteckt an einer Quartierstrasse, sodass sie selbst von treuen Langstrassengängern leicht übersehen werden konnte. Sie galt als winzig, gemütlich und total kultig. Vor dem Lokal standen unzählige, ineinander verkeilte Gästevelos herum und mehrere Raucherinnen parlierten neben dem überdachten, von Pflanzen flankierten Eingang.

Drinnen waren die wenigen Tischchen unter einem futuristischen Kronleuchter bereits lückenlos besetzt und mit halb vollen Gläsern übersät. Sie passierte die mit Veranstaltungsplakaten vollgekleisterte Wand und schob sich an den Stadtkindern vorbei zu einem mit gelbem LED-Licht ausgekleideten Tresen. Über der Bar zeigte ein kantiger Kasten 20 Uhr 35 an. Sie überflog die Getränkekarte. Amboss und Quöllfrisch wurden hier nicht serviert, dafür drohte die Beschriftung der einen Zapfsäule mit Sprint-Bier aus dem Hause Turbinenbräu. Dieses hasste sie sogar noch mehr als Avira-Pop-ups. Es schmeckte wie abgestandenes Rivella Rot mit einem Schuss Zehnfranken-Wodka. Also entschied sie sich für Zapfhahn Nummer zwei und orderte die Schwestersorte Rekord. Mit einem Glas des dunklen Gebräus hielt sie Ausschau nach ihren Freunden, die sich in die kleine Fensternische neben dem Eingang gepflanzt hatten. Simon aka Fux und sein Kumpel Giarlo aka Lux waren bereits derart parat, dass Enitta ihre Unterhaltung von der Bar aus mitschneiden konnte.

«Und nun *die* Frage des Abends», hörte sie Simon fragen. «Warum lieben Frauen Bier?»

«Wie jetzt?», sagte Giarlo (26/968 Facebook-Verehrerinnen). «Frauen und Bier lieben?»

«Na?»

Giarlo presste die buschigen Brauen aneinander. «Bö.»

«Ich verrat es dir», grinste Simon und lehnte sich verschwörerisch über den Tisch. «Weil es sie *schön* macht.»

Giarlo hob seine Stange. «Na *darauf* trink ich.»

Enitta hingegen, die eben ihr Glas geparkt hatte, wandte sich theatralisch ab. «Sorry. Falscher Tisch …»

«He, nicht so schnell», lachte Simon und packte sie am Arm.

Sie stiess mit ihren Kumpels an und lehnte sich zurück. «Neandertaler seid ihr. Alle beide.»

«Und jetzt?», erwiderte Giarlo schnoddrig. «Höhlenmenschen haben das Rad erfunden.»

«Und das Feuer entdeckt», ergänzte Simon. «Siehst braun aus. Wo warst du underwäx?»

Enitta nahm sich einen Moment, um ihre Kumpels zu mustern. Beide trugen sie T-Shirts mit V-Schnitt, denen jeder weitere Waschgang zusätzliche Urbanität zu verleihen schien. Simon hatte seine kurz geschnittenen blonden Haare unter einem roten Cap verschwinden lassen, während um Giarlos Hals mehrere Holzperlenketten mit Kruzifixen baumelten. «Hab meinen Fall zum Abschluss gebracht und zur Belohnung den Rest des Tages auf der Josefwiese gelegen», berichtete sie stolz.

«Gratuliere», freute sich Simon. «Dann kommst du Freitagabend also doch an die Freakend-Party?»

«Ja, eh! Aber was ist mit euch? Legt ihr nicht auf?»

Simon verwarf die Hände. «Bin erst vor zwei Stunden aufgestanden und werde hier wohl nicht mehr alt.»

Giarlo nickte beipflichtend. Bei näherer Betrachtung sah er ähnlich abgekämpft aus. Er fasste unter den Kleiderstapel auf dem Fenstersims, holte die aktuelle «20 Minuten» hervor und tippte aufs Titelbild. «Was ich dich fragen wollte – ist das Zeugs wirklich so gefährlich?»

Sie bedachte Simon mit scharfem Blick für dessen Geschwätzigkeit.

Giarlo lehnte sich übers Bierglas. «Du ermittelst doch in der Sache, nicht?»

Enitta spähte seufzend über ihre Schulter, um sicherzustellen, dass niemand mithörte. «Weiss nicht», antwortete sie leise. «Ich zog die Brühe aus dem Verkehr, bevor jemand probieren konnte.»

«Aber davon hast du doch bestimmt was mitlaufen lassen.»

«Na klar. Dafür wurde ich angeheuert. Doch das Sample ist nun zur Analyse beim kantonalen Labor.»

Giarlo fluchte ausgiebig auf Spanisch. «Ich würde zu gerne von dem Stoff probieren.»

«Nach unserem gestrigen Meskalin-Desaster?», krächzte Simon.

«Schlimmer kann's wohl kaum werden», entgegnete Giarlo und hielt sich das eiskalte Glas an die Stirn.

«Du solltest hin und wieder mal die Artikel lesen, statt bloss die Bildchen anzuschauen», tadelte Enitta. «Angeblich hat die Droge bereits vier Leute ins Koma befördert.»

«Alles Anfänger», wiegelte Giarlo ab. «Und wer glaubt schon, was in der Zeitung steht?»

«Jeder ausser dir», erwiderte Simon. «Die sagen noch die Street Parade ab wegen der Geschichte.»

«Diese geistlose Bier- und Bratwurstveranstaltung kratzt mich keinen Millimeter. Das ist alles Ausverkauf pur. Selbst Krynski, die olle Hebamme, arbeitet heute als Bankster.»

«Was erwartest du?», widersprach Simon. «Der Mann hat Mathematik studiert. Und überhaupt, die Partyszene hat Marek 'ne Menge zu verdanken.»

Giarlo stiess Luft aus den Mundwinkeln. «Ist doch wahr …»

«Hier geht's nicht bloss um die Street Parade. Wenn die das Zeugs als gefährlich einstufen, dann bekommen auch kleine Veranstalter wie wir die Auswirkungen zu spüren», sagte Simon.

«Pah, so viel Personal können die gar nicht aufbieten, um in jeder Absteige mit Gerichtsbeschlüssen einzufallen. Ausserdem, seit wann machen *wir* uns was aus Bewilligungen?»

«Es braucht nur ein paar Razzien, und die Szene nimmt Schaden. Willst du das?»

«Razzien legen die Konkurrenz lahm und beleben das Geschäft.» Giarlo leerte sein Glas. «Und Bier belebt *mich*. Noch 'ne Runde?»

Schon zottelte er zur Bar.

«Wehe Sprint», rief ihm Enitta hinterher.

Simon warf die Gratiszeitung zurück auf den Kleiderstapel. «Wir gehen Anfang September für ein Wochenende nach Barça. Chunnsch mit?»

«Habt ihr einen Auftritt?»

«Noch nichts Konkretes. Jedenfalls gehen wir bestimmt keine Museen besuchen.»

«Als ich das letzte Mal dort war, hab ich nicht mal den Strand zu Gesicht bekommen.»

«Wir hatten Ähnliches im Sinn. Durch die Klubs tingeln und uns vorher von Giarlos Schwester lecker bekochen lassen. Sie hat übrigens ein grosses Gästezimmer. Ein Hotel bräuchten wir also keines buchen.»

«Klasse. Giarlo prahlt ständig mit ihren Kochkünsten.»

«Hollywood imfall! Sie hat vor ein paar Wochen ein Rezeptbuch veröffentlicht. Ich schick dir den Link.»

Enitta lachte. Viel würde sie mit der Anleitung ohnehin nicht anzufangen wissen. In ihrem Küchenregal standen bereits zwei Bücher von Jamie Oliver, der J.K. Rowling der Fernsehköche, herum. Natürlich nur zur Dekoration, denn selbst ihre Omeletten sahen Fördermaterialien aus dem Kohlebergwerk zum Verwechseln ähnlich.

Simons Musikpartner kehrte mit drei Stangen zurück. «Was ist nun am Samstag?», fragte er. «Wird das was mit dem Boot oder wie?»

Simon wirkte vom abrupten Themenwechsel überrumpelt. «Denke schon ... Hab gerade letzte Woche mit Vanessa telefoniert. Ihr Vater ist auf Geschäftsreise. Sollte klappen.»

«Ihr habt ein Boot gechartert?»

«*Bötchen* trifft's wohl besser», korrigierte Simon.

«Es hat Platz für ein Dutzend Leute», präzisierte Giarlo. «Am besten, wir treffen uns mit Vanessa gleich nach der Freakend-Party. Dann können wir das Boot in Position bringen und an Bord ausschlafen. Du weisst, wie viele Schiffe sich an der Parade vor der Quaibrücke tummeln. Ich will nicht vom Zürihorn aus zusehen müssen.» Er fasste Enitta ins Auge. «Bist du dabei?»

«Besser nicht.»

«Wieso? Auf diese Weise kannst du die Parade aus der ersten Reihe mitverfolgen, ohne Tick, Trick und Track hinterherzustolpern.»

«Ich werde zu schnell seekrank.»

«Dann halt», erwiderte Giarlo. «Wir werden den Event jedenfalls aus sicherer Entfernung geniessen. Denn *echte Männer* tanzen nicht.»

Simon erwiderte die Bruderfaust. «Stimmt genau.»

Enitta verdrehte die Augen. Manchmal konnte einem dieses schamlose Eierkraulen unter Männern heillos auf den Sack gehen.

Giarlos iPhone liess den Tisch vibrieren. Er führte sich das

Display vors Gesicht und zog eine Miene. «So, und jetzt muss ich rüber ins Bundeshaus. Meine Kleine hat heute früher Schluss.»

«Ach nee», protestierte Simon. «Wir sind doch gerade erst gekommen.»

«Erzähl das mal Esther», entgegnete Giarlo trocken. «Bei ihr war Freitag das letzte Mal. Und am Weekend ist sie in Luzern.» Er holte sein Longboard unter dem Tisch hervor und war im nächsten Augenblick mit einem «Hasta más tarde!» verschwunden.

***

Die sandsteinfarbenen Fassaden des Röntgenquartiers wurden von den Strassenlaternen längst in diffuses Licht getaucht, als Felix nach einem viel zu nervigen Tag voller auf Sadismus gedrillter Verkehrsampeln, widerspenstiger Taxifahrer und Kunden mit Hummeln im Hintern endlich seinen Weg nach Hause fand. Er passierte einen Durchgang an der Fabrikstrasse und parkierte sein Rad im gut verborgenen Innenhof des dreieckigen, sanierungsbedürftigen Wohnkomplexes mit italienischem Charme.

Wie so oft um diese Jahreszeit streifte süsser Kehrichtgeruch seine Nase, während er über den aufgeplatzten Steinboden zum Hintereingang schlurfte. Im zweiten Stock rettete er sich in seine Dreizimmer-Wohnung und schnappte gleich als Erstes eine klirrend kalte Plombe aus dem Kühlschrank. Draussen auf seinem kleinen Balkon erwartete ihn das aufdringlich laute Gebimmel der St. Josef. Jenseits der Gebäude, welche die Albertstrasse säumten, stieg die Dampfwolke der Kehrichtverbrennungsanlage lautlos in den Zürcher Nachthimmel.

Mit einem wohligen Seufzer der Erleichterung liess er sich auf dem kleinen Klappstuhl nieder und richtete seine Aufmerksamkeit auf die Röntgenstrasse, welche seinem Haus entlang führte. Die vom Stadtverkehr weitgehend verschonte Quartierstrasse war bei Velofahrern äusserst beliebt. Im Minutentakt radelten sie von früh bis spät vorbei und boten einen Einblick in die Seele der städtischen Zweiradfans. Mal waren es ganze Familien mit Velohelmen, mal verliebte Pärchen auf Mountainbikes, mal kleinere Gruppen mit schrillen Klamotten und – Gaultier erbarme – Jutetaschen, auf dem Weg an die Langstrasse. Nicht selten flitzten zumeist weibliche Exponentinnen auf Rennvelos vorbei. Diese hatten oft den Lenker tief gelegt und den Sattel hochgeschraubt, um ihre Hinterteile demonstrativ zu präsentieren. Felix war fest davon überzeugt, dass es kaum einen anderen Grund gab, sich für dieses Modell zu entscheiden. Ausser natürlich, man war als Messenger unterwegs. Als bekennender Fernsehmuffel konnte er sich stundenlang mit dieser Strasse befassen. Abgesehen von den viertelstündlichen Werbebotschaften der Kirche um die Ecke war dieses Quartier trotz seiner zentralen Lage ein lauschiger, gemütlicher Ort, an welchem die Nachbarn Rücksicht aufeinander nahmen und sich gegenseitig einen erholsamen Feierabend gönnten. Die extremste Ausnahme stellte da die Frauen-WG im obersten Stock des Gebäudes nebenan dar, welche fast jeden zweiten Abend mit lautem Gelächter Männerbesuch auf dem Eckbalkon feierte.

Er wurde auf eine junge Radlerin aufmerksam, die, offensichtlich angetrunken, die Strasse entlang kurvte. Nach ein paar ungelenken Schlenkern prallte sie beinahe ungebremst in eins der parkierten Porschemodelle, nur um sich sofort kichernd aufzurichten und ähnlich verpeilt weiterzufahren. Der Vorfall liess Felix spontan an Enitta denken. Zu seinem Erstaunen hatte sich die Kleine noch immer nicht gemeldet. Er lehnte sich übers Geländer. Würde er je wieder von ihr hören? Irgendwo dort draussen musste sie sein. Eins der Lichter dieser Stadt. Er begann sich zu überlegen, welches es denn sein mochte.

Am anderen Ende der Wohnung warf jemand die Tür ins Schloss. Der Krach schreckte ihn aus seinen Gedanken auf und erinnerte ihn daran, dass er diese eigentlich gar nicht hätte haben dürfen. Zumindest nicht offiziell.

Fünf Schritte später stand sie unter dem Eingang des Wohnzimmers. Es war Franziska.

«Schatz … äh … was tust du hier?»

«Ich hab meinen Schlüssel verloren», grummelte sie und schleuderte ihre überdimensionale Louis-Vuitton-Handtasche aufs Sofa.

Er zog die Stirn in Falten. «Nun, wenn dir dein Bund abhandengekommen ist, wieso hast du dann immer noch den Schlüssel zu *meiner* Wohnung?»

«Ach, den hatte ich in meinem Portemonnaie ...»

«Okay ... gibt's für solche Fälle nicht so was wie einen Schlüsseldienst ...?»

«Jetzt komm mir bloss nicht so.» Wie ein prall gefüllter Kartoffelsack liess sie sich auf die Couch fallen. Eine Meisterleistung bei ihrem Fliegengewicht. «Ich könnte jetzt echt gut etwas Unterstützung gebrauchen.»

«Schon gut», sagte Felix. «Ich hab gestern die Betten neu bezogen.»

Sie langte nach seinem Laptop. «Du, mir wäre lieb, wenn du heute auf dem Sofa pennst. Morgen steht eine wichtige Präsentation an und du weisst, wie schlecht ich bei deinem Geschnarche schlafe.»

Er musste lachen. «'tschuldigung?»

Seine Reaktion schien Franziska nur noch mehr zu verärgern. «Nun hör mal zu: Es kann doch wohl nicht zu viel verlangt sein, *einmal* etwas Rücksicht auf mich zu nehmen.» Sie klappte das Gerät auf und begann, auf der Tastatur zu tippen.

«Aha. Rücksicht», murmelte Felix und gestikulierte mit seiner Bierdose. «Du meinst wie damals, als ich diesen sauteuren Palladio-Sessel mit dem Zug von Olten in die City transportiert hatte und du dich bloss darüber beklagtest, er sei so bequem wie eine trockene Badewanne?»

«Lass das! Ich hab das Möbel selbst bezahlt.»

«Ja, die perfekte Kombination aus Design und Drama war das gewesen. Oder damals, als ich zwei Wochen lang liebevoll deine fleischfressende Pflanze mit gebratenen Speckwürfeli durchfütterte, weil sich Madame ja *unbedingt* kurzfristig für eine firmeninterne Weiterbildung nach Hongkong begeben musste.»

«Ein bisschen Wasser hätte völlig genügt, du Hirni.»

«Tut mir ja echt leid, dass ich nicht mit deinem grünen Daumen geboren wurde. Aber ich erinnere mich überdeutlich an die blauen Zehen, die ich mir beim Anstehen für die U2-Tickets bei der Sihlpost geholt habe, nur damit du die Dinger bei Ricardo verschacherst.»

«Sonst noch was? Mit dem Erlös habe ich dich zum Essen eingeladen.»

«Und den halben Abend mit deinem Ex geplaudert, dem das Lokal gehört.»

Franziska schüttelte den Kopf. «Jedenfalls ... morgen Abend brauch ich deine Bude, um meinen Chef und dessen neue Freundin zu bekochen.» Sie liess einen missbilligenden Blick über seine Einrichtung schweifen. «Wäre es vielleicht möglich, dass du bis dahin etwas aufräumst? Ist ja ein unglaubliches Puff hier ...» Sie widmete sich wieder dem Bildschirm. «Hm, irgendwie werd ich ihm das schon verkaufen. Und wenn du schon dabei bist, sei doch bitte so lieb und füll den Kühlschrank auf. Mein Boss stellt Ansprüche – da komme ich mit deinem welken Biogemüse nicht allzu weit. Ein paar Pangasius-Filets wären nicht schlecht. Wie ich gehört habe, hat der Globus grad Aktion.»

«So weit kommt's noch», knurrte Felix. «Ruf gefälligst den Pizza-Blitz. Die Nummer steht auf dem Kühlschrank.»

Franziska sah vom Laptop auf und starrte ihn mit offenem Mund an. «Hast du eigentlich ir-gend-eine Vorstellung davon, was ...» Sie klappte seinen Computer schwungvoll zu. «Ich hab keine Zeit für solchen Seich.» Abrupt erhob sie sich vom Sofa. «Weisst du, nicht alle Leute geben sich damit zufrieden, planlos durchs Leben zu driften. Ich für meinen Teil will vorwärtskommen. Also beweg endlich deinen Hintern. Sonst kannst du dir bald einen neuen suchen.» Sie zog sich in sein Schlafzimmer zurück.

Felix lauschte dem Klang des sich verriegelnden Schlosses und überlegte, weshalb er sich überhaupt mit dieser Furie abgab. Vielleicht weil sie gebildet und ehrgeizig war und darüber hinaus noch verboten gut aussah? Nicht jeden Abend seinen Beistand erforderte, da ihr Job sie zu unzähligen Überstunden nötigte? Weil man sie gut herzeigen konnte? Sie hemmungslos im Bett war? Sofern sie ihn unters Duvet liess? Was, wie er eben gelernt hatte, nicht mal unter seinem eigenen Dach selbstverständlich war. Eine Woge des Zorns drohte ihn zu überkommen. Warum liess er sich dieses Theater überhaupt bieten? Er würde ihr zeigen, wer hier der Mann im Hause war! Würde hinüber in *sein* Schlafzimmer stapfen und eine längst fällige, heftige Auseinandersetzung heraufbeschwören, die entweder im endgültigen Bruch oder einer überirdischen Versöhnung gipfelte. Doch schon der erste Schritt schmerzte. Seine geschundenen Waden brannten wie Feuer und erinnerten ihn daran, wie sehr er sich den ganzen Tag verausgabt hatte. Immer am Limit. Physisch wie finanziell. Er war sogar zu erschöpft, sein Feierabendbier zu geniessen, und bettete sich aufs Sofa.

***

Einmal mehr bewegten sich die Zeiger der Küchenuhr jenseits der Zwölf, als Enitta endlich ihren Weg zurück nach Hause fand. Gemessen an ihrer geschlossenen Zimmertür war Fiona bereits zu Bett gegangen. Bei deren Disziplin und Arbeitseifer eigentlich keine Überraschung. Auf dem Küchentisch lag bereits ihr nächstes Projekt ausgebreitet: ein Werbeplakat für eine aufkommende, ihr bereits holde, österreichische Biermarke, das eine junge Frau mit zusammengebundenen schwarzen Haaren präsentierte. Eigentlich schlank und rank, steckte sie in einem dunkelblauen Blümchenkleid und lehnte lässig an eine Mauer im Niederdorf. Allerdings besass sie ein kugelrundes Bäuchlein, das sie liebevoll streichelte. Darüber prangte die Überschrift: «Nein, ich bin nicht schwanger. Ranzenberger Prickelherb.»

Neben dem Plakat standen einige Bierflaschen der Marke herum. Sinnigerweise wiesen diese in der unteren Hälfte eine markante Ausbuchtung auf, welche an einen Bierbauch erinnerte. Bestimmt aufwendig in der Produktion und dank dieser Unförmigkeit ein logistisches Problem für sich, doch als Marketing-Gag unbezahlbar.

Enitta freute sich schon auf den Rest der Kampagne und wechselte mit einem Glas Rioja in ihr Zimmer, wo sie sich Facebook auf ihren Mac-Bildschirm holte. Beim Überfliegen der zahlreichen Statusmeldungen ihrer Freunde wurde sie bald auf eine neu gegründete Gruppe aufmerksam, welche dem Zombie-Fondue huldigte. Die Seite gefiel bereits 19'678 Leuten. Und das Anfang August! Enitta legte ihre Melone beiseite und schaltete den Ventilator ein. Wenn man's bedachte, machte es durchaus Sinn. Einst gab es eine Zeit, da war kalter Kaffee ein geflügeltes Wort für einen alten Hut gewesen und heute war sie selbst süchtig geworden nach dem eiskalten Cappuccino aus dem Hause «Goldmeitschi». Erst vorletzte Woche hatte sie US-amerikanische Touris dabei beobachtet, wie sie bei dreissig Grad eine riesige Portion Käsefondue im Niederdorf spachtelten. Irgendwie abartig, aber was sollte man sonst tun, wenn die einzige Reise nach Switzerland auf einen Sommermonat fiel und man unbedingt das Nationalgericht Nummer 1 futtern wollte?

Der Gedanke, bald einen neuen Auftrag an Land ziehen zu müssen, bereitete ihr Unbehagen. Fast fand sie es schade, dass ihr Einsatz für das OK bereits ein Ende gefunden hatte. Auch wenn es nicht ungefährlich war, so hätte sie gerne mehr über die Hintermänner der Teufelsdroge erfahren. Was mussten das für Schufte sein, die das Leben wildfremder Menschen einfach so aufs Spiel setzten? Welche Motivation konnte man dazu nur haben? Und warum in aller Welt würde man dabei eine volkstümliche Tracht tragen? Doch das lag nun alles in der Vergangenheit. Höchstwahrscheinlich würde sie auf ihren Nebenverdienst ausweichen müssen. Wenig amüsiert versuchte sie den Gedanken noch ein Weilchen zu verdrängen und klickte auf einer Piratenseite die neueste Folge der US-Krimiserie Castle an. Mit Erinnerungen an ihren letztjährigen Trip in die Stadt der Städte schlief sie schliesslich am Pult ein, noch bevor Kate und Richard den Täter entlarvt hatten.

5

Donnerstag, 11. August 2011

10 Uhr 15. Enitta hatte bereits mit jeder Seele in der «Badi595» einen Schwatz gehalten, die sie auftreiben konnte. Selbst mit dem schräg-gemögigen Beppiklaus im Parterre, der in seiner tagesfüllenden Freizeit Liebesbriefe zu rosa Klopapier brachte und äusserst erfolgreich übers Internet vertickte. Ganze drei Male hatte sie in der kleinen Küche im obersten Stock Kaffee aufgesetzt. Hatte sich sogar dazu durchgerungen, endlich einen Termin für die nervige Jahreskontrolle beim Frauenarzt zu vereinbaren, doch es half alles nichts. Nun hockte sie in ihrem kleinen Atelier hinter dem Bürotisch und grub ihre Backen in die Handflächen. Ihren starren Blick auf dieses fiese anthrazitfarbene Gerät gerichtet, welches auf einem winzigen Display mit roten Strichen den Eingang einer Nachricht anzeigte. Wie sehr es ihr doch widerstrebte, sich den Hilferuf eines wildfremden Menschen zu Gemüte zu führen. Nach dem turbulenten Auftrag des Street-Parade-OKs würde sich alles andere nur noch hohl anfühlen. Aber was sollte sie tun? Es war nun mal ihr Beruf.

An ihrer Seite sass Balu auf seinem Hintern und verfolgte ihren Leidenskampf mit grossen Augen. Oder hatte er schon wieder Hunger? Wünschte er sich bloss etwas Action? Ein kleines Tête-à-Tête mit den Hundedamen, die in diesem Moment an den Leinen ihrer Besitzerinnen über die Trottoirs der Stadt flanierten? Hinter den verstaubten Fenstergläsern lockte ein makellos blauer Himmel. Verhiess Spiel und Spass am See oder in einem der zahlreichen Stadtparks. So weit war sie jedoch nicht. Noch immer steckte eine Weinflasche hartnäckig in ihrem Schädel fest und liess sie über die Sünden der vergangenen Nacht klagen. Der gestiefelte Kater trat nach ihrem Kopf. Dabei war es doch lediglich ein ruhiger Abend im Kreise ihrer Freunde gewesen. Wenigstens bis zu den Tequila Shots zum Abschied.

Es siegte die Vernunft. Sie durfte sich nicht auf ihren Lorbeeren ausruhen, sondern musste dafür sorgen, dass der Laden weiterlief. Immerhin, nur ein einziger Anrufer hatte sich in ihrer Abwesenheit an sie gewandt. Widerwillig löste sie ihre klebrige Hand vom Gesicht und langte nach der Abspieltaste. Zu ihrer Überraschung erklang die Stimme ihres Kumpels Peter Zeh (31/5 Google+-Freunde), die sie im breitesten Berndeutsch begrüsste.

«Enitta! Dein Telefon ist gäng abgeschaltet.»

Ein Lächeln eroberte ihre Lippen. Sie holte Désirée aus der Tasche und blickte auf ein tiefschwarzes Display. Die Gefrässigkeit ihres Handyakkus wusste immer wieder zu überraschen.

«Du, ich bin heute Nachmittag in Rappi und hätte eine Kundin in Wollishofen, deren Putter nicht mehr tut. Evelyne Tscharner, Rumpumpsteig 7. Eine reizende alte Dame. Schau doch mal bei ihr vorbei. Das übliche Honorar, gäu? Tschou.»

Was für eine unverhoffte Fügung. Peter, der als selbstständiger PC-Doktor durch die Landen zog, schanzte ihr gelegentlich Aufträge zu. Meistens wegen Terminkollisionen und hauptsächlich bei Kunden, für die Computer in deren Jugend noch Zukunftsmusik gewesen war. Solche Feuerwehreinsätze, die meistens einen Neustart und in ganz komplizierten Fällen die Versöhnung zwischen Stromkabel und Steckdose erforderten, waren quasi ihr Nebenverdienst. Ersatzteile oder Software-CDs stellten bloss unnötigen Ballast dar. Getreu der alten Supporterweisheit, dass das Problem in den überwiegenden Fällen exakt zwischen Tastatur und Stuhllehne beheimatet war.

Zu Gesicht bekam sie den Informatiker, welchen sie in ihren Churer Lehrtagen als Kontaktperson bei der Zürcher Niederlassung der «Carrington Davenport International» kennengelernt hatte, zwar selten, aber Peter gehörte nicht zu den Leuten, die sich gross veränderten. Er war füllig, pragmatisch und besass, wenn er wollte, einen einsilbigen, äusserst beissenden Humor. Trotz seines enormen Wissens um die raschen Entwicklungen auf dem Computermarkt scherte er sich wenig um Trends und hatte daher auch seinem florierenden Ein-Mann-Unternehmen einen Namen verpasst, der ihn und seine Herkunft mit Stolz und Prägnanz repräsentierte: «P. Zeh 3000».

Die Kundin wohnte zwar nicht grad um die Ecke, aber wenigstens auch nicht in der velofeindlichen Hügellandschaft Höngg. Enitta schnappte sich ihren Hut und verliess, von Balu gefolgt, das Büro.

Kühler Fahrtwind linderte die Hitze der aufsteigenden Mittagssonne. Wie Enitta auf ihrem Hollandvelo durch die geschäftige Innenstadt einer mehrere Kilometer entfernten Destination am Seeufer entgegentrampte, widerhallte Felix' Frage in ihrem Hinterkopf: Wie wird man eigentlich Privatdetektivin?

Abgesehen von dem Verlangen, die eigene, verschollene Schwester aufzuspüren, brauchte man sich einfach nur dem Lauf der Dinge zu ergeben. Sprich: sich treiben lassen.

Seit ihren frühen Teenagertagen hatte sie nie wirklich gewusst, was sie mit sich und ihrer Zeit anfangen sollte. Auf Drängen ihres Vaters hatte sie den Eintrittstest ins Gymnasium absolviert und bestanden. Doch das mausetote Latein hatte sie an den Rand der Verzweiflung getrieben. Sogar so weit, dass sie an Prüfungen nur noch motivationslos einzelne Worte hinkritzelte und die Abstände mit kilometerlangen Punktreihen auffüllte. Aufgrund dieses Desinteresses hatte sie sich binnen Jahresfrist in einem Zimmer voller Sekundarschüler wiedergefunden, gegenüber welchen sie einen enormen Wissensvorsprung besass. Sie hatte sich mehr gelangweilt als Goethe beim Deutschtest. Im letzten Schuljahr, als ihre Mitschülerinnen bereits eine Bewerbung nach der anderen zum gelben Kasten trugen, hatte sie bloss in der Badi herumgelegen und sich nur zufällig zum Berufsinformationszentrum bequemt. Aber die Angebote des damaligen Stellenmarktes hatten ihr giftgrüne Farbe ins Gesicht getrieben.

In ihrer Hilflosigkeit rieten ihre Freundinnen, doch etwas mit Computern zu versuchen. Ihr zukunftsbegeisterter Vater hatte sie zu der Zeit an jedem gottverdammten Sonntag zur Churer Computerbörse geschleppt, um Software und Mongomöbel einzukaufen. Deswegen war in ihrem Elternhaus auch eigens ein Raum voller PCs und Macintoshs vorhanden gewesen, wo sie die angesagtesten Titel wie «Zak McKracken» oder «Indiana Jones» zocken konnte. Und zwar so exzessiv, dass man sie vor die Tür tragen musste, damit sie das schöne Bündner Wetter nicht gänzlich verpasste. Sich mit Kabeln und Monitoren auseinanderzusetzen hatte sich vordergründig zwar vernünftig angehört, doch anfänglich wollte sie ihr Hobby keinesfalls zum Beruf machen. Das hatte sich aber schleunigst geändert, als die letzten Wochen ihrer Sekundarschulzeit anbrachen und sie sich zu guter Letzt beim britisch-französischen Mischmasch-Konzern «Carrington Davenport International» vorstellte, welcher in Chur allerlei Telefon- und Kommunikationsanlagen herstellte. Als perfekten Einmarsch hatte die Firma ihre Bewerbung allerdings nicht geplant, und daher durfte sie erst einmal zu einer Art Intelligenztest antraben.

Um ihr logisches Denken auf den Prüfstand zu stellen, hatte man ihr einen einst auf dem Markt gescheiterten Urahnen des iPads präsentiert. Ein entfernter Verwandter des Palm Pilot mit Monochrom-Display aus dem Hause Apple, den man ihr mit einer Bedienungsanleitung und einer Zeitvorgabe von einer halben Stunde überliess. Natürlich wusste sie über das Gimmick von neunzehnhundertirgendneunzig bereits bestens Bescheid. So trat sie nach nur zehn Minuten vor die verblüffte Lehrlingschefin und erklärte ihr in drei Sätzen sämtliche Funktionen des Gerätes. Mit diesem Auftritt hatte sie sich problemlos eine vierjährige Lehre bei dem Unternehmen gesichert, welche sie durch manch interessante Abteilung führen sollte. Dem IT-Support, dem Handy-Repcenter oder dem ständig verrauchten Rechenzentrum. Hatte es sich zunächst wegen der unverblümten Avancen ihrer männlichen Mitstifte noch als Nachteil erwiesen, die einzige Lehrtochter der Firma zu sein, so wurde sie bereits im zweiten Jahr als vollwertiger Kumpel anerkannt. Diese Akzeptanz ging irgendwann aber so weit, dass die anderen Lehrlinge sie gar nicht mehr als Mädchen wahrnahmen und sogar in ihrer Anwesenheit anderen Frauen hinterhergeiferten und mit derbster Wortwahl ihre samstäglichen Eroberungen preisten. Selbst für die Ausbildner schien es ab einem gewissen Punkt kein Halten mehr zu geben. Einer von denen zitierte sie einst zu Ehren des Weltfrauentages gar an die Wandtafel. Derselbe Tubel blieb seiner Linie treu und bot sie gemeinsam mit zwei neuerlich angeheuerten Lehrtöchtern für eine Nachhilfestunde auf, bei der sie als nachträgliches Willkommensgeschenk ein Necessaire überreicht bekam. Ausgestattet mit einem USB-Stick, einem Schweizer Armeesackmesserchen, einem Lippenstift und einem adretten Spiegelchen. Da war ihr der Kragen gründlich geplatzt. Wie konnte sich ein Weltkonzern damit brüsten, Frauen explizit zu fördern, nur um sie dann wegen angeblicher Lerndefizite in Sonderschulungen zu stecken? Auch nach der LAP wurde es nicht besser. Zu oft hatten die Kunden nach ihren «Kollegen» verlangt – wohl weil sie ihr keine Kompetenz zutrauten. Schon bald begann sie damit, sich als Inventarposten auszugeben und eher mit den Zimmerpflanzen als dem Team zu identifizieren.

Es war in dieser Zeit gewesen, da der Kontakt zu ihrer älteren Schwester Janita, welche bereits ein Jahr zuvor ins weit entfernte, sündige Züri gezogen war, vollends abbrach, was Enitta dazu bewog, den ungeliebten Job hinzuschmeissen und ihr Glück ebenfalls in der Limmatstadt zu versuchen. Nie wieder würde sie sich der Hierarchie einer grossen Firma unterordnen. Sicherlich hätte sie sich eine Zukunft in der Welt der Informatik aufbauen können. Viele Menschen, die später Karriere machten, hatten erst gehörig auf die Zähne beissen müssen, um die zahlreichen Widrigkeiten ihrer Anfangstage zu überwinden. Irgendwie war sie davon überzeugt, dass sie auch nach einem mehrjährigen Hiatus jederzeit erfolgreich ihre einstige Laufbahn weiterverfolgen konnte, wenn sie nur wollte. Der Job war einträglich und selten anstrengend. Aber sie kannte sich gut genug, um genau zu wissen, dass er längst keine mittelfristige Option mehr war. Ihr Händchen für Computer würde sie nicht dazu missbrauchen, einen Festvertrag zu unterschreiben, sondern damit lieber ihr Taschengeld aufbessern.

Nach einer gemütlichen Fahrt durch die Häuserschluchten der Stadt erreichte sie das Seebecken und fuhr auf dem sonnigen Mythenquai entlang der Küste – der gleichen Strecke, welcher auch die Street Parade folgen würde. Segelboote schaukelten sachte auf den tiefblauen Wellen, und auf den Wiesen am Seeufer hatten ausländische Raver ihre schmuddeligen Zelte dicht an dicht aufgeschlagen. Liebend gerne hätte Enitta ihre Füsse für einen Augenblick ins kühle Wasser getaucht und mit den knackigen, herumgockelnden Jungs geflirtet. Da passierte sie jedoch schon die Werft der Zürcher Schifffahrtgesellschaft und fand sich keine Minute später an der Kreuzung vor der roten Fabrik wieder. Sie bog in die vom SBB-Trassee überdachte Seestrasse und schleppte ihr Velo die steile Treppe des Rumpumpsteigs hinauf. Frau Tscharner wohnte in einem für Wollishofen ungewöhnlich klobigen Mehrfamilienblock und gewährte ihr mit einem fröhlich geträllerten «Grüeziwohl» über die scheppernde Gegensprechanlage Einlass ins Gebäude.

Ohne Umschweife wurde Enitta von der älteren Dame ins Arbeitszimmer einer herzig eingerichteten Wohnung voller antiker Möbel geleitet. Der schwarze Discounter-Computer stand abgeschaltet neben dem Wellensittichkäfig auf einem sorgfältig aufgeräumten Arbeitstisch. Die Rentnerin klagte über sich häufende Abstürze. Sie könne sich das so gar nicht erklären, da sie doch extra ein Anti-Virus-Programm installiert habe und nur sehr selten Dateien aus dem Internet herunterlade.

Ein paar prüfende Blicke verschafften der Aushilfsinformatikerin die Gewissheit, dass hier zunächst einmal alle Kabel am richtigen Port waren. Nicht selten machte sie sich nämlich einen Spass daraus, ihre Kunden die Anlage komplett auseinandernehmen und neu zusammensetzen zu lassen. Viele verstanden hinterher endlich den Unterschied zwischen Display und DVD-Laufwerk. Frau Tscharner hingegen benutzte USB-Sticks und unterhielt nach eigenen Angaben sogar einen YouTube-Kanal, wie die staubfreie Webcam auf dem Monitor bestätigte. Während Enitta das Möbel hochfuhr, bereitete die Dame in der Küche Kaffee. Eine Systemdiagnose brachte Enitta auf die Spur des Problems. Offenbar hatte sich der PC tatsächlich etwas eingefangen. Über Peters Fileshare-Account lud sie eine aktuelle Virenkiller-Software herunter, bereinigte den Desktop und adjustierte die Firewall. Smeilend liess sie einen Würfelzucker in den eben servierten Kaffee gleiten und verkündete die Neugeburt des Computers.

Frau Tscharner legte das Honorar diskret auf den Schreibtisch und setzte sich mit einem erleichterten Seufzer auf den üppigen Sessel in der Ecke des Zimmers. Sie goss sich selbst eine Tasse ein und begann zu erzählen, wie sich ihr lieber, leider verstorbener Karli stets um den PC gekümmert hatte. Einst hätten sie auf der anderen Seite des Sees gewohnt und bereits in den späten Achtzigern eine dieser Maschinen besessen, weil Karli ein leitender Angestellter bei IBM gewesen war. Was für eine Erleichterung es doch gewesen sei, die doofe alte Schreibmaschine endlich in den Keller zu zügeln.

Enitta betrachtete den Bildschirmhintergrund, der das verliebte Ehepaar in glücklichen Tagen abbildete. «Es kommt wirklich sehr selten vor, dass jemand Ihres ... Ihrer Generation so gut mit Compis klarkommt», sagte Enitta und hoffte, dass das Kompliment nicht komplett danebengegangen war.

Frau Tscharner lächelte gütig. «Nach Karlis Tod besuchte ich einen Kurs in der Migros Klubschule.» Sie setzte die Tasse ab. «Computer waren sein Leben gewesen, wissen Sie. Mehr über das Gerät zu erfahren bedeutet auch, neue Seiten an ihm zu entdecken. Dann ist es so, als wäre er noch immer hier ...»

Gemeinsam nahmen sie noch eine weitere Tasse und Enitta zeigte ihr einige Kniffe für Windows 7. Frau Tscharner bot ihr das Du und ein paar Kekse an, doch Enitta akzeptierte nur Ersteres – zu sehr knurrte ihr Magen. Sie gab der netten Dame, welche sie stark an ihre Grossmutter erinnerte, ihre Nummer und begab sich zurück an die pralle Sonne. Diese schien gerade alle ihre Strahlen exklusiv auf Enittas Stirn auszurichten. Wo würde sie denn nun einkehren? Beim China Take Away um die Ecke? Der Gedanke an dessen Rindfleisch, das wie frittierte Fensterdichtung schmeckte, liess ihren Magen die Embryostellung einnehmen. Mägg, Migrüsel oder ein zufällig gewählter Kebabier waren heute ebenfalls keine Optionen. Deren Fliessband-Shizzle füllte bloss den Bauch und ging oft genug nach hinten los. Wenn sie ehrlich zu sich selbst war, dann erinnerte Verpflegung jener Art nur unmittelbar vor und ganz zu Beginn der Einnahme an Essen. Wohl deshalb nannte man das Zeugs auch fast-Food.

Sie stiess ihr Velo die Albisstrasse hinauf zur Kreuzung Morgental, dem eigentlichen Stadtzentrum von Wollishofen, denn dort befand sich hinter einer CS-Filiale einer der grössten kulinarischen Geheimtipps der Stadt: das «Chäs & Brot». Der Quartierladen bot hinter einer geschwungenen gläsernen Theke alle erdenklichen Käsesorten feil, hatte feinste Weine im Regal stehen und verkaufte sterbensfeine Sandwiches und Salate. Sie liess sich aus verschiedenen Schüsselchen eine währschafte Portion Take-Away-Salat zusammenstellen. Hörnli, Artischocken, Antipasti, Rüebli und viele andere frische Zutaten fanden ihren Weg ins transparente Plastikgeschirr. Behutsam schloss der Koch die Verpackung und schickte sie mit einem charmanten Lächeln in die verspätete Mittagspause.

Nur ein paar Schlenker bergabwärts später erreichte sie die Landiwiese. Der zur Strasse hin von mächtigen Bäumen eingefasste, saftig grüne Rasen erstreckte sich dem Seeufer entlang und hatte bereits Dutzende Städter zum Fläzen verführt. Gemütlich räkelten sie sich auf Badetüchern, lagen neben- und aufeinander oder steckten ihre Nasen unter monströs grossen Sonnenbrillen in spannende Lektüren. Bei dieser Hitze würde sich auch kaum jemand gross bewegen wollen. Gemütlich stiess Enitta ihr Velo über den Kiesweg und gelangte über eine geschwungene Betonbrücke auf das ovale Saffa-Inselchen. Was für ein majestätisches Panorama! Möwen kreischten am Himmel. Wellen züngelten plätschernd vor sich hin. Zwischen den trägen, schneeweissen Passagierschiffen flitzten kleinere Boote übers endlose tiefblaue Gewässer und unter den hoffnungslos mit Villen verbauten Hügeln befand sich am anderen Ufer auf exakt gleicher Höhe der Bahnhof Tiefenbrunnen. Von dort aus würden sich die Lkws der Technoparade in Bewegung setzen und im Schritttempo um den Zürisee herumfahren, bis sie drüben beim nur wenige hundert Meter entfernten Mythenquai ihre Destination erreicht hatten.

Der Gedanke brach die Idylle.

Schon wieder musste sie an ihren vormaligen Fall denken. War nicht hier, bei der Landiwiese, ein Teenie vom gefährlichen Zombie-Fondue geknechtet worden? Sie wurde auf ein paar zerdrückte Bierdosen bei den Baumstämmen aufmerksam. Vielleicht sass sie ja mitten auf dem Tatort. Was für ein geeignetes Plätzchen für ihren Zmittag! Aber da sie schon mal da war … Sie holte die Seeluft tief in ihre Lungen und das Einweg-Tupperware auf ihren Schoss. Hungrig stach sie mit der Kunststoffgabel in das leckere Mahl und liess sich Essen wie Aussicht auf der Zunge zergehen.

Schon bald jedoch wurde ihr Frieden abermals zunichtegemacht. Diesmal von ein paar Ravereisenden, die sich direkt am

Ufer breitmachten. Sie lachten laut, waren schlecht angezogen und hörten noch schlimmere Musik, die aus einem grell bemalten Ghettoblaster plärrte. Enitta langte nach ihrem Bäg und zerrte die Kopfhörer heraus. Mit wenigen Griffen war das Kabel mit ihrem Smartphone verbunden und die FM-Radio-App aktiviert. Sie wich Bonnie Tyler, Enrique Iglesias und Lady Gaga so lange aus, bis sie die kehlige Stimme des Stationsbosses von Radio 1 vernahm.

«Ja, liebe Hörerinnen und Hörer», begann der Moderator, «an diesem Donnerstagnachmittag zu Gast in meinem Studio: ein *ganz* gefragter Mann. Er hat uns freundlicherweise und *exklusiv* eines seiner seltenen Interviews gewährt, und ich freue mich *ausserordentlich*, ihn heute hier zu haben: Eric Stassel, siebenunddreissig Jahre jung, wohnhaft in Wollishofen. Exbanker, Beststellerautor – Weltverbesserer. Willkommen!»

«Schönen guten Tag. Natürlich bin ich Ihrer Einladung dankbar gefolgt und habe sogar ein *Geschenk* mitgebracht.»

Enitta grinste. Dieser Schuft. Es war eine Masche gewesen.

«Ou, eine Kinderüberraschung», antwortete der Moderator hörbar belustigt. «Eine frontale Charme-Attacke gleich zu Beginn der Sendung! Merci …»

«Ich trage immer eine Kinderüberraschung bei mir», sagte Stassel.

Der Talkmaster fand schnell zu seinem gewohnt abgeklärten Tonfall zurück. «Auf jeden Fall sind Sie eine wahre Wundertüte. Darum zurück zum Thema. Herr Stassel, wer sind Sie?»

«Ich bin Eric Stassel aus dem wunderbaren Kanton Wallis, und ich berate Menschen.»

Enitta konnte sich bildlich vorstellen, wie er mit ruhigem Puls und halb offenem Hemd auf dem Tonstudiohocker thronte und das Interview Wort für Wort genoss.

«Gut», hakte der Moderator nach. «Aber das war doch nicht immer so, oder? Einst waren Sie Investmentbanker – und ein ziemlich berüchtigter dazu. Derzeit nicht gerade ein sehr populärer Berufsstand.»

«Das war in einem *früheren* Leben. Mittlerweile widme ich mich substanzielleren Dingen.»

«Verstehe … Sie waren jung und wollten das Geld.»

«Nun, ich hatte das seltene Glück, zur richtigen Zeit am richtigen Ort zu sein. Mir wurde eine Lehrstelle bei der Golden Lion Bank geboten, und ich nutzte meine Chance. Bewies, dass sich Widmung bezahlt macht, und baute mir ein stattliches Netzwerk in – zugegeben – nicht gerade unprivilegierten Kreisen auf. Doch irgendwann dämmerte mir, dass ich nicht mein Kontostand war, und erweiterte darum meinen Horizont.»

«Was war denn der Grund für diese drastische Kehrtwende?»

Eine kurze Pause. «Einsicht, schätze ich.»

Der Moderator schnaubte. «Das heisst, Sie wachten eines Morgens auf und waren plötzlich entsetzt über sich selbst?»

«Ich kann das nicht wirklich an einem bestimmten Ereignis festmachen … es war mehr ein schleichender Prozess.»

«Aha. Meine Recherchen ergaben auch, dass Sie nicht so gerne über dieses Thema sprechen», sagte der Moderator mit herausforderndem Tonfall. «Anyway! Heute jedenfalls sehen Sie sich als Wohltäter. Nur dumm, dass Wohltäter immer noch Täter sind. Früher haben Sie nachweislich die eigene Befindlichkeit ins Zentrum gestellt. Ich habe mir erlaubt, einen kleinen Rückblick vorzubereiten. Da wären Champagner-Partys im Dolder, sündhaft teure Sportautos, äh … und hier habe ich eine Ausgabe der ‹Newsweek› vom Mai 1995 ausgegraben, auf deren Titelblatt Sie als *Held der Hochfinanz* gefeiert werden. Sagen Sie mal, wie geht das eigentlich mit Ihren heutigen Aktivitäten als Lebensberater fürs gemeine Volk zusammen?»

Stassel hüstelte. «Das hat sich tatsächlich so verhalten, aber dieser Lebensstandard war nicht von Geburt an gegeben. Wie Sie bestimmt wissen, bin ich unter eher ärmlichen Verhältnissen gross geworden. Im Elternhaus, in dem ich mit meinen sieben Brüdern aufwuchs, hatten wir weder Elektrizität noch fliessend Wasser. Fernsehen war etwas aus einer anderen Welt, und das einzige Radio, das wir besassen, empfing bloss statisches Rauschen. Das kann sich heute ein Kind in Wiedikon oder Wikpingen kaum mehr vorstellen. Gott sei Dank.»

«Da gebe ich Ihnen zur Abwechslung sogar recht. Als ich damals in Zürich aufwuchs, war das Aussersihl noch ein ärmliches

Arbeiterquartier. *Ganz* andere Zeiten waren das damals gewesen. Aber trotzdem, Sie verkaufen sich als einer, der Minderverdienenden den Weg in eine vermögendere Zukunft weisen möchte. Bahnpersonal. Serviertöchtern, äh … meinetwegen Callcenter-Agenten. Doch diese uramerikanische Botschaft, dass man jeden Tag ein neues Leben beginnen kann, funktioniert in unseren Breitengraden doch gar nicht, oder?»

«Das liegt daran, dass wir hier in Europa die Idee einer Metamorphose komplett ablehnen», sagte Stassel langsam. «Und dies erst noch entgegen jeder Logik. Wir denken, dass jemand lieber einen falsch eingeschlagenen Berufsweg weiterverfolgen sollte, statt etwas Neues, etwas *Geeigneteres* zu probieren. Diesen Konservatismus halte ich für riskant.»

«Aber Sie verlangen überrissene dreihundertfünfzig Schweizerfranken für ein einziges Seminar. Und dann erst noch ein halbtägiges. Findi aso nöd guet.»

«Das ist mitnichten überrissen.»

«Herr Stassel, ich *bitte* Sie! Drü-hundert-füffzg Stutz!»

Der Tadel des Talkers taugte nicht mal als Streifschuss. «Es mag ein stolzer Preis sein, aber die Leute geben das Geld schlussendlich sowieso aus. Manche investieren in einem einzigen Monat ähnlich viel für Zigaretten. Ich möchte einfach sicherstellen, dass jene, die gewillt sind, ihr Leben in die eigene Hand zu nehmen, auch garantiert einen Platz ergattern. Bei nur fünfundzwanzig Franken wäre dies kaum möglich, denn früher waren im Schnitt die Hälfte meiner Zuschauer Mitarbeitende der Presse.» Der Moderator wollte ihm dazwischenfahren, doch Stassel doppelte nach. «Und *ausserdem* gibt es mein Programm ja auch in schriftlicher Form. Zu einem deutlich tieferen Preis, da ich selbstverständlich niemanden aussen vor lassen möchte. Das E-Book gibt's sogar für einen Zehner.»

«Also gut. Sprechen wir über Ihren neuen Beststeller mit dem doch etwas wunderlichen Titel ‹Wahre Grösse›, äh … Worum geht es in dem Buch?»

«Es behandelt dasselbe Thema wie mein erster Bestseller: Leute wie Sie.»

«Pardon?»

Stassel lachte. «Menschen, die auf ihre innere Stimme gehört haben und unbeirrbar ihren eigenen Weg gegangen sind.»

Der Moderator wirkte peinlich berührt und wiegelte rasch ab. «Nun, danke für die Blumen, aber ein klein wenig Glück hatte ich schon.»

«Mit Glück hatte das rein gar nichts zu tun. Dessen bin ich mir sicher.»

«Diese Sichtweise erstaunt mich auch nicht. Sie haben bereits in Ihrem letzten Buch, der Jetstream-Theorie, vollmundig verkündet, Sie hätten einen Weg gefunden, einfach *alles* zu erklären –»

«Das ist richtig.»

«Dann verraten Sie doch unseren Zuhörerinnen und Zuhörern, die Ihr Werk noch nicht gelesen haben, was dieses *grosse* Geheimnis des Lebens denn nun ist.»

«Das werde ich sehr gerne tun, wenn *Sie* im Gegenzug das Spielzeug zusammensetzen.»

Der Moderator lachte laut heraus. «Aber nöd im Ernscht.»

«Doch», beharrte Stassel charmant, «das ist mein voller Ernst. Schliesslich muss im Leben Platz für Spiel und Spass sein. Auch während Livesendungen.»

«Okay. Ich will es versuchen.»

Im Hintergrund war zu hören, wie die knisternde Verpackung entfernt wurde.

«Ui nei», stiess der Moderator aus. «Das sind aber viele Teile.» Während er mit einem Papier herumraschelte, nahm er den Faden wieder auf. «Aber ich denke, unsere Hörerschaft würde lieber den Sinn des Lebens erfahren.»

«Es ist eigentlich ganz einfach. Man soll Vertrauen in den Lauf der Dinge haben.»

«Das klingt jetzt aber nach der untersten Schublade der Küchentisch-Psychologie.»

«Richtig. Denn in den heutigen Haushalten ist die Küche der letzte Ort der konstruktiven Begegnung. Im Wohnzimmer läuft ständig der Fernseher, auf dem stillen Örtchen möchte man für sich sein, im Schlafzimmer ist man – hoffentlich – nicht mit Reden beschäftigt …»

«Schon klar. Und auf dem Balkon stehen Raucher herum ...»

«Genau! Bleibt also nur noch die Küche. Man setzt sich hin, nimmt zusammen ein leckeres Mahl ein und bringt einander auf neue Ideen.»

«Aber Ihre Theorie sagt, man könne alles haben, was man sich wünscht. Und das erst noch ohne jede Anstrengung. Darum jetzt einmal unter uns; wenn das Leben so einfach ist, wenn es einen *kinderleichten* Weg gibt, warum kämpfen dann die meisten Menschen, ja die ganze Welt, mit so vielen Problemen? Sind die Leute einfach blöd?»

«Mit Intelligenz hat das alles nichts zu tun. Selbst Akademiker können auf Abwege geraten. Wir legen uns halt einfach gerne selbst Steine in den Weg. Weil es kaum ein schöneres Gefühl als die Gewissheit gibt, ein widriges Hindernis überwunden zu haben.»

«Sicherlich. Aber so mancher Sozialhilfeempfänger könnte argumentieren, dass jemand mit einem finanziellen Polster wie dem Ihren leicht reden hat, wenn es um Problembewältigung geht.»

«Wissen Sie, ich war schon als kleines Kind ein grosser Optimist, obwohl meine Familie alles andere als auf Rosen gebettet war. Als ich damals den Leuten sagte, sie sollen sich nicht sorgen, wollte es keiner hören. Man gab mir zu verstehen, dass ich kleiner Lumpenjunge ohne jedes Taschengeld unmöglich etwas übers Glücklichsein wissen könne. Als ich schliesslich mein Vermögen gemacht hatte und *immer* noch dieselben Dinge predigte, wurde meine Zufriedenheit einfach meinem Wohlstand zugeschrieben. Dabei ist Geld gar kein Gradmass für Erfolg oder Behaglichkeit. Sie und ich bräuchten längst nicht mehr zu arbeiten, und dennoch stehen wir beide jeden Morgen in der Früh auf, um *das* zu tun, was uns *Freude* bereitet.»

«Über Leidenschaften und – vor allem – wahre Grösse werden wir uns gleich nach dem nächsten Song unterhalten. Und bis dahin habe ich auch bestimmt dieses verflixte Spielzeug zusammengesetzt ...»

Das Gespräch versank in einem Musikstück. Ausgerechnet einem von Phil Collins, dessen Songs gefühlte 2.71-mal pro Sender und Tag über den Äther gingen. Blitzartig zog Enitta das Kabel aus der Buchse. Sie bettete ihren Hinterkopf auf das weiche Gras und lauschte im kühlen Schatten dem lebendigen Klang des Sommers.

***

Felix fühlte sich wie zart schmelzender Raclettekäse. Ein weiterer barbarischer Augusttag verwandelte die City in einen glühenden Grillrost und beschwor rekordverdächtige Smogwerte herauf. Seit gefühlten zehn Minuten steckte er nun schon vor diesem komatösen Rotlicht beim Stauffacher fest, weil zwei finster herüberschielende Polizeibeamte neben dem Fussgängerstreifen nur darauf warteten, dass er vorzeitig losfuhr.

Er riss die Wasserflasche aus der Rahmenklemme. Das längst lauwarme Mineral vermochte seinen Durst nicht wirklich zu löschen. Verärgert goss er sich den restlichen Inhalt der PET-Flasche über den Kopf und schmiss den leeren Behälter zielsicher in einen Abfallkübel am Strassenrand. Eben erst hatte er beim UpBeat, einem der beliebtesten Instrumentenläden der Stadt, ein Mikrofon abgeholt und dieses in die Binz verfrachtet. Dort probten der Schweizer Rapper Bligg und seine Mitmusiker in einer alten Lagerhalle für ihre bevorstehende Tournee. Wie den Heiland hatten sie ihn empfangen, da sie ohne das Gerät hoffnungslos aufgeschmissen gewesen waren. Angeblich war heute eine Star-Sängerin, die er nicht zu Gesicht bekommen hatte, anwesend, welche ihre Stimme nur einem Sennheiser anvertraute. Bligg persönlich hatte ihm mit beiden Händen überschwänglich gedankt, dabei wären ein paar Happen vom Catering-Büfett genug der Belohnung gewesen – aber das hatte die Band bereits leer gefegt.

Also hatte er mit knurrendem Magen das Weite gesucht, bevor die Musiker ihre Instrumente anstimmen konnten, war den Hügel hinabgerast und steckte nun mitten im stickigen Nachmittagsverkehr fest. Umgeben von den Abgaswolken kriechender Autos, sich vermengendem Stadtlärm, aufdringlichem Teergeruch und beinahe physisch greifbarer, flirrender Hitze. Aber was jammerte er hier herum? Ein echter Velokurier kam auch mal ohne Frühstück und Mittagessen aus. Da konnten die leckeren Düfte aus

Pizzabäckereien und Kebab-Ständen noch so locken. Er war der gottverdammte Terminator mit vierzehn Notbatterien. Heisser Wind streifte seine Stirn, als ein Sattelschlepper an ihm vorbeidonnerte. Heute war er wohl eher der T-1000. Gleich würde er vom Sattel kippen, sich verflüssigen und in den Gully am Strassenrand tropfen. Ein schrilles Signal aus dem Funkgerät an seiner Schulter holte ihn aus seiner Hypnose.

«Maestro! Läbsch no?», quieckte Babsy.

«Gerade noch», japste Felix. «Was gibt's?»

«Das Kuenschtli-Label hat eben angerufen. Die wollen wissen, wo das Artwork für Helene Hunikers neues Album bleibt.»

«Das solltest du Manos fragen.»

«Ich glaub, der sagt derzeit nichts ohne seinen Anwalt.»

Felix stieg vom Sattel und schleifte das Rad von der Strasse. «Hä? Was ist los?»

«Na ja, die Stapo hat ihn dabei erwischt, wie er in einer Dreissiger-Zone ohne Velovignette, dafür mit fünfzig Sachen übers Trottoir gebrettert ist, nachdem er telefonierend ein Stoppschild überfahren und den Stinkefinger geschwungen hatte. Die haben ihn gleich mit auf den Posten genommen.»

Gopf! Obwohl in ihrer Zunft nicht das Wie, sondern ausschliesslich das Wann zählte, waren Velokuriere dennoch keine Rennfahrer. Manos mochte nicht die hellste Leuchte im Lumimarkt sein, aber solch zeitweise auftretende Absenz gesunden Menschenverstandes war echt ärgerlich. «Dann setz Ilir auf die Sache an. Ich werde in fünf Minuten am Albisriederplatz erwartet.»

«Schlaumeier! Der hat doch heute Zügeltermin», sagte Babsy.

Felix kapitulierte. «Wo ist das Artwork jetzt?»

«Schmuckdruck AG im Seefeld. Und wenn du Kuenschtli bedient hast, kannst du gleich gegenüber bei der Galerie ansaugen.» Mit einem Zack-Zack-Adiä! war sie aus der Leitung verschwunden.

Felix hatte kaum die Hand vom Funkgerät genommen, da begann seine Hose zu vibrieren. Franziskas Name prangte auf dem Display und kündigte eine Schlacht an, die er zu einem späteren Zeitpunkt würde schlagen müssen. Er war allein in Feindesland.

Ein Mann und sein Fixie gegen den Rest der Stadt. Skater, Busse, Trams, Taxis, Bullenkutschen, Mehrtönner, Schlaglöcher, Steigungen, konkurrierende Radler und taubblinde Fussgängerinnen lauerten an allen Ecken und Kreuzungen. Doch sie alle konnte er ausmanövrieren – ungleich seinem erklärten Erzfeind, der Zeit. Und davon hatte er bereits genug verloren. Endlich wechselte die Ampel auf Grün. Er trat die Pedale wie FCZ-Held Chermiti den Elfmeter und rauschte davon ins Reich der Yuppies.

***

Lars Hartmann polierte zum siebten Mal innerhalb einer Stunde seine Brille. Etwas musste er übersehen haben. Mit steigender Ungeduld sortierte er die Ausdrucke auf seinem Pult, studierte die Ergebnisse des Massenspektrometers, aber er konnte es beliebig drehen und wenden; die Daten wollten keinen Sinn ergeben. Die Probe der feschen, kleinen Privatdetektivin hatte zunächst die üblichen Verdächtigen zutage gefördert. Spuren von Käse, Knoblauch, Stärke, Weisswein, Zitronensaft, Pfeffer und Muskat. Oder anders ausgedrückt: Käsefondue. Handgemachtes Schweizer Käsefondue. Nicht dieser industrielle Dreck aus der Fertigpackung im Supermarktregal, sondern die wahre Ware.

Aber dann war da dieser Peak auf dem Bildschirm, den die sauteure Software keinem bekannten Stoff zuordnen konnte. Ein Ausschlag der ganz bizarren Sorte. Erst hatte er den Wert als Fehlanzeige abgetan, aber in Erinnerung an Felbers besorgnisdurchtränkten Anruf hatte er einen zweiten Test laufen lassen. Und einen dritten. Und jedes Mal war das Resultat dasselbe gewesen. Ein eindeutiger Hinweis auf eine Substanz, die in einem Nationalgericht absolut gar nichts verloren hatte.

Fast eine Stunde lang hatte er sich durch die Verzeichnisse seiner Lieblingsseite ChemSpider gewühlt, der führenden Chemie-Datenbank im Internet. Ohne Erfolg. Was immer dieses Zeugs war, es verweigerte sich hartnäckig seiner Enttarnung und war kein Angehöriger der Stoffklassen Benzodiazepine, Opioide, Amphetamine, Tropanalkaloide oder Tryptamine. Hier handelte es sich eindeutig um eine neue Schule. Eine veritable Schlappe für einen Kenner wie ihn, der in ausgewählten Kreisen gerne damit prahlte, während seiner Schulzeit so ziemlich jede Droge ausprobiert zu haben. Heutzutage trank er zwar selbst sein morgendliches Mineralwasser ohne Kohlensäure und den Kaffee ohne Koffein, aber damals hatte er keinen noch so krassen Stoff verschmäht. Natürlich stets unter kontrollierten Umständen und Ausschluss von Möngi-Drogen wie Crack oder Heroin. Umso mehr ärgerte es ihn, dass er hier vor einem Kanundrum stand. Seine Ratlosigkeit machte ihn sich regelrecht alt fühlen, und das konnte er unmöglich hinnehmen.

Es war einer dieser Momente, in denen Exraucher rückfällig werden, aber Glimmstängel würden ihn nicht weiterbringen. Er brauchte richtige Hilfe und augenblicklich gab es nur einen einzigen Menschen, der sie bereitstellen konnte. Ein Typ, dem er vor drei Jahren an einer Tagung in Lausanne über den Weg gelaufen war und der ihn mit seinem Wissen über psychotrope Substanzen mehr als beeindruckt hatte. Passenderweise arbeitete dieser beim Forensischen Institut, was aber gleichzeitig ein enormes Risiko darstellte. Er wählte die Nummer trotzdem. Die Neugierde war einfach zu gross.

«Gupta», sagte die Stimme am anderen Ende des Ruftons. Es klang wie eine Feststellung.

«Shailesh. Hoi! Lars hier.»

«Lars …»

Der Angerufene wirkte enttäuscht. Doch damit würde er sich nicht aufhalten. «Hör mal, ich … ich würde mich ja erst höflich nach Frau und Kindern erkundigen, aber da du dein Labor ohnehin nie verlässt, komme ich gleich zur Sache. Wie weit bist du mit der Probe von der Landiwiese?»

Kaltes Schweigen machte sich in der Leitung breit.

Hartmann musste lachen. «Okay, ich weiss schon; das ist derzeit euer heiliger Gral.»

«Korrekt», bestätigte Gupta knochentrocken. «Warum also würde ich mich ausgerechnet mit *dir* darüber unterhalten wollen?»

«Weil mir seit gestern ebenfalls eine Kostprobe vorliegt.»

Gupta taute ein halbes Grad auf. «*Das* wiederum ist interessant. Darf ich fragen, wie du in deren Besitz gelangt bist?»

«Du hast *deine* Treuepflicht, ich die *meine.*»

Hartmann schielte zu den kruden Ziegelsteinfassaden jenseits der Strasse. «Aber letzten Endes … haben wir uns im Herzen doch beide der Wissenschaft verpflichtet. Da ist diese Anzeige auf meinem Bildschirm, die förmlich nach Zuordnung schreit. Quasi ein Piratenschiff in einem Ozean aus geschmolzenem Käse.»

Gupta gab einen verächtlichen Laut von sich. «Und da fragst du ausgerechnet mich? Ihr habt doch die besseren Anlagen als wir.»

«Schon», räumte Hartmann ein, «aber du hattest mehr Zeit. Nun sag schon, was habt ihr herausgefunden?»

Wieder Schweigen.

«Jetzt hab dich nicht so. Ich weiss, du brennst darauf, deine Resultate bestätigt zu sehen. Den Gefallen will ich dir gerne erweisen. Wenn ich *weiss*, was du bislang ermittelt hast.»

Gupta stöhnte. «Ich konnte Spuren von Amphetaminen nachweisen.»

«Amphetamine? Ernsthaft?»

«Nun … im sehr vernachlässigbaren Bereich. Hat mich einige Überstunden gekostet, und meine Kollegen teilen diese Ansicht nicht unbedingt. Immerhin könnte auch bloss jemand eine schnöde Ecstasy-Pille in das Caquelon geworfen haben. Mein Teamleader pocht derzeit zwar vehement auf Ergebnisse, aber meine Theorie ist dann doch zu schwammig, um Formulare auszufüllen. Wie weit bist du denn?»

Hartmann wusste, dass Gupta nichts aus dem Gespräch gegen ihn verwenden konnte. Allein, dass er diese Unterhaltung mit ihm führte, konnte einen Fristlosen nach sich ziehen. Aber bestimmt war er zu erpicht darauf, mehr über die Substanz zu erfahren, und was war schon gegen eine harmlose Fachsimpelei einzuwenden? «Wenn ich mir die Werte so anschaue, dann würde ich glatt auf den Gelben Frauenschuh tippen», improvisierte Hartmann. «Ist natürlich bloss eine verwegene Vermutung …»

«Klingt durchaus plausibel. Doch die Pflanze wächst von Mitteleuropa bis nach Japan in jedem beliebigen Wald. Keine hoffnungsvolle Prämisse.»

«Will heissen, ihr habt letztendlich nichts in der Hand, was vor Gericht Bestand hätte?»

Gupta schwieg sich erneut aus.

«War wie immer ein Vergnügen mit dir zu plaudern, Shailesh.»

Hartmann legte erleichtert auf. Kein eindeutiger Befund war gar kein Befund und somit auch ein Befund. Felber konnte aufatmen. Den Gesetzeshütern stand selbstverständlich noch immer die Option offen, sich an die Götter der Uni Zürich zu wenden. Deren Equipment konnte das Geheimnis ohne Zweifel lüften, aber die Sneakaholiker würden mindestens einen Monat dafür benötigen. Bis dahin war die Street Parade längst Geschichte. Am meisten jedoch freute es ihn, dass die Kollegen bei der Polizei auch nicht schlau aus dem Stoff geworden waren. So was bauchpinselte das Ego mit fingerdicken Strichen. Wobei der Beamten Ratlosigkeit auch hausgemacht war. Vor Jahren hatte man die wissenschaftlichen Dienste der Stadt- und Kantonspolizei gegen deren Willen im selben Gebäude untergebracht. Die beiden Fraktionen waren einander derart spinnefeind, dass sie nicht mal gemeinsam Lift fuhren. Geschweige denn Resultate austauschten. Er beschloss, sich endlich seinen wohlverdienten Feierabend mit einer Pizza beim Italo zu gönnen. Jedoch nicht ohne vorher den Papierstapel auf seinem Schreibtisch an den Schredder zu verfüttern.

***

Die Kanzlei war das inoffizielle Herz der Stadt, der eigentliche Kern. Nicht etwa der HB, der Paradeplatz und schon gar nicht das Bellevue. Der überteuerte Kreis 1, das war was für Postkartenfotografen, Pendler, Agglos und sonstige Touristen. Wenn man wissen wollte, wie weit entfernt vom Zentrum der City man wirklich wohnte, dann begann man hier zu messen, in diesem Stadtpark zwischen dem Bezirksgebäude, dem Helvetiaplatz und der Langstrasse. Auf dem Kiesplatz, der vom fünfstöckigen Kanzleischulhaus dominiert wurde, spielten die Leute Boccia, laberten in einer Lautstärke über ihre ambitionierten Projekte und schleiften am Wochenende Tische heran, um darauf allerlei exotischen Ramsch am Flohmarkt anzubieten.

Das wichtigste Gebäude war eine lange weisse Neubaubaracke, die das Kino Xenix und die gleichnamige Bar beherbergte.

Jetzt im Sommer veranstaltete das Xenix Open-Air-Screenings, weshalb man neben den altverdienten, gutbürgerlichen Kanzlei-Club eine Leinwand gespannt hatte. Das unabhängige, kleine Lichtspieltheater war für sein erlesenes Programm beliebt, welches sich den grossen Blockbustern konsequent verweigerte. Lieber zeigte man Streifen aus allen Damen Ländern und Jahrzehnten, welche ansonsten nur mit viel Glück nach Mitternacht auf Arte oder 3Sat zu erhaschen waren.

Die Mehrzahl der aneinandergeketteten Plastikstühle der Xenix-Bar war bereits besetzt. Enitta liess sich an der langen Theke einen Schwarzen Kristall ausschenken. Das gewitterschwarze Hopfengebräu aus Appenzell, ein regelrechtes Alpen-Guinness, schmeckte mit seinem braunen Schaum stark nach unterkühltem Espresso und war das ideale Getränk für einen nahtlosen Übergang von Kaffee zu Bier. Rasch nahm sie den letzten freien Metalltisch in Beschlag, denn ihre Freunde würden bald eintrudeln. Verabredet hatte man sich zwar um achtzehn Uhr, aber während im Schweizer Geschäftsleben Unpünktlichkeit als Kardinalsverbrechen galt, nahm man es im Privaten nicht ganz so genau. Verspätungen zwischen fünfzehn und sechzig Minuten gehörten zum guten Ton. Man wollte ja nicht so wirken, als hätte man vörig Zeit. Stets im Stress waren sie, die Zürcher, aber niemals pünktlich.

Sie studierte das parlierende Volk. Viele bekannte Gesichter räkelten sich unter den Bäumen, aber ein Anwesender ragte aus der Menge wie der Fels in der Brandung. Miguel Secada. Miguel verweilte in Begleitung einer Bierflasche neben dem Eingang der Bar und wechselte im Dreiminutentakt ein paar Worte mit vorbeilaufenden Gästen des anderen Geschlechts. Er war quasi das stille Gewissen der Stadt und auffallend häufig dort anzutreffen, wo sich Enitta gerade aufhielt. Wobei sie wusste, dass das kaum mehr als Zufall war.

Der breitschultrige Berg von Mann mit den dunklen Augen unter gestutzter Lockenpracht stellte seine steinerne Miene stoisch zur Schau und wusste offensichtlich um seine Anziehungskraft bei den Frauen. Man munkelte, dass er bei jeder angesagten Vernissage zugegen war, bei jeder Hausparty von gesellschaftlicher Relevanz auf der Gästeliste stand und alle wichtigen Leute der kreativen Szene persönlich kannte. Es hiess sogar, dass gewisse Frauenzirkel eigens zu seinen Ehren Partys schmissen. Lästerer schimpften ihn einen Langweiler mit Doppelnulllizenz, aber gerade dieser Ruf machte ihn umso interessanter.

Sie hatte sich schon oft gefragt, welchem Beruf er wohl nachging. Immerhin war er zu jeder Tages- und Nachtzeit anzutreffen. Vielleicht war er Boss einer Konzertagentur, der das Schaffen seinen Angestellten überliess. Oder er füllte Kondomautomaten auf. Möglicherweise war er auch einfach Lebenskünstler, sprich: arbeitslos. Jedenfalls vermittelte seine bare Präsenz Enitta ein Gefühl der Sicherheit. Solange Miguel in der Kanzlei Wache hielt, war die Welt in Ordnung. Würde sie ihn eines Tages nicht mehr irgendwo «zufällig» in der Stadt antreffen, so musste unaussprechliches Unheil bevorstehen. Vor dem Erdbeben verliessen die Hunde die Stadt, und Miguel, das war der Alpharüde.

Ihre Freunde waren mittlerweile eine Viertelstunde überfällig, ohne mindestens eine Kurznachricht an sie abgesetzt zu haben. Doch ganz ungelegen kam ihr das nicht, denn in ihrer Tasche wartete ein Kitschheftli. Nach Wenzels umtriebigen Eskapaden brauchte sie endlich wieder was Seichtes, hochgradig Anspruchsloses. Die Unart, sich solch wertlose Druckerzeugnisse zu Gemüte zu führen, hatte sie sich noch während ihrer Ausbildung angewöhnt. Damals musste sie sich ganze Vormittage mit komplizierten Anleitungen über Systemprogrammierung herumschlagen, weswegen sie sich zum Ausgleich in ihrer Mittagspause regelrecht auf Schundromane gestürzt hatte. Schmonzetten über Ärzte und Hochzeiten, die auf der Literaturskala eindeutig südlich der Telefonbücher rangierten. Bei so was konnte man herrlich abschalten und sich mal für eine halbe Stunde wie jemand fühlen, der mit kaum messbarer Hirnaktivität gesegnet war.

Sie holte ein A5-Magazinchen ans Tageslicht, dessen Hochglanzcover die Rückansicht eines weiblichen entblössten Oberkörpers zeigte. Ein weiterer Roman ihrer Lieblingsserie «Dr. Dujardin klärt auf. Sonderausgabe!». Die inzwischen vierte Auflage. Dr. Dujardin war Schönheitschirurg im beschaulichen bayrischen Städtchen Grosskarolinenfeld und löste während der Arbeitszeit

Kriminalfälle mit seiner liebreizenden Assistentin Wiebke. Seine Geschichten hatten sich über die Jahre millionenfach verkauft. Für drei Franken gab es bis zu sechzig Seiten schief auf Umweltschutzpapier gedruckte Textkolonnen, die stets demselben Muster folgten. Aber für seine Fans war Dr. Konstantin Dujardin kein Kitsch, kein Klassiker, sondern regelrechter Kult. Verträumt strich sie über das zinnoberrote Werbebanner mit der Aufschrift «Lust auf Mord». Dann schlug sie das Heftchen neugierig auf. Links bot eine Reiseagentur eine Carfahrt an den Schauplatz des Verbrechens an.

Grosskarolinenfeld. Kleine Stadt – grosse Gefühle.

Und auf der rechten Seite entfaltete sich die Story.

Zum Sterben schön
Eine Frau zeigt ihr wahres Gesicht

Roman von Petra Bagattini

«Alles muss weg! Die Nase, die Lippen und besonders die Ohren.» Clara Prinston griff nach dem Taschentuch. «Alles neu. Alles anders. Sonst verlässt er mich!»

Dr. Dujardin nickte. «Wahre Schönheit kommt von innen.» Er sagte es in gelassenem Tonfall.

«Geld spielt keine Rolle.» Eine Träne tropfte von ihrer Wange.

«Das ist richtig. Nur die Liebe zählt.»

Sie hob das Kinn. «Wann werden Sie mich also operieren?»

Er schüttelte den Kopf. «Ich kann nichts für Sie tun, Clara.»

Fassungslosigkeit ergriff die Vierzigjährige. «Aber Herr Doktor. Sie sind doch der beste Chirurg des Landes. Meine letzte Hoffnung! Was soll nur werden?»

Dujardin erhob sich von seinem dunklen Ledersessel. Er wandte sich dem Fenster zu und schob die Gardine beiseite. «Der Herrgott hat Ihnen wahre Schönheit verliehen. Mit seinem Werk kann ich nicht konkurrieren. Leider.»

«Herr Doktor, ich bin zutiefst verzweifelt», schluchzte Clara.
«Seien Sie's nicht», tröstete Dujardin. «Ihr Gatte Meinrad ist nur verwirrt wegen der Börse. Bereiten Sie ihm heute Abend sein Leibgericht. Setzen Sie sinnliche Musik auf. Er wird nur Augen für Sie haben.»
Clara schniefte. «Meinen Sie wirklich?»
«Gewiss doch», erwiderte Dujardin und komplimentierte seine Patientin nach draussen. Diese wunderschöne Frau brauchte seine Dienste nicht. Sie brauchte Zuwendung. Und ebenso ihr Mann. Er kannte Meinrad gut. War Trauzeuge gewesen. Spielte jeden zweiten Mittwoch Golf mit dem Bankier.
Das Telefon klingelte. Er griff nach dem Hörer.
«Konstantin!», krächzte eine aufgebrachte Stimme.
«Mutter!»
«Konstantin!»
«Wie geht es dir?»
«Wie's mir geht? Ich hab schon wieder diese –»
«Mutter?»
«Konstantin?»
«Leitung zwei! Verzeih …» Er drückte eine Taste.
«Kriminalkommissar Moschinsky ist hier», meldete Wiebke mit samtweicher Stimme. «Er hat keinen Termin.»
«Schicken Sie ihn herein.»
Moschinsky war ein fülliger Mann mit Försterhut. Sein Schnauzer wackelte, als sie die Hände schüttelten. «Grüss Gott, der Herr Doktor.»
«Herr Kriminalkommissar.» Dujardin nahm auf seinem Sessel Platz.
Der Polizeibeamte ging im Büro auf und ab. «Ich habe schlechte Nachrichten.» Er blieb abrupt stehen. «Im Wald wurde eine Leiche gefunden.»
Der Arzt nickte. «Wie schrecklich.»
Moschinsky verzog die Lippen. «Jemand hat der toten Frau das Gesicht abgeschnitten.»
«Das ist ja noch schrecklicher.»
Der Kommissar senkte den Kopf. «Es handelt sich um Gertrud Lippert. Eine Ihrer Patientinnen.»

Dujardin faltete die Hände. «Eine absolute Frechheit!», sagte er finster. «Frau Lipperts Gesicht war eins meiner besten Werke. Ich …» Er starrte Moschinsky an. «Moment! Wie können Sie wissen, dass es Gertrud war, wenn das Gesicht fehlt?»

«Sie trug ihren Ausweis auf sich.»

«Verstehe. Einen Raubüberfall können wir also ausschliessen.»

«Gestohlen wurde schon was», protestierte der Kommissar. «Und Frau Lippert ist nicht das einzige Opfer. Im Leichenschauhaus liegen noch zwei weitere Damen.»

«Lassen Sie mich raten», sagte Dujardin gelassen. «Auch ehemalige Patientinnen von mir?»

«Jawohl!», polterte Moschinsky. «Und denen fehlt ebenfalls das Gesicht.»

Er stand auf. «Wir müssen sie finden!»

«Die Gesichter?»

«Nein. Die Täter.»

«Woher wissen Sie, dass es mehrere Täter waren?»

«Kein Mensch wäre allein zu so einer Gräueltat imstande. Wir müssen etwas unternehmen – und ich weiss auch schon, was.» Er trat mit grossen Schritten am Kriminalbeamten vorbei ins Vorzimmer. Seine Assistentin errötete, als er sie entschlossen ins Auge fasste. «Wiebke, sagen Sie alle Termine für diese Woche ab. Es wartet Arbeit auf uns.»

«Hey hoi.»

Enitta blickte hastig auf und fand ihre Freundin Sabrina Leute (26/381 Facebook-Freunde) mit einem Tee in der Hand auf sie herabgrinsen.

Sabrina vergab drei Küssli und hängte ihre Handtasche umständlich über den Stuhl. Sie stellte sich meist als Fashion-Artistin vor, verdiente ihre Brötchen jedoch im grauen Grossraumbüro eines Versicherungskonzerns. Über Letzteres sprach sie äusserst ungern. Im Ausgang schwärmte sie lieber von ihrem Underdog-Label «Leute kleidet Macher», dessen Erzeugnisse von einigen Ikonen der hiesigen, kreativen Gilde getragen wurden. «Verschlingst du wieder einen deiner seichten Arztromane? Ist ja übel-kanübel.» Ihrem scherzhaften Tonfall schwang eine deutlich hörbare Portion Mitleid mit.

«Hm», erwiderte Enitta unbeeindruckt, «was liest *du* denn gerade?»

Sabrina schob ihre Sonnenbrille ins Haar und holte die Handtasche auf den Schoss. Sie überreichte ihre Lektüre, eine gebundene Ausgabe mit blutroter Spezialbeschichtung, welche beim Anfassen Fingerabdrücke hinterliess. «Es ist der dritte Teil von Lünd-Elmon Blendströms Erfolgstrilogie.»

Enitta musterte die Rückseite des leicht klebrigen Buches:

«Nach ‹Verreckt› und ‹Verscharrt› präsentiert der skandinavische Meister der Erbarmungslosigkeit das enthemmte Finale ‹Verrottet› – bestialisch brillant! Süddeutsche Zeitung»

«Äh … Schön! Worum geht's denn?»

«Um die Vendetta zwischen einem schwedischen Ermittler und einem Verbrecherkartell. Bin grad an einer packenden Stelle. Der Bösewicht, ein kolumbianischer Drogenlord, hat die Tochter des Romanhelden splitternackt ausgezogen und einem ausgehungerten Python zum Frass vorwerfen lassen. Dann wartete er genüsslich darauf, bis die Riesenschlange ihr Opfer ausschied, und liess die Exkremente in einer Plastiktüte an seinen Widersacher schicken.»

«Hörsch uf!», rief Enitta. Angewidert stiess sie das Buch von sich. «Ich bin später noch zum Essen verabredet. Gott, was findet ihr Leute bloss an diesen mordlüsternen Fleischerkrimis?»

«Jetzt sei nicht so bieder», erwiderte Sabrina, während sie ihren Tee mit lärmendem Löffel rührte. «So ist das Leben. Diese Dinge geschehen.»

Enitta würde es dabei belassen. Nun war nicht die Zeit, an die Schrecken der Welt zu denken, sondern die Annehmlichkeiten des Sommers zu geniessen. Sabrina wirkte erholt. Keine Selbstverständlichkeit bei den Anstrengungen, die ihr der Spagat zwischen Tagesjob und nächtlicher Berufung abverlangte. Mit ihren schlanken Armen liess sie die rotblonde Lockenmähne hinter ihrem weissen Sommerkleidchen verschwinden.

Zwei weitere Freunde schlurften über den Kies heran. Der Journalist Mathias Krummenacher (25/hatte sein Facebook-

Account vor zwei Wochen aus Protest gegen die neuen Geschäftsbedingungen gelöscht) und Bastian Sailer (23/442 Facebook-Freundinnen), welcher seit seiner Lehrzeit in der Schweizer TV-Gebührensammelstelle Billag vor sich hin vegetierte. Zwölf Schmatzer später hatte sich das Freundespaar ebenfalls hinter dem Metalltischchen breitgemacht.

Mathias' Blick blieb an Sabrinas Lektüre hängen. «Der neue Blendström», jauchzte er. Mit wohlwollendem Blick wendete er das Buch. «Nächste Woche darf ich den Meister in Genf befragen.» Seine Stimme verriet nichts Geringeres als tiefe Bewunderung. «Wusstet ihr, dass die Serie von Hollywood verfilmt wird?»

«Von wem denn sonst», kommentierte Bastian mit rollenden Augen. Es war allgemein bekannt, dass er sich nichts aus Lesen machte. «Ich hol uns mal Bier, ja?»

«Jetzt sag bloss», hauchte Sabrina.

«Im Ernst», nickte Mathias abgehackt. Sein betonierter Seitenscheitel bewegte sich keinen Millimeter. «Auf IMDB gibt's bereits einen Eintrag. Ryan Gosling und Glenn Close haben angeblich schon zugesagt. Wer auf dem Regiestuhl sitzen wird, ist noch nicht bekannt, aber die beinharte Brutalität von Blendströms Antagonisten kann meiner Meinung nach nur von David Lynch eingefangen werden.»

Mathias' Enthusiasmus stiess bei Enitta auf taube Ohren. Sein Wissen über Musik und Filme mochte zeitweise furchteinflössend sein, aber angesichts seiner Tätigkeit als Kulturredaktor beim Blatt nicht unbedingt erstaunlich. Der ehemalige Radiomacher und verkopfte Filmfreak frönte mit Besessenheit seiner DVD-Sammlung mit Schwerpunkten Horror, Drama und Scifi. Er würde besser endlich eine Freundin anschleppen, um sich mindestens einmal in einem romantischen Streifen wiederzufinden. Die Chancen darauf standen allerdings denkbar schlecht, da er seinen Bagger laut eigenen Angaben schon vor Jahren in die Garage gestellt hatte. Die stille Frustration, die er ob diesem Entscheid ertragen musste, manifestierte sich häufig als ausgeprägte Angriffslustigkeit, denn mit niemandem konnte man so herrlich streiten wie mit ihm.

«Hervorragend», schwärmte Sabrina. «Ich hoffe, sie bringen

im ersten Teil die militante Tierschützerin um die Ecke. Die ist im Buch nämlich viel zu gnädig davongekommen.»

«Keine Sorge», versicherte Mathias trocken, «laut Produktionsfirma soll der Blutzoll hoch ausfallen.»

«Kinders!», beschwerte sich Enitta. «Könnten wir bitte von was anderem als Mord- und Totschlag reden?»

«Apropos Mord», sagte Mathias und rückte seine randlose Brille zurecht. «In deiner Umgebung scheint so niemand zu sterben.»

Enitta lehnte sich über den Tisch. «'tschuldigung?»

«Ich warte noch immer darauf, dass du mal in einem Mordfall ermittelst.»

«Du, ich arbeite imfall nicht für die Kripo.»

«Was ist *das* denn für eine Ausrede? Sei gefälligst nicht immer so eine Kafitante hier! Streng dich mal ein bisschen an. Untreuen Hausfrauen in der Migros hinterherzuschleichen kann's doch kaum gewesen sein.»

«Warum denn nicht? Meinem Konto ist's egal, woher das Geld kommt. Aber wenn dich der Tod so sehr fasziniert, dann schmeiss dich doch zum Spass mal vor 'ne S-Bahn.» Enitta bedauerte die fiese Bemerkung schon im nächsten Augenblick, aber Mathias konnte einen manchmal echt auf die Palme bringen.

Er reagierte kaum auf die Provokation. «Also wenn dein Leben ein Roman wäre, würdest du dafür kaum einen Verleger finden.»

«Pah! Sagt ausgerechnet jemand, der die Welt aus der Beobachterperspektive erlebt.» Wobei ihr schmerzlich bewusst wurde, dass *sie* die Privatschnüfflerin war und daher mindestens so viel Zeit mit der Observation anderer Leute Leben verbrachte wie er.

Bastian stellte zwei offene Biere zwischen die beiden Streithähne. «Jetzt kühlt mal ab.»

Mathias stiess mit seinem Kollegen an und schien einen Gang runterzuschalten. «Ich mein doch bloss, dass du mal in einer richtig spannenden Sache ermitteln solltest. Potenzielle Fälle gibt's in dieser Stadt ja wohl genug.»

Bastian stöhnte. «Das Leben kann ziemlich banal sein, weisst du?»

«Bei jemandem, dessen Arbeitsalltag aus ergebnislosen Sitzungen und Pilgerfahrten zum Kaffeeautomaten besteht, wundert mich diese Aussage kaum.»

«Nicht zu vergessen die Raucherpausen», lachte Bastian unberührt. Er hatte sich längst eingestanden, dass sein Job in der Stammdatenbewirtschaftung ziemlich eintönig war und er ihm exakt deswegen treu geblieben war. Das gab ihm als Modebesessenen die Möglichkeit, oft nächtelang bei den angesagtesten Events und Apéros der Szene abzuhängen und am nächsten Tag erst gegen elf Uhr im Büro aufzukreuzen.

«Mädchen», adressierte sich Mathias an Enitta, «leg dir doch wenigstens eine Internetpräsenz zu. Und hör dich mal beim Züriberg um. Dort angelst du dir bestimmt ein Assignment, das Geld, Verrat und Politik involviert.»

Enitta nahm einen grossen Schluck. «Damit du einen Artikel über mich im Züritipp schreiben kannst? Vergiss es!»

Mathias zuckte die Schultern. «Wär das so schlimm? Du hast eine grosse Klappe und ein fotogenes Gesicht. Was mehr kann sich ein Journalist wünschen?»

«Wo wir gerade dabei sind – wer bei euch hat eigentlich die Story übers Zombie-Fondue losgetreten?»

Mathias zupfte an seinem grauen Hemd. «Davon ist mir nichts bekannt …»

«So'n Seich», blaffte Enitta. «Du kennst von der Fensterputze bis zum Kassenmeister einfach jeden im Tamedia-Gebäude.»

«Na schön … ich hab da ein paar Gerüchte gehört. Mehrere Redaktoren wollten das Ganze ausschlachten, bevor sich die Ringier-Leute darauf stürzen. Aber angeblich gab es eine Weisung aus der Chefetage, nur mit harten Fakten an die Öffentlichkeit zu gehen.»

«Wie dem Gelage hinterm Landesmuseum?»

«Genau. Ab da liess es sich nicht länger verheimlichen. Und das Beste daran; die Jungs vom ‹Blick am Abend› konnten nur noch die Krumen zusammenkratzen.»

Bastian reckte seinen Kopf nach der Kinoleinwand. Er schien genervt von der Diskussion, und Enitta war das Thema ebenfalls leid. Ringsum pflügte das Barpersonal den Kies mit roten Plastikstühlen und pflanzte diese in leicht schiefen Reihen vor die

Leinwand. Der hintere Teil des Xenix-Areals war längst mit hohen schwarzen Tüchern abgedeckt worden, um neugierigen Blicken auf Zeit der Vorstellung zu wehren. Bei der schmalen Lücke vor dem Schulhaus stand ein Tischchen für die Billettkontrolle bereit. Immer mehr Besucher räumten ihre Plätze.

«Leute, was ziehen wir uns heute eigentlich rein?», fragte Bastian.

Sabrina strich mit dem Finger über das Display ihres iPhones. «Kriminacht mit Catherine Deneuve», rief sie aufgeregt. «Um halb acht läuft ‹Le Lieu de Crime› und im Anschluss ‹The Hunger›.»

«Lecker», smeilte Mathias. «Vampirgemetzel à l'avant-garde.»

«Kann nicht», sagte Enitta und überlegte rasch, wie sie ihre alternativen Pläne für den Abend in Worte fasste. Unter Umständen würde sie sich ja ebenfalls einen Horrorstreifen reinziehen. «Ich hab ein Date.»

«Halleluja!», sagte Bastian.

Auch Sabrina wurde hellhörig. «Erzähl.»

Mathias' Gesicht hingegen verfinsterte sich. Hatte er doch selbst mal vergeblich sein Glück bei ihr versucht. «Wenn Wunder geschehen …»

«Viel gibt's da nicht zu sagen. Noch nicht», murmelte Enitta in ihr Glas und trank aus.

Dutzende Kaufwillige tummelten sich mit prall gefüllten Einkaufstüten bei der Tramhaltestelle St. Annahof. Die vorbeiführende Bahnhofstrasse war tagsüber der Unruhepol der City, aber sobald das letzte Detailhandelsgeschäft die Tore schloss, wurde sie schlagartig zu einer Geisterallee, eingefasst von einer Aneinanderreihung hell beleuchteter Schaufenster mit überteuerten Auslagen. Gleich gegenüber, zwischen dem einzigen Kiosk an der weltteuersten Flaniermeile und einem Juwelier, führte die enge Kuttelgasse auf eine Anhöhe hinauf.

Enitta wich in letzter Sekunde einer schwarz glänzenden Limousine aus, die unvermittelt aus einer Einfahrt drängte, und stieg am Fusse des holprigen Kopfsteinpflasters vom Rad. Das Gässchen schlängelte sich an manch diskret-exklusiver Adresse und uralten Gebäuden vorbei. Riesige Züri- und Schweizerflaggen wehten erhaben von den ehrwürdigen Fassaden und bedienten pseudoheimatliche Gefühle von Touristen und Nostalgikern. Die mittelalterlichen Gebäude, von denen kaum eins mehr als fünf Stockwerke in den Himmel ragte, hatten schon dicht an dicht nebeneinandergestanden, da war die Bundesverfassung nicht mehr als eine verwegene Idee gewesen. Sie beschworen Tugenden wie Zunft und Ordnung, Disziplin und Verschwiegenheit herauf. Kein Nastuch, keine Aludose, nicht mal ein Zigistummel beleidigte das heilige Pflaster.

Dies war ein anderes Zürich. Eines, das aus der Feder eines Romantikers stammte und Enitta irgendwie an die Gemächlichkeit ihrer Heimatstadt erinnerte. Ein Zürich, das nach Geld roch. Wer in diesen Mauern eine Residenz besass, der war meist nicht zu Hause oder schon im Bett. Wer ein Geschäft unterhielt, der kannte seine Kunden beim Namen. Spätestens dann, wenn diese ihre Platinumkreditkarte auf den Mahagonitresen legten. Ausreichend Bargeld, um hier einzukaufen, trug niemand mit sich herum. Wobei, wenn sie ehrlich war, konnte und – vor allem – durfte sie das so genau nicht wissen. Ohne triftigen Grund hätte sie sich eh nie hierherverirrt. Aber Andreas würde selbst gegenüber ihren hippsten Kollegen eine annehmbare Ausrede abgeben. Der Weg führte sie hinauf Richtung Lindenhof, eines kleinen Kieselparks, von wo aus man die Limmat und die Silhouette des Niederdorfs wunderbar überblicken konnte. Historische Bauten aus einer Zeit, die bestenfalls noch in den Köpfen rechter Politiker existierte, säumten den steilen Pfad. Fensterläden in zurückhaltenden Farben und Strassenlampen aus einem Jack-the-Ripper-Roman zierten die schmalen, ineinander verkeilten Häuschen.

Sie roch den Anlass, noch bevor sie ihn hörte. Kurz vor dem Ende der Fortunagasse umfing sie eine süssliche Wolke aus Käseduft, gefolgt von den dumpfen Klängen urchiger Musik. Hinter einem vergitterten Fenster machte sie schunkelnde Gestalten aus. Wie eine letzte Warnung prangte über dem Eingang, der derart niedrig war, dass sogar sie sich den Kopf anschlagen konnte, ein von Grünspan umrahmtes Schild «Zum Lindenbock».

Einen beleuchteten Plastikkasten mit Menükarte gab es keinen, dafür einen Handzettel an der Tür, welcher mit Frakturschrift beschwingt zur Stubete lud. Dieser Ort musste so etwas wie der In-Club der Nach-Nachkriegsgeneration sein. Das Lokal war so gut besucht wie die Hafenkneipe am Samstagabend. An der Bar türmten sich grosse Biergläser zu Pyramiden auf, und die getäferten Holzwände waren mit laminierten Speisekarten aller Couleur und Werbeplakaten für bevorstehende Konzerte schnauzbärtiger Alpencombos übersät. Eine protzige Vitrine beherbergte schimmernde Vereinspokale, geschwungene Goldkantenvorhänge bedeckten die Fenster, und auf den Simsen thronten Devotionalien wie bullige Kuhglocken, Miniatur-Bierfässer oder geschnitzte Hutzelhexen.

In einer erhöhten Loge am anderen Ende des Spuntens sassen fünf Männer in weissen Hemden und schwarzen Gilets und erfüllten den Raum mit dem Klang ihrer Instrumente. Eine Bassgeige, drei Schwyzerörgeli und eine Klarinette genügten, um die weissen Köpfe an den Tischen halbwegs rhythmisch ins Schaukeln zu versetzen. Und die Musik hatte echt was unverschämt Vereinnahmendes an sich.

Enitta ertappte sich dabei, wie sie mit dem Fuss zum nicht vorhandenen Beat wippte, während ein verstörend wohliges Gefühl ihren Bauch erfüllte. Waren das Kindheitserinnerungen, die sich da aus ihrem Unterbewusstsein lösten? Damals in Davos, vor der Scheidung, hatten ihre Eltern sie oft mit in die Spelunke neben dem Rathaus genommen. Meistens spielte Mutters Lieblingsband «Zehn vor Zapfenstreich». Quasi der Buena Vista Social Club des Bündnerlands. Es herrschte stets eine Stimmung wie kurz vor Lokalschluss, wenn die letzte Runde ausgeschenkt wurde und man die Wildsau über den Tresen jagte. Nur halt schon von Konzertbeginn an.

Das Publikum schmatzte stumm, hörte angestrengt hin, laberte sich gegenseitig voll, las den «Blick» oder starrte von den Klängen hypnotisiert ins Leere. Viele von ihnen waren ungelogen schon vor Enittas Geburt alt gewesen. Gleich vor der Bühne sassen die Schwerhörigen mit schlohweissen Haaren, im Zentrum unter dem Kronleuchter tanzten Menschen in Enittas Alter und zuhinterst wurde Karten gespielt. Die meisten Jasser waren ins Spiel vertieft. Nur ein Mittdreissiger schaute feindselig über den Rand seines

Blattes in ihre Richtung. Aha. Soeben war sie als Fremdkörper gebrandmarkt worden. Da offenbarte sich endlich ein freundliches Gesicht in der Menge. Andreas hatte sich an den Tisch hinter der einzigen Säule gesetzt und winkte sie heran.

Er erhob sich von seinem Stuhl und vergab drei warme Küsschen. «Schön, dass du gekommen bist.»

Sie liess sich auf dem antiken Hocker neben ihrem Date nieder und konnte Balu nur mit viel Mühe davon abhalten, einer Pudeldame auf die Pelle zu rücken, deren füllige Besitzerin von der Balzattacke kaum etwas mitbekam. «Hä?»

Andreas grinste. «Hast du Hunger?», rief er.

Enitta nickte heftig. Sie konnte ihren Magen selbst durch den seligen Lärm der Volkstümlichkeit knurren hören. Beherzt griff sie nach der Menükarte zwischen der Vase mit den roten Rosen und den Minipackungen Zweifel Chips Paprika für ganz Ungeduldige. Die Küche setzte hauptsächlich auf Dauerbrenner wie Fondue, Raclette oder Cordon bleu. Daneben gab es Kalbsbratwürste mit Zwiebelsauce, Gschwellti, Spaghetti Carbonara und – bestimmt für besondere Anlässe – Fohlenfilet mit Pfefferrahmsauce, gefolgt von warmen Apfelschnitzen an Vanilleglacé. Letzteres zum Spottpreis von vierundfünfzig Schweizerfranken. Da wählte sie doch glatt das Cordon bleu für dreiundzwanzig fünfzig, inklusive eines Minisalats. Zur Not konnte sie ihr Abendessen, falls sie es falsch gewählt hatte, immer noch mit einem Schümli Pflümli für sieben fünfzig wegspülen. Vorerst bestellte sie ein Grosses dazu. Andreas nahm mit einem Glas Mineral vorlieb. Wenigstens einem mit Kohlensäure.

Entgegen der allgegenwärtigen Festlichkeit schienen sie beide von einem verlegenen Schweigen befallen zu sein. Andreas wollte etwas sagen, nahm dann aber sein Telefon hervor. Er entschuldigte sich, dass er eine Textnachricht beantworten müsse, und tippte mit tiefen Stirnfalten eine Nachricht ins Minidisplay seines Sony-Ericssons.

Die Wartezeit liess Enittas Geist auf dunklen Wegen wandern. Gedanken an ihren eigentlich abgeschlossenen Fall stiegen aufdringlich in ihr Bewusstsein. Wohl dem Kontrast zum Trotz. Unbehagen befiel sie über die Tatsache, dass die Hintermänner noch immer frei herumliefen. Eine Million Raver würden am Samstag ähnlich fröhlich feiern und sich nicht der Gefahr bewusst sein, die ihnen vonseiten eines höchstwahrscheinlich skrupellosen Syndikats drohte. Sie hatte selbst bezeugt, dass das Zombie-Fondue keine Schimäre war. Jemand musste sich finstere Gedanken gemacht haben. Musste auf mehr als einen exklusiven Kick im kleinen Kreis aus sein. Musste uhuere guet organisiert sein. Felber mochte den Auftrag als ausgeführt betrachten, aber vielleicht war sie die Einzige, die die Bedrohung richtig einschätzte. Was also tat sie hier bloss? Dies war die Gegenwelt der Street Parade. Hier war sie so weit von der Lösung dieses Rätsels entfernt wie die Gäste des Sternengrills von einem himmlischen Service.

Zu den rüstigen Rentnern auf der kleinen Bühne gesellten sich ein paar junge Musiker hinzu. Gemeinsam stimmten sie ein neues Stück an. Es wirkte wie der Poetry-Slam für Heimatliebende.

«Sorry, aber mein Arbeitskolleg hätte mich morgen erwürgt.»

«Was ist denn los?»

«Wir wollen uns seit Langem eine kleine Espressomaschine fürs Büro anschaffen, konnten uns aber noch nicht auf ein Modell einigen. Der Automatenkaffee ist wirklich unter aller Kanone.»

«Wo arbeitest du schon wieder?»

«Bei der Stadtverwaltung», lächelte er vielsagend und nippte am Glas.

Sein Coolness-Faktor sackte im gleichen Moment ein paar Stockwerke in die Tiefe, dafür machte er wiederum Punkte in Sachen Sicherheit gut. Sie gestand es sich ja nur ungern ein, aber sie wollte nichts mehr mit einem Typen haben, der einem zwielichtigen Beruf nachging. Wie DJ, Anwalt oder – noch schlimmer – Banker.

«Uncool?», hakte Andreas nach.

«Wie, was? Nein. Nein, gar nicht», beeilte sich Enitta zu sagen.

«Ist kein Zuckerschlecken. Viele unbezahlte Überstunden und nur vier Wochen Ferien pro Jahr.»

«Wann warst du denn das letzte Mal weg?»

Andreas hob das Kinn und schielte mit undeutbarem Blick zur Decke. «Irgendwann im letzten Jahr. Toskana. Drachenfliegen lernen. Geflogen bin ich dabei allerdings kaum», winkte er ab.

«Dafür kann ich jetzt schwimmen wie ein Bademeister. Fährst du diesen Sommer fort?»

Enitta nickte. «Nach Barcelona, wie's ausschaut. Und vielleicht sogar London. Aber höchstens ein paar Tage. Ich hab Freunde dort. Und eine Verwandte. Ich liebe diese Stadt! Wenn ich irgendwo ausserhalb von Zürich wohnen würde, dann dort.» Ein Gedanke streifte sie. Was, wenn genau dies mit Janita geschehen war? Sparta recht gehabt hatte und sie die ganze Zeit über in London gewesen war? Ihr selbst war es äusserst leicht gefallen, sich mit der Themsestadt anzufreunden. Sie hatte sich quasi bei jedem Besuch übergangslos akklimatisiert. Old Town beispielsweise war wie das Langstrassenquartier, einfach hundertmal aneinander kopiert. Doch sie verwarf die Befürchtung sogleich wieder. Ihre Schwester konnte kaum Englisch. Tatsächlich besass sie eine ausgeprägte Lernschwäche für Fremdsprachen. Sogar mit Hochdeutsch tat sie sich ziemlich schwer. Nein. Es war äusserst unwahrscheinlich, dass sie Zürich für eine andere Stadt verlassen hatte. Schon gar nicht auf Dauer. Weder Berlin noch Barça, Prag oder Paris kamen da in Frage. Janitas Liebe zu Züri – da war sich Enitta sicher – würde ewig währen. Aber was hirnte sie hier herum. Neben ihr sass dieser blendend aussehende Typ und lächelte sie mit leicht verwirrtem Gesichtsausdruck an. Wenn er ihre geistige Abwesenheit bemerkt hatte, so schien er sie ihr nicht zu verübeln. «Schätze, ich muss erst noch einen Batzen beiseitelegen, denn ohne Shoppingtouren machen Städtereisen einfach keinen Spass», fügte sie hastig an. «Warst du schon mal dort?»

Er nickte. «Mehrere Male. Zuletzt 2009. Beruflich leider. Hab die Stadt bei Tag kaum zu sehen bekommen.»

Die Serviermutter platzierte zwei Menüs auf die mit Kleinanzeigen bedruckten Papierunterlagen. Das Cordon bleu triefte vor Fett, war etwas zu elastisch, und der Käse flutete den ganzen Teller, sobald sie die Spezialität angeschnitten hatte. Dafür war die Sauce des kleinen Salats, obwohl eindeutig aus der Plastikflasche, äusserst lecker. Die Musik begann sie allmählich einzulullen, und daran war bestimmt auch das Bier schuld.

«Wohnst du eigentlich alleine?» Himmel, wo war denn *die* Frage eben hergekommen?

Andreas verschluckte sich beinahe an seinem Schnitzel, behielt jedoch ein Pokerface. «Nein, da wohnen noch neun weitere Parteien in dem Block.»

Sie lachten beide.

«Keine Haustiere?», versuchte Enitta abzulenken und konnte dennoch nur daran denken, wie lange sie schon als Einzelstück durch die Stadt geeilt war. Manchmal war es zum Verrücktwerden. Die ständige Hitze, die halb nackten Jungs, die schmutzigen Ausgangsgeschichten ihrer Freundinnen, die weit zurückliegende halbe Nacht mit einer viel zu jungen Barbekanntschaft. Erst neulich hatte sie sich dabei ertappt, wie sie ernsthaft überlegte, ob Kondome eigentlich ein Ablaufdatum besassen. Doch was war schon dabei. Er war ein Junge und sie ein Mädchen. Und ja, sie war allmählich etwas beschwipst.

«Die Verwaltung duldet keine Hunde», sagte Andreas und klang etwas enttäuscht.

Sie hatte kaum die Hälfte ihres Tellers geleert, da begann das Bier zu drücken. Sie entschuldigte sich und stieg eine enge Wendeltreppe hinab. Auf der Kellerebene präsentierten sich mehrere Holztüren im schummrigen Licht der flackernden Deckenlampe. Neben dem Zigi-Automaten befand sich eine mit Plüsch isolierte Kabine, wo früher ein PTT-Telefon gehangen hatte. Heute stand darin eine hohe Kunststoff-Zimmerpflanze stramm Spalier. Enitta hatte bereits die Klinke der Damentoilette in der Hand, als sie Glas zersplittern hörte. Der Lärm aus dem entgegengesetzten Ende des Korridors klang wie das gewaltsame Ende einer gewaltigen Ming-Vase. Jemand schrie erbost herum und liess sie umkehren. Jenseits einer Hintertür, am Fuss einer Steintreppe ertönte eine weitere Stimme. Ein Streit in einem schlackig klingenden Dialekt entbrannte.

«Daran wird Martin gar keine Freude haben», dröhnte der eine. «Er hat den ganzen Nachmittag daran geklüttert.»

«Er braucht es überhaupt nicht zu wissen. Nun räum schon auf!», gab der andere barsch zurück.

«Hör gefälligst auf, mich herumzukommandieren, du alter Bock! Und überhaupt, *du* hast die Phiole zerbrochen.»

«Ja, weil du Rindsnäggel sie ausgerechnet auf die Tischkante stellen musstest.»

Enitta realisierte endlich, dass sich die zwei Männer mit Innerrhoder Dialekt zankten. Vorsichtig wagte sie sich ein Stockwerk tiefer. Die Stimmen wurden dumpfer, was wohl bedeutete, dass sich die beiden vom Eingang wegbewegten. Auf die unterste Stufe fiel ein Lichtkegel. Sachte stiess sie den Türflügel auf und wähnte sich mit einem Schlag zurück im kantonalen Labor. Auf zwei Tischen thronten dampfende Glasbehälter, Einmachgläser mit öligen Inhalten, geöffnete Behälter mit Chemikalien, Ventilatoren, Scheren, verschmutzte Frotteetücher und zahlreiche Mobiltelefone älteren Typs herum. Spätestens als sie ein Caquelon von nie gekannter Grösse an die feuchte Kellerwand lehnen sah, wusste sie, was hier gespielt wurde.

Sie war soeben in ein Drogenlabor getappt. Das Lager der Ganoven hinter dem Zombie-Fondue!

Wie gut, dass diese gerade einen Raum weiter weilten. Ihre Stimmen waren nicht mehr als ein Flüstern in der Ferne. Instinktiv holte sie ihr Handy hervor, um 117 zu wählen, doch das Gerät gab keinen Empfang her und zu allem Pech blinkte auch noch die Akkuanzeige. Die Batterie war schon wieder runter auf zwei Prozent Leistung – viel zu wenig für einen Anruf. Sie ärgerte sich masslos, dass ihr Telefon ausgepowert war, aber schliesslich hackte sie ja ständig darauf rum. Sie würde sich Andreas' Telefon ausleihen müssen. Bloss raus aus Teufels Küche. Jetzt sofort!

Im gleichen Moment warf jemand die Tür ins Schloss. Sie wirbelte herum und blickte in ein feindseliges, runzliges Augenpaar. Ein kleiner Mann mit Hut und Appenzeller-Tracht beugte sich vor. «He könni do!», knurrte er.

Enittas Gesicht bekam beinahe so viele Falten wie seins. «Hä?» *Was* hatte er eben gesagt?

Das Appenzellerchen schien über ihre Verwirrung selbst aus dem Konzept zu geraten, nur um anderthalb Sekunden später noch wütender dreinzublicken. Wie so mancher Innerschweizer, dessen Freistil-Dialekt von Städtern nicht verstanden wurde. «Dich kenn ich doch!», keifte er erneut. Diesmal auf Hochdeutsch. Sein knöchriger Finger zeigte zitternd in ihre Richtung.

Endlich dämmerte ihr, dass er derselbe Trachtenträger war, den sie an der Stanzbein-Party hatte flüchten sehen. Wie war es ihm bloss gelungen, sich von hinten anzuschleichen? Sie musterte das alte, erboste Männchen und schätzte ihn irgendwo jenseits der sechzig ein. Ausserdem war er ein paar Zentimeter kleiner. Na von dem würde sie sich bestimmt nicht den Fluchtweg abschneiden lassen. Sie holte mit ihrer Sporttasche aus und schmetterte sie dem Knittergreis an den Kopf. Dieser konnte zwar in letzter Sekunde Deckung hinter seinem faltigen Ärmchen finden, verlor jedoch sein Gleichgewicht und fiel hin. Bereits wollte Enitta zum Sprint zur Tür ansetzen, da packte sie jemand von hinten und drückte ihr ein nach Chemikalien stinkendes Tuch ins Gesicht. In Panik und mit letzter Kraft rammte sie dem Angreifer, der wahrscheinlich einen ganzen Kopf grösser war als sie, den Ellbogen in die Seite.

Der Grüsel liess übelst fluchend von ihr ab, doch schon nach anderthalb Schritten versagten ihre Knie. Sie versuchte, den Sturz abzufangen, und langte im Fall nach der Tischkante. Ihre Hand glitt ab. Mehrere Gläser donnerten mit ihr auf den kalten, dreckigen Fussboden. Null Chance, wieder aufzustehen, denn ihren Muskeln schien keinerlei Spannung mehr innezuwohnen. Sie konnte sich bloss noch so weit umdrehen, um den Bösewicht zu sehen, der sie gepackt hatte. Er war ein Baum von einem Mann. Eine knorrige Eiche mit kantiger Hakennase.

«Wer ist die Göre?», hörte sie ihn fragen.

«Ist auf einem der Feste herumgeschlichen», japste das Männchen. «Drüben beim Hügel. Ich glaub, die verfolgt uns.»

«Komm! Fass mit an.»

Enitta fühlte zwei kalte Hände unter ihre Arme fassen. Rabiat hob man sie hoch und auf einen Stuhl. Während der eine sie fixierte, begannen Stricke wie gierige Schlingpflanzen ihren Körper zu umgarnen. Ihre Atmung ging schwerer. Schwindelgefühle nahmen von ihr Besitz. Der Widerling musterte sie von oben herab und mit einem Male begann sich sein Gesicht zu deformieren und war nicht länger dasselbe. Es hatte grosse Segelohren und eine Glatze zwischen wuchernden grauen Locken. Die faltige Fratze wurde immer verschwommener, so als würde sie von einer Wasseroberfläche reflektiert. Was zum Geier hatten ihr diese Spinner verabreicht? Zombie-Fondue etwa?

Längst war ihre Wahrnehmung verfälscht und die hektische

Diskussion, die zwischen den Männern entbrannte, ein sich entfernendes, tiefes Tuscheln. Da war sie nun. Gefangen mit ein paar Petardenwerfern. Und niemand, der ihr helfen konnte. Ihr Bewusstsein verfärbte sich, wurde zu schwarzer Schlacke, floss immer zähflüssiger durch ihre Hirnwindungen wie auskühlendes Kerzenwachs. Kurz bevor ihre Gedanken endgültig zum Stillstand kamen, glimmte eine schmerzhafte Erkenntnis wie eine letzte, verzweifelt abgefeuerte Leuchtrakete in ihrem Geist auf.

Endstation Aktenzeichen XY.

***

Mit einem Seufzer der Erleichterung schulterte Felix seine geleerte Kuriertasche vor einem unscheinbaren Mehrfamilienhaus an der Hardaustrasse, unweit des Albisriederplatzes und steckte sich eine Parisienne an. Endlich war auch bei seinem Zweitjob Arbeitsschluss. Drei Stunden lang hatte er für die Pizzabäckerei Bengodi Auslieferungen gemacht. Hatte die Kundschaft mit WC-Papier, Gummis, Sixpacks, billigem Merlot, Zigaretten und Papes versorgt. Was der gemeine Langschläfer halt so zum gepflegten Faulenzen benötigte. Besonders nach Mitternacht war das ein gewinnbringendes Geschäft, denn manche Kunden – darunter ziemlich lichtscheue Gestalten – zahlten liebend gerne zwanzig Franken Zuschlag für ein einziges Mini-Feuerzeug. Hauptsache, es traf rasch ein, um den Brand zu löschen.

Er fuhr diese Runden bis in die frühen Stunden, aber diesmal stand am Morgen danach ein wichtiger Test über die Wechselwirkung zwischen domestikativ-selektiver Netzwerkbewirtschaftung und der überarbeiteten Ausgabe der Shannon-Burchill-Doktrin im Hinblick auf neoglobale Differenzierungsmechanik an. Da musste er in der Lage sein, mindestens den linken Augendeckel offen zu halten. Vielleicht war es ja wirklich an der Zeit, dass er sein Studium endlich abschloss und sich diesen lang gehegten Wunsch nach einer ausgedehnten Reise durch Südostasien erfüllte. Tamtam in Vietnam, Halligalli in Bali und Kulturschock in Bangkok. Aber davon war er noch so manchen Batzen entfernt. Wohin verschwand bloss der ganze Stutz, den er sich an sechs

Tagen die Woche erstrampelte? Er ging doch mit solcher Stringenz zur Sache. Waren seine Waden vom vielen Trampen bei Tag zu schlaff für eine nächtliche Extrafahrt, liess ihn Mauro, der Boss der Pizzeria, in der Küche Kartonpackungen vorfalten und Teller rubbeln. Da lieferte ihm sein altes Nokia-Handy die Antwort. Es war Franziska. Zum vierten Mal an diesem Tag. Noch länger konnte er unmöglich den Kopf in den Sand stecken. «Hey! Wie lief das Essen mit deinem Boss?»

Er wurde von ungeduldigem Schnauben begrüsst. «Deswegen ruf ich nicht an.»

Felix lehnte sein Velo an einen schäbigen Holzzaun. «Was ist denn los?» Eigentlich wollte er die Antwort gar nicht wissen.

«Ich hab über uns nachgedacht …»

Er konnte ihre Fahne förmlich hören. Übles schwante ihm. Sonst trank sie kaum was unter der Woche. «Und?»

«Also … wegen der Geschichte im Mai …»

Lieber Gott, nein! Nicht schon *wieder* dieses Thema. «Du meinst … Leos Hausparty?» Damals hatte sie sich mit einem Typen Marke barfüssiger Wanderbarde in die Wohnung nebenan zurückgezogen und einen solchen Krach veranstaltet, dass Leo höchstpersönlich an die Tür hämmerte, um etwas mehr Diskretion einzufordern. So war das Ganze ans Treppenhauslicht gekommen. Seine Freunde hatten ihn vor dem Anblick zu bewahren versucht, aber er wollte sich selbst ein Bild machen. Und war ziemlich entsetzt über das weit verstreute Spielzeug im Schlafzimmer gewesen. Mit *ihm* hatte sie solche Unaussprechlichkeiten nie veranstalten wollen.

«Ja! *Genau* das», knurrte sie.

«Kapier ich jetzt nicht. Das hatte ich dir doch verziehen.» Nun gut. Er hatte sich arg dazu überwinden müssen. Aber da er ohnehin nicht vorgehabt hatte, sie irgendwann in naher Zukunft vor den Altar zu führen, war ihm Vergebung als die vernünftigste Wahl erschienen. Eine wie Franziska warf man nicht leichtfertig zurück auf den Markt. Himmelschreiende Macken hin oder her. Von jenen besass er selbst jede Menge. Zugegebenermassen war er sogar ein richtiges Reinrasse-Schwein gewesen, so lange an ihr festzuhalten. Dies tat er nämlich nicht zuletzt aus Prestigegründen.

Anders als Mädchen, die ein umwerfend blendendes Aussehen, ein Elternhaus mit weit verstreuten Anlagen, eine begehrte Arbeitsstelle oder eine Endlosliste gut vernetzter Freunde besassen, war Fränzi darüber hinaus selbst das Statussymbol. Doch das Denkmal hatte längst Risse bekommen. Der Sockel wackelte.

«Du hörst mir nicht zu, verdammt. Hör mir endlich zu!»

«Ich höre dir zu», versicherte Felix und hockte sich schon mal vorsichtshalber auf ein Mäuerchen.

«Gut! Also … Ich bin zum Schluss gekommen, dass ich dich verlassen muss.»

«Was?», ächzte er mechanisch.

«Mir ist klar geworden, dass es zwischen uns nicht stimmen *kann*. Ansonsten hätte ich … wäre die Sache bei Leo nie passiert. Tschäggsch?»

«Nein! Tue ich nicht», antwortete Felix verärgert. «Was soll das? Was willst du mir damit sagen? Willst du, dass ich weniger arbeite? Mehr Zeit mit dir verbringe? Was *willst* du?»

«Ich will jetzt Schluss machen. Ich hab schon genug gesagt.» Ihr Tonfall war dröge und liess dennoch eiserne Entschlossenheit durchblicken.

Felix sprang auf, wollte nachhaken, wollte irgendetwas entgegnen, aber er konnte keinen Mucks mehr machen. Mit einem Piepen war Franziska aus der Leitung und wohl auch aus seinem Leben verschwunden. Oder doch nicht? Er lief auf und ab. Trat eine leere Coladose unter einen Lieferwagen. Starrte auf das Display. Drückte die Rückruftaste. Bekam keine Verbindung. Sein Blick wanderte die enge Strasse hinab. In zehn Minuten konnte er zu Hause sein. *Bei* ihr sein. Mit etwas Anstrengung sogar in sechs. Sie war doch noch immer bei ihm in der Wohnung, oder etwa nicht? Schliesslich gewann die Erschöpfung die Überhand. Er musste sich wieder setzen. Umständlich nestelte er die zerknautschte Zigarettenpackung hervor und zündete sich im orangen Lichtschein eine weitere Kippe an.

Nein.

Er konnte nicht mehr nach Hause. Nicht heute Nacht.

Vielleicht morgen. Ja. Morgen bestimmt! Heute brauchte er Schlaf und keine Streitereien. Elf Tage waren seit seinem letzten freien Tag vergangen. Sie würde sich schon wieder einkriegen. Mit der Kippe im Mundwinkel hievte er sich auf den Sattel und steuerte Richtung Osten, hinüber ins Seefeld-Quartier. Dort lebte sein Kumpel Branko in einer gemütlichen Dach-WG, welche, bedingt durchs akute Fernweh ihrer Bewohner, meist ein freies Zimmer bot. Bestimmt würde ihm Branko auch zu solch später Stunde noch die Tür öffnen. Vor Mitternacht war er ohnehin kaum von seinem Laptop zu trennen.

***

Andreas schielte auf das erkaltete Cordon bleu. Die Bedienung hatte seinen Teller längst weggeräumt und dankbar gelächelt, als er sich für das feine Mahl bedankte. Er führte sich seine Tissot vors Gesicht. Zu seinem Erstaunen waren bereits satte zwanzig Minuten vergangen, seit sich Enitta entschuldigt hatte. Für gewöhnlich besass er ein ziemlich präzises Zeitgefühl, doch umgeben von unschuldiger Bierseligkeit und heimatlichen Klängen musste ihm dieses komplett abhandengekommen sein. Hatte sie etwa das Essen nicht vertragen?

Er spielte mit dem Gedanken, nach dem Rechten zu sehen, aber die Vorstellung einer peinlichen Szene in der Damentoilette liess ihn die Idee sogleich wieder verwerfen. Er versuchte, Zerstreuung in der Musik zu finden, doch der leere Stuhl an seiner Seite verstärkte die Unruhe mit jedem weiteren Takt. War es ein Fehler gewesen, sie hierher zu führen? Hatte sie das Lokal vielleicht längst verlassen? Wenn sie durch den Vordereingang geschlüpft wäre, hätte er dies bestimmt bemerkt und einen Hinterausgang gab es nicht. Er bedauerte, noch nicht nach ihrer Nummer gefragt zu haben. Dann hätte er wenigstens anrufen können.

Wenig amüsiert lehnte er sich vor und linste mit angestrengtem Blick ins Lokal. Hatte sie möglicherweise eine Bekannte ausgemacht und sich vorübergehend an einen anderen Tisch gesetzt? Fehlanzeige. Wahrscheinlich war sie eben doch schon auf dem Heimweg. Da stiess etwas wiederholt gegen sein Knie. Enittas Hundchen starrte mit aufgestellten Ohren und grossen Kulleraugen zu ihm hoch. Andreas' Magen verklumpte sich. Niemals hätte sie Balu zurückgelassen.

Das Tier scharrte auf dem Holzboden und wies mit dem Kopf zum Treppengang. Es erging sich in durchdringendem Winseln. Eine Aufforderung, die Andreas nicht ignorieren konnte. Er erhob sich von seinem Stuhl und langte automatisch nach seinem Mantel. Vielleicht würde er ihn noch brauchen. Als er auf den abgeschabten grauen Teppich des ersten Untergeschosses trat, verschwand gerade eine Dame in der sanitären Anlage. Erstaunt wie erleichtert bemerkte er, dass Balu in die andere Richtung drängte. Zu einer Tür mit der abweisenden Aufschrift «Privat». Vorsichtig griff er nach der Falle und blickte hinab in einen muffigen, unbeleuchteten Treppengang. Er besass keinerlei Recht, sich Zugang in das darunterliegende Gewölbe zu verschaffen, aber das kleine Hundchen kletterte längst die Stufen hinab.

Zögerlich folgte Andreas seinem Bauchgefühl. Ein Tsunami aus Zweifeln flutete seinen Verstand. Auf welche Abwege war er hier im Begriff zu geraten? Eben noch in der heilen Welt der Volksmusik und nun drauf und dran, fremdes Eigentum zu betreten. Hausfriedensbruch zu begehen. Aus welchem Grund mochte sich Enitta so tief in den Untergrund begeben haben? War er etwa einer profunden Fehleinschätzung erlegen? Er? Der sich selbst so präzise Menschenkenntnis zuschrieb?

Die Schatten am Fuss der Treppe hatten die unschuldigen Klänge aus dem Obergeschoss längst in eine unendlich weit entfernt wirkende Emotionswolke verwandelt und keine Bedenken der Welt konnten gegen die unerbittliche Anziehungskraft ankommen, die von der finsteren Pforte ausging. Er hielt inne. Wartete damit ab, den rostigen Türgriff zu ergreifen und eine entscheidende Linie irreversibel zu übertreten. Was immer er in dem dahinterliegenden Raum erblickte; es würde mindestens eine seiner Überzeugungen aus den Angeln heben. Denn irgendetwas war hier gewaltig falsch. Das war keine geistige Erkenntnis, sondern eine Einschätzung aus den Tiefen seiner Gedärme. Die langen Jahre intensiven Studiums mochten seine Intuition zur Meisterschaft geschärft haben, doch eine solche Gabe konnte man sich nicht antrainieren. Man wurde mit ihr geboren.

Vorsichtig, damit ihm das Hundchen nicht folgen würde, schlüpfte er lautlos durch das Portal. Auf der anderen Seite fand er sich in einem dieser alten Weinkeller wieder, wie sie sich zuhauf im Erdreich der Stadt verbargen. Dieser hier war jedoch gänzlich umfunktioniert worden. Anstelle schimmliger Holzfässer standen in dem länglichen Raum zu beiden Seiten Tische herum, die vom fahlen Licht vereinzelter LEDs beschrieben wurden. Dumpfes Brummen zahlreicher Maschinen sammelte sich in der von chemischen Gerüchen erfüllten Luft, und vom Raum am hinteren Ende fiel ein langer Lichtkegel dem Boden entlang direkt vor seine Schuhspitzen. Scherben und feuchte Flecken säumten den Grund. Glasbehälter, die brodelnde Flüssigkeiten fassten, reihten sich auf den Tischen aneinander und reflektierten das bunte Licht der Anzeigen. Vergeblich kippte er den Schalter neben dem Eingang, doch er hatte bereits genug gesehen, um zu begreifen, was vor sich ging. Der penetrante Geruch süssfauligen Käses, welcher bestimmt nicht von der Küche der Beiz herrührte, verschaffte ihm letzte Gewissheit.

Das Zombie-Fondue!

Es war keine Zeitungsente, sondern bittere, penetrant miefende Realität. Gemessen an den herumstehenden Anlagen das Produkt krimineller Energie. Perfekt getarnt im käsigen Dunst helvetischer Volkstümlichkeit. Von solchen Orten hatte er oft gehört. Hatte sie während seiner Zeit an der Akademie hinlänglich beschrieben bekommen, aber nie befürchtet, sich dereinst an einem solchen wiederzufinden. Ganz allein war er jedoch nicht. Eine Gestalt sass in einer dunklen Ecke auf einem Stuhl. Ihr blondes Haar hing leblos herab. Enitta. Gefesselt und geknebelt inmitten der Schatten übler Machenschaften. Er flüsterte auf sie ein, rüttelte an ihren Schultern, doch sie reagierte nicht. Sachte löste er das silberne Klebeband von ihren Lippen, als ihn der Klang schwerer Schritte in seinem Rücken herumwirbeln liess. Kaum dass er die riesige Gestalt bewusst wahrzunehmen vermochte, traf ihn ein saftiger Schlag mitten im Gesicht. Und ein zweiter. Er fiel auf sein Knie und erwiderte den Übergriff dank eingeschärfter Reflexe mit einem Fusstritt. Der Angreifer stöhnte auf und taumelte zurück, krachte gegen den einen Tisch und fegte mehrere Stücke des Giftmischergeschirrs von der Kante.

Unter Schmerzen rappelte sich Andreas auf und fand den aggressiven Widerling nur drei Meter entfernt in voller Grösse vor sich stehen. Der Mann war eine blosse Silhouette, mit Hut und kräftigen Armen. Ein zweiter Mann – mehr ein Männchen – trat unter den Torbogen, von wo das schummrige Licht in die Drogenküche einfiel. Es teilte die rätselhaft filigrane Kleidung des Hünen, der ihn eben gebodigt hatte. In was für eine Freakshow war er hier gestolpert? Jenseits der Tür kläffte sich Enittas Hund die Seele aus dem kleinen Leib. Scharrte entfesselt am Holz. Klang wie ein ausgewachsener Rottweiler.

«Was willst du jetzt tun?», polterte der Grosse und schickte sich an, erneut über ihn herzufallen.

Instinktiv langte Andreas nach seinem Mantel und holte mit geübtem Griff seine Dienstwaffe hervor. «Stadtpolizei!», brüllte er. Mechanisch löste sein Daumen die Sicherung. «Keine Bewegung!»

Zögerlich wichen die Gestalten zurück.

«Auf die Knie! Hände hinter den Kopf! Jetzt sofort!»

«Verdammter Mist», fluchte das Männchen, als es die Anweisung befolgte. «Ich hab ja immer gesagt, dass die uns irgendwann schnappen.»

«Sei still», wetterte der Hüne und gehorchte ebenfalls.

Andreas glaubte, ein diabolisches Lächeln in dessen Gesicht auszumachen.

Während er seine Sig Sauer P 239 abwechselnd auf die knienden Hintermänner richtete, nestelte er umständlich sein Mobiltelefon hervor und riskierte einen Blick aufs Display. Obwohl er sich zwei Stockwerke unter der Erde befand, zeigte das Handy artig Balken an. Einer der Vorteile, wenn man seine monatlichen Einzahlungsscheine vom teuersten Provider des Landes erhielt. Er drückte sich das Gerät ans Ohr und rief Verstärkung herbei.

6

Freitag, 12. August 2011, der Tag vor der Street Parade

Wie ferngesteuert glitten die Schwäne schneeweiss und majestätisch über die Limmat, als wäre die Welt in bester Ordnung. Ein makelloses Abbild von Zürich verhöhnte die Strapazen, die Andreas Dähling (32/17 Facebook-Freunde, letzter Log-in vor zwei Monaten) in der vergangenen Nacht durchlebt hatte, als er am Central das 3er-Tram verliess. Obwohl sein Brustkasten bei jedem Tritt schmerzte, waren seine Gedanken bei Enitta. Es ärgerte ihn, dass er sie halb tot hatte zurücklassen müssen. Hoffentlich war sie gut durch die Turbulenzen gekommen. Er folgte ein paar Schritte lang dem Limmatquai und trat am anderen Ufer, jenseits des hölzernen Mühlesteiges, die Stufen der Uraniawache hoch. Dem Hauptquartier der Zürcher Stadtpolizei.

Das Büro der Abteilung Gewaltdelikte, das er mit seinem Partner teilte, befand sich im zweiten Stock und bot einen anständigen Blick auf die Sternwarte und die bewachsenen Mauern des Lindenhofs. Er vernahm bereits auf dem Flur eine tiefe, um Beschwichtigung bemühte Stimme.

«Ja, Frau Mayer-Daguette ... Nein, Frau Mayer-Daguette ... Frau Mayer-Daguette, ich *versichere* Ihnen – ... Pardon, verzeihen Sie, Frau äh, ja ... Natürlich, auf jeden Fall, Frau ... Polizeivorsteherin ... Nein, *ganz* bestimmt nicht. ... Sicherlich ... Wiederhören ...» Mettmenstetter legte den Hörer gerade demonstrativ sachte auf die Gabel, als Dähling unter den Türrahmen trat, und lehnte sich stöhnend in seinem angejahrten Sessel zurück. Die oberste Chefin musste ihm kräftig eingeheizt haben. Aber die geröteten Augen von Jakob Mettmenstetter (51/Flickr-Account mit 312 Kontakten) waren wohl eher einer durchgearbeiteten Nacht und den rund zwanzig Jahren Dienst davor geschuldet. Weil Dähling zum Zeitpunkt des Gerangels an der Fortunagasse offiziell nicht im Dienst gewesen war, hatte ihn Mettmenstetter, als dieser mit Verstärkung am Tatort eintraf, gleich nach Hause geschickt. Nun brannte er umso mehr darauf zu erfahren, was genau der Stand der Dinge war.

«Morgen, Jungspund», begrüsste ihn sein Partner spröde, so als beneidete er ihn um seinen Schlaf.

Dähling nickte bloss. Hoffentlich sah man ihm an, dass er sich alles andere als ausgeruht fühlte. Die Schramme an seiner Wange brannte noch immer. «Was hast du für mich?»

«Einen Sechser im Lotto!» Er wühlte sich durch die Papiere auf seinem Schreibtisch und grub die aktuelle Ausgabe einer Gratiszeitung hervor. «Stapo verhaftet Appenzeller Mafia», titelte das Blatt. «Erinnerst du dich an das Zombie-Fondue? Das Forensische Institut geht davon aus, dass du gestern das Drogenlabor ausgehoben hast, welches die Brühe fabrizierte.»

Dähling ergriff die Zeitung. Bereits nach der Lektüre einiger Zeilen musste er sich setzen. «Bis gestern Abend hatte ich noch geglaubt, das Ganze wäre eine Ausgeburt des Sommerlochs. Aber woher zum Henker wissen die Medien davon?»

«Wir mussten die beiden Tatverdächtigen leider durch die Vordertür abführen», brummte der Alte. «Und einer von den beiden hat wie wild herumgeschrien, dass sie für die Droge verantwortlich seien. Verlor total die Nerven. Na ja. Wahrscheinlich war ein Schreiberling unter den Gästen.»

«Versteh ich jetzt nicht. Wenn es um illegale Substanzen geht, warum kümmert sich nicht die Betäubungsmittel-Fahndung um die Sache?»

«Das habe ich der werten Madame Polizeivorsteherin eben auch zu erklären versucht. Aber sie besteht darauf; wir sollen von nun an Zellwegers Abteilung aktiv unterstützen. Sie rechtfertigte den Entscheid damit, dass sich zwei der vier Jugendlichen, welche die Brühe probiert haben, noch immer in kritischem Zustand befinden. Doch der Fall ist klar; es geht hier rein um politisches Chaschperlitheater.»

Wahrlich ein Glück, dass die Mayer-Daguette bloss angerufen hatte. Ihre Besuche waren nämlich gefürchtet, und ihr Büro befand sich nur einen Stock über ihnen. «Wie geht es der jungen Frau?», fragte Dähling vorsichtig nach. Beinahe hätte er ihren Namen ausgesprochen.

Mettmenstetter schürzte die Lippen. «Die ist mit dem Schrecken davongekommen. Hab sie bereits befragt, aber viel gab das nicht her. Ist wohl einfach auf der Suche nach dem Klo schief abgebogen. Zur falschen Zeit am richtigen Ort.»

So wirklich wollte Dähling nicht an Zufall glauben, und dennoch konnte er sich kaum vorstellen, dass Enitta in krumme Machenschaften verwickelt war.

«Was ist mit den beiden Tatverdächtigen?»

Ein müdes Grinsen schlich sich in Mettmenstetters Gesicht. «Die hab ich mir für uns aufgehoben. Waren ohnehin nicht sehr gesprächig die Nacht über.» Er langte nach einem abgegriffenen dunklen Aktenumschlag auf dem Korpus, wo die neue Espressomaschine aufgestellt werden würde. Rasch überflog er die darin enthaltenen Papiere. «Ulrich Ackermann, Jahrgang 59, und Martin Schläpfer, Jahrgang 43. Beide wohnhaft in Appenzell, Appenzell-Innerrhoden. Der kleinwüchsige Schläpfer hat seit der Verhaftung interessanterweise keinen Mucks mehr gemacht, aber der Grosse, Ackermann, der dich angegriffen hat, gab ein paar hämische Bemerkungen ab. Den sollten wir uns als Ersten vorknöpfen. Komm!»

Sie stiegen die Treppe hinab ins Untergeschoss, passierten die rot gestrichenen Wände der Giacometti-Eingangshalle und betraten das Längsbüro hinter dem mit Panzerglas gesicherten Empfangsschalter. Am hinteren Ende befanden sich die Verhörräume, welche durch vergitterte Fenster eingesehen werden konnten. Ackermann sass in seiner lädierten Kantonstracht vor einem metallenen Tisch und starrte ins Leere. Die Ohreschuefe hing ihm regungslos vom Läppchen.

Dähling bekam von Mettmenstetter ein paar Seiten gereicht. Darauf waren die Fotos der vier Opfer angeheftet, und eine Stadtkarte zeigte weit verstreute Markierungen auf.

«Zellweger hat mir noch vor Mayer-Daguettes Anruf alle Unterlagen zähneknirschend ausgehändigt. Die roten Punkte sind die Orte, an denen diese mysteriöse Droge aufgetaucht sein soll.»

«Zombie-Fondue …», murmelte Dähling angewidert. «Allein der Name.»

Mettmenstetter schnaubte. «Bis vorgestern hat niemand den

Zusammenhang erkannt. Man ging von vier nicht miteinander verbundenen Überdosen aus. Aber dann geschah etwas Interessantes.»

Dähling suchte die Landkarte ab. «Der Zwischenfall beim Landesmuseum?»

«Bingo! Da realisierten Zellwegers Leute endlich, dass in allen vier Fällen ein grosses Caquelon involviert gewesen war.»

«Welch Sternstunde des Scharfsinns! Wurden die Kids schon befragt?»

«Gleich nachdem sie gestern Vormittag putzmunter aus der Ausnüchterungszelle spazierten. Angeblich hingen sie in der Nacht auf Mittwoch angeheitert vor dem Jugendzentrum Dynamo herum, als sie von zwei Männern angesprochen wurden. Die Herren offerierten ihnen *den Trip ihres Lebens* und geleiteten sie hinüber zum Platzspitz, wo ein Caquelon mit dem vergifteten Fondue aufgebahrt war. Der Rest ist bekannt. Sie verputzten die Käsesuppe und randalierten anschliessend so lange herum, bis unsere Leute intervenierten.»

«Sagtest du eben putzmunter?»

«Allerdings. Ungleich ihrer Vorgänger fielen sie nicht in ein Koma, sondern hatten nicht mal einen Kater, als der Rausch seine Wirkung verlor. Die Forensiker nehmen daher an, dass die Rezeptur in der Zwischenzeit verändert wurde.»

«Aber konkrete Angaben über die Zusammensetzung konnten sie keine machen?»

Mettmenstetter schüttelte den Kopf. «Die Teenies urinierten während der Orgie leider literweise in das Caquelon und verunmöglichten damit jegliche Analyse.»

Dählings Magen verkrampfte sich. «Trotzdem … geschmolzener Käse im Hochsommer …»

«Du, die Jugendlichen von heute probieren doch alles Mögliche. Zellweger lässt da in der Mittagspause so manche Anekdote vom Stapel. Wie du weisst, kommt das Wort Tischthema in seinem Wortschatz nicht vor. Aber wenigstens zahlt er stets das Dessert. Egal, angeblich schieben sich manche Kids samstagabends einen mit Wodka durchtränkten Tampon in den Hintern und sind danach derart zugedröhnt, dass sie bereits auf der Hinfahrt die Zugsbegleiter anpöbeln. Hauptsach, es chlöpft.»

«Wie gut, dass ich noch keine Kinder habe.» Dähling schloss den Aktenumschlag und rieb sich die Schläfe. «Okay … es kursiert eine neue Droge, die ihre Konsumenten zuvor noch stark schädigte und sie nun bloss noch Amok laufen lässt. Wir haben die beiden Urheber und das Drogenlabor. Warum veranstaltet die Frau Vorsteherin dann einen solchen –» Er hielt inne. «Befürchtet Mayer-Daguette etwa, es könnten noch weitere Labore existieren?»

«Komplett auszuschliessen ist das nicht», brummte sein Partner, «aber die Küche war derart modern eingerichtet, dass es naheliegt, dass sie ihre Ressourcen an einem Ort gebündelt haben. Was Madame aber so richtig nervös macht, ist der dritte Mann, der noch auf freiem Fuss ist.»

«Welcher dritte Mann bitte?»

Der rüstige Ermittler blätterte in seinen Unterlagen und tippte auf ein Polizeifoto. «Wir fanden diesen Hut am Tatort. Zu klein für Ackermanns, zu gross für Schläpfers Kopf.»

«Hat die Frau eigentlich – wie war doch gleich ihr Name?»

«Carigiet. Enitta Carigiet.» Er schielte abermals in die Akten. «Dreiundzwanzig Jahre, aus dem Bündnerland. Arbeitet als Informatikerin und Privatdetektivin.» Seine Miene verdüsterte sich. «Ich hab sie gar nicht gefragt, welches davon ihr Haupterwerb ist …»

«Und hast du Frau Carigiet ein Phantombild anfertigen lassen?», schob Dähling eilig nach.

Sein Partner nickte und reichte ihm eine Zeichnung. «Voilà.»

Dähling musterte das Bleistiftporträt. «Sieht dir irgendwie ähnlich», feixte er.

«Meine Rede. Die Narkose hat ihrem Erinnerungsvermögen offenbar übel zugesetzt. Drum sollten wir dem Herrn dort drüben so viele Erkenntnisse wie möglich abgewinnen.»

Der Gefangene jenseits des Gitters schien sich keinen Millimeter bewegt zu haben. Um die drückende Sommerhitze auszusperren, waren die Fensterläden in seinem Rücken zugeklappt worden. Kaltes Neonlicht leuchtete sein runzliges Gesicht erbarmungslos aus und liess seine Hakennase einen bedrohlichen Schatten werfen.

Dähling zögerte. «Was ist mit seinem Rechtsbeistand?»

«Auf den hat er ausdrücklich verzichtet.» Mettmenstetter holte ein unterzeichnetes Dokument hervor. «Das haben wir schriftlich.»

«Dann mal los.» Dähling trat als Erster in das kleine Zimmer. Es bot gerade genug Platz für drei Stühle und einen Tisch, auf dem ein Festnetztelefon mit aufklappbarem Display, ein klobiger Desktop-PC mit Windows Vista und ein schwarzer Tintenstrahldrucker ruhten.

Mettmenstetter liess sich nieder und wetzte die Fingernägel an seinen Bartstoppeln. Wohl ein Zeichen, dass er ihm den Vortritt liess.

Dähling breitete die Akte aus, faltete die Hände und lehnte sich vor. «Nun gut. Sie wissen, warum wir hier sind, nicht wahr, Herr Ackermann?»

Der Mann erwachte unvermittelt aus seiner Lethargie und bebte vor Lachen. «Das fragt mich meine kleine Nichte jeden Sonntag. Aber auf die Frage weiss nicht mal der Herr Pfarrer eine gescheite Antwort.»

Dähling nickte. Sinn für Humor hatte er von dem finsteren Hünen zuletzt erwartet.

Er nahm sich einen Moment, um alle Fakten zu ordnen. «Ulrich Ackermann. Geboren am 15. Juli 1959 in Herisau. Sie haben fast Ihr ganzes Leben als Schreiner gearbeitet und sind der Justiz bis vor Kurzem nie negativ aufgefallen. Laut Ihrem Pass waren Sie sogar noch nie im Ausland.»

«Wozu auch», knurrte der Appenzeller. «Nirgendwo ist es so schön wie daheim.»

«Dann frage ich mich, was Sie nach Zürich geführt hat.»

Ackermann schwieg sich geflissentlich aus.

«Verstehe. Erzählen Sie uns doch bitte etwas über Ihre Beziehung zu Martin Schläpfer.»

Der Appenzeller fuhr sich mit schwerfälliger Zunge über die Lippen. «Martin kenn ich noch aus dem Knabenchor. Guter Mann. Meist zuverlässig. Seit dem Tod seiner Frau leider etwas unausstehlich. Redet zu viel.»

«Aber im Moment sind *Sie* es, der uns Auskunft gibt. Während Ihr Freund schweigt …»

«Nun kommt es auch nicht mehr darauf an.»

«Ein weiter Weg vom Chorknaben zum Drogendealer», bemerkte Mettmenstetter.

«Ich folge lediglich dem Pfad, den der Herrgott mir gewiesen hat. Es ist nicht an mir zu hinterfragen.»

«Na, der liebe Gott wird Sie bestimmt nicht nach Zürich geschickt haben», sagte Dähling. «Wie kommen ausgerechnet zwei vormals aufrechte Schweizer dazu, ein illegales Labor in Zürichs Innenstadt zu betreiben? Das klingt nicht gerade christlich.»

Wieder blieb Ackermann stumm.

«Sie bestreiten doch nicht etwa, besagte Einrichtung unterhalten zu haben?»

«Wenn Sie es sagen», erwiderte Ackermann lustlos.

Dähling schloss irritiert die Akte. Der Verdächtige machte einen denkbar schlechten Job dabei, sich selbst zu verteidigen. Er versuchte nicht mal, seine Schuld zu leugnen. Brannte er etwa darauf, ein Geständnis abzulegen? «Sie geben also zu, den vier Jugendlichen ein gefährliches Rauschmittel verkauft zu haben?»

«Geld ist keins geflossen. Und wenn *wir* nicht aufgetaucht wären, dann hätten die sich halt was anderes reingepfiffen. – Das ist bei euren Goofen doch so üblich, oder?»

«Dann ist es Ihnen völlig schnurz, dass diese jungen Menschen schweren Schaden davongetragen haben?», hakte Mettmenstetter nach.

«Echte Appenzeller wissen halt, wie man ein deftiges Süppchen kocht.»

Das kam einem Geständnis nun ziemlich nahe. Dennoch wurde Dähling nicht schlau aus dem Mann. Es war ihnen gelungen, einen Stoff herzustellen, dessen Zusammensetzung die Kollegen vom Forensischen Institut vor ein komplettes Rätsel stellte. Und dann setzten sie ihn bloss viermal ein? *Kostenlos?* Jede andere Drogenbande hätte längst versucht, damit das grosse Geld zu machen. «Helfen Sie mir mal ein wenig. Sie finden eine Rezeptur für die perfekte Droge. Warum Fondue? Warum keine Pillen? Die liessen sich doch viel leichter verkaufen. Wozu der ganze Aufwand?»

«Pah, ihr Zürcher», zischte Ackermann und lehnte sich weit vor. «Denkt immer nur ans Geld. Aber man kann eben nicht alles kaufen.»

Solche Sprüche waren Dähling bestens bekannt. Er hatte sie sich damals von seinem Ostschweizer Onkel zuhauf anhören müssen. «Wie etwa traditionelle Werte?»

Ackermann lehnte sich zurück und lächelte maliziös. «Tagsüber Bänkerstadt, des Nachts Sündenpfuhl. Eure Kirche ist der Apple-Store, eure Religion das Scheffeln und der Schweizerfranken euer Gott. Jodeln könnt ihr nur noch mit Hilfe von Computern und euer heiligstes Ritual ist der Tanz um den Scheiterhaufen. Aber vor dem Fall kommt der Knall.» Er schlug mit der Faust auf den Tisch. «Fressen, saufen, huren, prügeln, kotzen!» Dann verbarrikadierte er sich erneut hinter seinen haarigen Armen.

Dähling verzog die Lippen. Kaum zu glauben, dass dieser alte Sack ihn im Labor beinahe überwältigt hatte. Für sein fortgeschrittenes Alter war er erstaunlich rüstig. «Ich frag mich grad, woher der Groll auf unsere Stadt wohl rühren mag. Sind Sie neidisch auf die Zürcher?»

«Ihr habt *nichts*, was mich interessiert.»

«Und warum bringen Sie dann unsere Einwohner in Gefahr? Warum nehmen Sie mutwillig in Kauf, dass die Zukunft junger Menschen zerstört wird?» Ackermann mochte ein religiöser Fanatiker sein, ein erboster Abstinenzler oder einfach nur verrückt. Jedenfalls kamen sie so nicht weiter.

Mettmenstetter schob einen Ausdruck vor sich her. «Hier steht, dass Ihre Frau Rosmarie, Floristin seit fünfundzwanzig Jahren, ein geachtetes Mitglied in Ihrem Bezirk ist. Vielleicht kann sie uns mehr zu Ihren Beweggründen sagen. Bestimmt wird sie wenig Freude an Ihrem neuerlichen Treiben zeigen. Ebenso wie Ihre Freunde und Bekannten …»

«Rösli hat nichts mit der Sache zu schaffen», blaffte Ackermann.

«Ich hab ein paar Kontakte bei der Appenzeller Polizei», fuhr Mettmenstetter wohltemperiert weiter. «Wir könnten Ihre werte Gattin noch heute Nachmittag zur Befragung aufbieten. Wollen Sie ihr diese Schmach wirklich zumuten?»

«Ihr würdet bloss eure Zeit verschwenden, das sag ich euch.»

Gut möglich, dass seine Frau nichts von seinen finsteren Taten wusste. Aber so leicht gab sich Dähling nicht zufrieden. «Also nochmals von vorn; weshalb haben Sie illegale Substanzen in

Umlauf gebracht, wenn es Ihnen dabei nicht um Bereicherung ging?»

Ackermann fletschte die Zähne. «Weil ihr es so *gewollt* habt», polterte er und schickte seinen hassdurchtränkten Worten einen gleissenden Blick hinterher.

Dähling wehrte sich mit aller Kraft gegen den Eindruck, dass der Mann nicht weiter ins Detail gehen würde.

Mettmenstetter war da schon weiter. Behäbig erhob er sich und fasste ihn bei der Schulter. «Ich denke, wir sind hier fertig», murmelte er und trat zur Tür.

Ackermanns Gesicht hatte sich verriegelt. Er würde, zumindest für diese Runde, alles gesagt haben.

Widerwillig folgte Dähling seinem Partner nach draussen.

«Wir haben, was wir brauchen», sagte dieser mit abgeklärtem Tonfall und nahm ihm den Aktenumschlag ab. «Den Tatbestand, unzählige Fingerabdrücke in der Drogenküche und ein ziemlich unverblümtes Geständnis.»

«Fehlt nur noch eines», erwiderte Dähling ungehalten. «Das Motiv.»

«Ach, Gottchen. Lass mal! Die Welt ist voll von Spinnern. Mir reicht das als Erklärung.»

«Und was ist jetzt mit dem dritten Mann?»

Mettmenstetter zuckte die hageren Schultern, als hätte er die Befürchtungen der Stapo-Chefin ohnehin nie geteilt. Als sei die ganze Vernehmung blosse Routine gewesen. «Was will der alleine schon ausrichten? Ohne jede Ausrüstung? War bestimmt nur ein Handlanger. Den kriegen wir auch noch. Ich verständige erst mal die Frau Mayer-Daguette und dann machen wir Mittag.»

Missmutig blickte ihm Dähling hinterher. Hätte er nach so vielen Dienstjahren ähnlich entschieden? Vielleicht lag sein Kollege ja richtig, und der Fall war gelöst. Die Gefahr gebannt. Die gigantische Tanzveranstaltung von Samstag gerettet. Mettmenstetter trottete seelenruhig davon und liess die Akten sachte baumeln. Andreas hatte sich die darin enthaltene Handynummer von Enitta gemerkt, und nun überkam ihn ein brennendes Bedürfnis, sie anzurufen. Sich nach ihrem Befinden zu erkundigen. Immerhin hatte sie allen Grund, sich bei ihm für die Rettung ihres Lebens zu bedanken, aber dann wiederum hätte er ihr seinen Beruf womöglich früher beichten sollen. Ein Polizeifahnder und eine Privatdetektivin? Da waren die Probleme vorprogrammiert. Er würde jedes Wort weise wählen müssen, um nicht irgendwelche Berufsgeheimnisse oder Details über laufende Ermittlungen auszuplaudern. Schliesslich durfte es keinerlei Austausch zwischen Polizeiangestellten und Privatpersonen geben. So eine Verbindung konnte nur schiefgehen, selbst wenn sie freundschaftlicher Natur war. Was für ein Jammer. Er hatte bereits solchen Gefallen an ihr gefunden. Frustriert schloss er zu Mettmenstetter auf.

***

Enitta hatte sich hartnäckig unter der Bettdecke versteckt. Dennoch wurde sie irgendwann vom Morgen gefunden. Wenn auch erst am sehr späten Nachmittag. Balus Gewinsel war selbst mit dem dicksten Kissen nicht mehr auszublenden gewesen. Mit verklebten Augen blinzelte Enitta nach dem Display ihres Smartphones. Fux hatte sie um 10 Uhr 57 vergeblich zu erreichen versucht, und mittlerweile war es halb fünf.

Verstimmt wie eine Violine mit geborstenen Saiten schälte sie sich aus der Bettwäsche und schlenderte in die Küche. Nachdem sie mit ungewöhnlich vielen Handgriffen endlich ein Menü für Balu bereitgestellt hatte – einen Napf Frischwasser und ein geschältes Bio-Rüebli –, liess sie sich einen doppelten Kaffee ein und verschanzte sich damit hinter dem Küchentisch. Allmählich drängten unbequeme Erinnerungen an die vergangene Nacht in ihr Bewusstsein. Der amüsante Teil mit Andreas wurde dabei fast gänzlich vom Tumult im Keller überschattet. Ganz zu schweigen von der nervigen Fragerei jenes nach Zigarrenrauch riechenden, hochgewachsenen Kriminalkommissars, dem sie nur so viel wie nötig erzählt hatte. Erst gegen halb zwei war sie von der Leine gelassen worden und fragte sich gerade ernsthaft, woher ihr höllischer Hangover wohl eher herrührte; dem abartig stinkenden Zeugs, mit dem diese Trachtenträger sie schachmatt gesetzt hatten, oder die ganze Weinflasche, die sie hinterher gebraucht hatte, um halbwegs schlafen zu können.

Und dann war da noch die Erkenntnis, dass Andreas ebenfalls zur Polizeitruppe gehörte.

Nur schattenhaft entsann sie sich seiner Entschuldigung, während er ihre Fesseln löste und sich als Polizeibeamter offenbart hatte. Nach dem Eintreffen seiner zahlreichen Kollegen war er viel zu schnell verschwunden, aber ihr dämmerte, dass das vielleicht auch besser so war. Obwohl er sich während der Stubete mit jeder verstreichenden Minute zunehmend als potenzielles Boyfriend-Material empfohlen hatte, gab es für sie beide wohl mittlerweile keine Zukunft mehr. Ein Jammer eigentlich, doch eine Privatdetektivin mit einem Detektiv der Stadtpolizei? Im schlimmsten Fall blühte ihnen ein vollends entfesselter Shitstorm nach koppschem Vorbild. Und Andreas musste sich dessen genauso bewusst sein. Daher war ihr Steinbock-Grind felsenfest überzeugt:

No Schnabel = no Trouble.

Sie zuckerte ihren Kaffee nach. Auf der anderen Seite war sie nicht unglücklich darüber, dass die weiteren Ermittlungen im Fall Zombie-Fondue nun gänzlich in den Händen der Behörden lagen. Ohne Andreas' Intervention hätten diese Nilpen von Giftmischern sie womöglich noch wie ein kaputtes Velo im Zürisee versenkt. Sie konnte von Glück reden, bloss mit einem Brummschädel davongekommen zu sein. Und diesem würde sie am ehesten mit Aspirin, Alk und etwas unverbindlicher Ablenkung beikommen. Es war an der Zeit, auf das Angebot des Kuriers zurückzukommen. Nach drei Klicks auf ihrem Telefon hatte sie dessen Firma an der Strippe.

Am anderen Ende meldete sich eine quietschende Stimme. «Hallo Velo?»

«Guten, äh … Abend», krächzte Enitta. «Carigiet hier. Ich hätte gerne den Chef gesprochen.»

«Dä Scheff? Das wäre dann gegenwärtig wohl *ich*», sagte die junge Frau schnippisch. «Wünschen Sie eine Bestellung aufzugeben?»

Enitta zog die Stirn in Falten. Hatte sie wirklich die richtige Nummer gewählt? Diese Person klang wie eine Zwölfjährige. Aber egal. «Ja, wünsche ich. Sagen Sie Felix, er soll um zweiundzwanzig Uhr im Tempobär erscheinen. Das ist ein Lokal an der Militärstrasse. Gleich gegenüber der Sansibar.»

«Okay … Wie lauten Masse und Gewicht der Sendung bitte?»

«Das Paket ist einen Meter einundsiebzig gross. Und das Gewicht geht Sie gar nichts an!» Sie kappte die Leitung und ging sich im Badezimmer pimpen. Um ihre müden Augen zog sie eine dicke Schicht dunkler Farbe, bändigte ihre wilde blonde Mähne mit viel Haarwachs und trug eine Extraportion Vichy-Waschi auf. Danach erhörte sie das Scharren ihres Haustiers mit einem Gang zur Bäckeranlage, dem Park jenseits der Geleise, wo der Duft frisch gebratener Fleischwaren in der Luft hing und zahlreiche Grüppchen wochenendreifer Zürcher in Festlaune verweilten. Nachdem sie Balu sein Geschäft in einem der Büsche am Rand des Mini-Erholungsgebietes hatte verrichten lassen, gönnte sie sich am Verkaufsstand eine Coke-Zero mit Sandwich und suchte ein freies Plätzchen auf der Wiese. Sie bettete das Hollandvelo ins Gras und schlug ihre kiloschwere Lieblingslektüre auf. Wenzel führte gerade seine frisch eroberte Flamme Mareike De Groot durch die von der Magie der spätabendlichen Sonne umfangenen, in allen Farben schillernden Tulpenfelder des Amsterdamer Blumenmarktes.

Für einen vernachlässigbaren Augenblick gestatte ich mir, mich in der zarten Illusion formvollendeter Glückseligkeit zu verlieren. Mareike hat das Beste in mir erweckt. Der nasskalte Missmut, welcher meine kreative Ader in vergangenen, leiddurchtränkten Nächten bis in die frühen Morgenstunden antrieb, ist einem zeitlosen Gefühl der Zugehörigkeit gewichen. Mag meine romantische Widmung der kunstschaffenden Gilde auch sträflichsten Verrat bedeuten; heut Abend werde ich sie nicht hergeben, meine Sternstunden mit diesem zauberhaften Wesen aus einer luminöseren Welt. Der Unkenruf der leidenden Künstler soll mich nicht länger tangieren. Ebenso wenig wie seit Gedenken das Gewäsch der Angepassten. Mögen sie diesen bedingungslosen Schwur ruhig Wahnsinn schimpfen. Als sündigen Tausch von Aufrichtigkeit gegen irdische Gelüste brandmarken. Sie können nicht erfassen, dass artistische Freiheit ein Trugbild ist. Dienen wir doch alle einem Meister. Einem Aristokraten. Einem Mäzen. Die Kunst besteht darin, sich entgegen aller Widrigkeiten und Zwänge zu bewahren. Wir alle entsprangen einst der Unendlichkeit. Wir alle

werden in ihren Schoss zurückkehren. Wir können sie nicht mit der gleissendsten Hingabe festhalten. Wir können sie lediglich leben. Und dieser Moment, dieser Lidschlag in einem Universum unfassbar reichhaltiger Abfolgen, soll der meine, soll der holde, soll der unsere sein.
Mareike – ich bin dein!

***

Das Hauptquartier des Street-Parade-Organisationskomitees befand sich mitten im Wiediker Kuchen, im dritten Stock eines bulligen Geschäftshauses. In den grossflächigen Räumen, welche die Freiluftpartyveranstalter noch in den späten Neunzigern bezogen hatten, gingen Office- und Werkstattelemente fliessend ineinander über. Auf den langen, schlicht designten Holztischen, die die meisten der Räume ausfüllten, stapelten sich Laserdrucker, Scanner, Monitore, Magazine und Szeneheftchen, Flyer, Skizzen, Protokolle, aufgerissene Pakete, halb leere Bierflaschen, Aschenbecher, ausgetrunkene Gläser und aufgetürmte Redbulldosen, Büroutensilien und allerlei weiteren Gugus, den das emsige Vereinsmitglied bei der Bewältigung der Bürokratie so benötigte. Die weissen Tapeten waren längst mehrheitlich hinter mit Aktenordnern, CDs und Vinyl vollgestopften Ikea-Regalen und Werbeplakaten in eigener Sache verschwunden. Und erst der widerspenstige Kabelsalat auf dem Parkettboden! Beinahe wäre Reto Felber erneut über eines der Stromkabel gestolpert, als er mit einer Gazose aus der Küche an seinen Schreibtisch zurückkehrte. Erschöpft fiel er tief in den braunen Ledersessel und spähte an seinem Neunundzwanzig-Zoll-Bildschirm vorbei hinaus aufs allmählich nachtfarbene Quartier. Durch das geöffnete Fenster drängte leises Strassenrauschen. Irgendwo da draussen liess jemand mit viel Bass Trance laufen, und die Glocken der nahen Kirche schlugen halb neun.

Er gab dem Fenster einen Schubs und wählte auf der Playlist seines schwarzen iPods sanfte Jazz-Musik. Federleicht schwingende Gitarrensaiten, verträumte Fender-Rhodes-Grooves und ein vorlautes Saxophon erklangen wohlig-warm aus den kleinen

Bose-Lautsprechern auf dem Sims. Von einem Moment auf den anderen verwandelte sich sein Arbeitsplatz in eine gemütliche After-Work-Lounge. Seit sechs in der Früh war er auf den Beinen und sehnte sich nach dem Heimweg. Morgen würde er bereits um halb fünf wieder auf der Matte stehen müssen – wenn er doch nur endlich den Absprung fand. Seine Mobiltelefone hatte er längst abgeschaltet, doch das hielt die elektronischen Briefchen nicht davon ab, seinen Outlook-Eingang unaufhörlich zu fluten. Mässig interessiert überflog er die Anfragen per Mausklick.

Das unersättliche Management von DJ Alphonse, der diesjährigen Galionsfigur, verlangte sieben weitere VIP-Pässe und drei Tuben Gleitmittel. Trash!

Die «Schweizer Illustrierte» bat um eine exklusive Homestory. Danke, aber nein danke. Trash!

Der Kommandant des Stadtzürcher Zivilschutzes orderte mit überdeutlichen Worten zwei weitere Dixi-Klos neben das Sanitätszelt. Der Gedanke an die jahrelangen Wehrpflichtersatzzahlungen und mit Herumsitzen verplemperten Nachmittage im Aufenthaltsraum der Berner Berufsfeuerwehr schickten einen Stromstoss durch Felbers Venen. Eindeutig Trash!

Die Betreiber des Lovemobiles vom Club Armada wünschten wegen technischer Kapriolen in der Reihenfolge weiter nach hinten verschoben zu werden. Das fiel denen auch früh auf. Er leitete die Mail ans Blackberry seines Stellvertreters weiter.

Und dann wünschte ihm seine Tante Klara auf ihre unvergleichlich kurz gefasste Art noch gutes Gelingen.

Felber seufzte. Leider fielen solche Mails viel zu häufig durch das Raster. Kaum wollte er mit dem Pfeil auf die fünfte Nachricht klicken, da hatte sich die Liste nach oben bereits um dreizehn Zeilen erweitert.

Es machte keinen Sinn mehr.

Stöhnend legte er seine Brille auf die ausgebreitete Stromrechnung vor der Tastatur und rieb sich hingabevoll die Nasenflügel. Die Leute hatten ein ganzes Jahr lang Zeit gehabt. Wegen solch ein paar Details würde seine generalstabsmässige Organisation auch nicht mehr auseinanderbrechen. Nur eine Besorgnis konnte er partout nicht aus seinem Schädel verbannen. Noch immer hatte er keinen Bescheid von der Stadtpolizei erhalten. Natürlich bestand die Möglichkeit, dass die Gesetzeshüter ihre Wahnvorstellungen eines Verbrechersyndikats begraben und endlich von der Street Parade abgelassen hatten. Aber so recht mochte er der Stille nicht über den Weg trauen. Da zerriss das Schrillen des Festnetztelefons die seidene Harmonie der Hintergrundmusik. Dem Nummernblock auf dem blau leuchtenden Display konnte er entnehmen, dass der Anruf aus dem Stadtzentrum stammte. Auf alles gefasst griff er nach dem Hörer. «Felber.»

«Herr Felber. Mayer-Daguette hier», meldete eine tiefe Frauenstimme.

Felber heuchelte Erstaunen. «Frau Stadträtin. Mit Ihnen hätte ich, ehrlich gesagt, zuletzt gerechnet.»

«Wie laufen die Vorbereitungen für den grossen Tag?»

Sie tönte seltsam milde. Beinahe interessiert an seiner Antwort. «Wir sind bereit!» Der serene Klang seiner Worte überraschte ihn selbst.

«Das wundert mich kaum bei dem Eifer, den Sie in den vergangenen Monaten gezeigt haben. Joel Meier ist gewiss stolz auf Sie.»

Schwang dem Kompliment etwa ein Quäntchen Hohn mit? «Das wird sich erst am Samstagabend weisen. Vorausgesetzt, Sie entziehen uns nicht in letzter Sekunde die Bewilligung.»

Die Polizeivorsteherin nahm einen langen Atemzug. «Mir liegt der Abschlussbericht des Forensischen Instituts vor.» Das Rascheln von Papier umspielte ihre Stimme. «Meine Spezialisten stufen die Inhaltsstoffe dieses ... *Zombie-Fondues* wie erwartet als äusserst bedenklich ein. Dennoch ist die Gefahr einer Verbreitung an der morgigen Parade durch die Schliessung des Drogenlabors an der Fortunagasse weitgehend gebannt. Man hat mir glaubhaft versichert, dass die beiden Täter wohl nicht mehr dazu gekommen waren, den Stoff in rauen Mengen zu produzieren. Was bis zur Razzia hergestellt worden war, konnte beschlagnahmt werden.»

Felber sah vor seinem geistigen Auge schon ihren übereifrigen Mediensprecher Benaglio den Fahndungserfolg in allen lokalen Medien preisen. «Sie erteilen uns also offiziell grünes Licht?»

«Offiziell», begann Mayer-Daguette gefährlich ruhig, «erhebe ich unter den bekannten Vorbehalten keinerlei Einwände gegen die Durchführung. Aber nach dem Desaster in Duisburg brauche ich Ihnen nicht eigens darzulegen, wie viel auf dem Spiel steht. Die ganze Welt schaut dieses Wochenende auf Zürich.» Sie schlug einen etwas versöhnlicheren Ton an. «Darum beherzigen Sie meinen gut gemeinten Rat: Schalten Sie den Computer ab und gehen Sie endlich nach Hause. Ihre Parade braucht morgen einen ausgeschlafenen Chef.»

Schlafen. Das war ein Begriff aus einem vormaligen Leben. «Ich werde mein Bestes tun, Frau Stadträtin. Ich und mein gesamtes Team. Von den Servilas-Leuten bis zu den Tempis im VIP-Zelt.»

«Nichts Geringeres wird erwartet.»

Dann war sie aus der Leitung verschwunden. Erleichtert steckte er das Funktelefon in die Basisstation. Die Gute hatte ja recht. Seit letztem Herbst hatte er dreimal die Freundin gewechselt, kaum eine Nacht durchgeschlafen und haarscharf die Geburt seines Neffen verpasst. Längst leitete er die Parade nicht mehr – er war die Parade selbst geworden. Joel hatte das alles stets spielend leicht aussehen lassen. Nie hatte er ihn ein einziges Mal über die Strapazen murren hören. Wie pflegte Westbam einst zu sagen?

«We'll never stop living this way.»

Hatte er da die dreissig schon überschritten? Egal eigentlich. Er fühlte sich hundert Jahre und einen Tag alt. Gleich würde er sich erheben und durch diese Tür in den wohlverdienten Feierabend schweben. Nur noch eine letzte Amtshandlung galt es zu tätigen.

Die Privatdetektivin hatte durchaus etwas zur Auflösung des Falls beigetragen. Wie ihm sein Informant bei der Stapo steckte, war Carigiet als Erste auf die Giftküche aufmerksam geworden. Und ausgerechnet einer von Mayer-Daguettes eigenen Leuten hatte die Ganoven hochgehen lassen. Ausserdem war es der Kleinen entgegen jeder Wahrscheinlichkeit gelungen, eine Probe der Droge in die Hände zu bekommen. Diese Leistung allein fand er schon beeindruckend. Er öffnete einen Ordner mit der Anschrift «P. I.» und überflog die elektronische Abrechnung.

Siebzehn Einsatzstunden, achtzehn Tassen Kaffee, zehn Gläser Macchiato, sieben Tassen Cappuccino, ein Weissbier, ein dunkles Appenzeller-Bier, fünf Becher Ice-Coffee, ein Cordon bleu mit

Salat und – im Ernst jetzt? Ein Satz neuer Puma-Turnschuhe für zweihundertfünfundachtzig Schweizerfranken?

What the …

Felber entschied, nicht länger darüber nachzudenken. Mit nicht mehr ganz so flinken Fingern loggte er sich bei seiner Bank ein und löste die Zahlung aus.

***

Es war schon nach halb zehn, als die Dämmerung die einzelnen Buchstaben allmählich ineinanderfliessen liess. Enitta kletterte aufs Velo und folgte der angrenzenden Militärstrasse an ihre Lieblingsmeile, wo sich längst ein ausgewachsenes Gestaltenkabinett tummelte. Geknechtete Existenzen mit gebrochenen Blicken mischten sich mit Bürogummis, die endlich den Absprung aus der Arbeitswoche geschafft hatten und nur noch den Bus nach Hause im Güggerigü bei Füdlikon erwischen wollten. Zwielichtige Rauschgifthändler, die einem Koks-Kügelchen unterjubelten, wenn man sie um Gras bat, schlichen sich an Langweilern mit Zivilfahndercharme vorbei, und Rucksacktouris zwängten sich durch Trauben laut johlender Shipsters.

Gleich jenseits von diesem Wanderzirkus befand sich eine unscheinbare Seitengasse, wo eine wackelige Eisentreppe in die ehemalige Tiffosi-Bar führte. Die Betreiber des Tempobärs, welche schon für die berüchtigten Freitagabende in der Anfang Jahr einem Neubau gewichenen Bombay Bar verantwortlich gewesen waren, hatten der Diskretion zuliebe auf eine Neugestaltung und Beschriftung des Lokals verzichtet. Um unliebsame Laufkundschaft der aufgekratzten Sorte fernzuhalten, wurden stattdessen Memberkarten mit Ameisenbär-Logo für zehn Franken verkauft, die fortan kostenlosen Eintritt garantierten. Mit dieser Aktion wollte man nicht zuletzt sicherstellen, dass vorzugsweise dieselbe Klientel, die sich schon damals an der Neufrankengasse zwischen Gleis und Gebüsch getroffen hatte, den neuen Standort bevölkerte.

Enitta zückte am Hintereingang ihren türkisfarbenen Plastikausweis mit der Nummer 132 und folgte dann einem engen, dunklen Korridor, vorbei an einem Wall aus aufgehängten Jacken in die eigentliche Bar. Die Fenster zur Militärstrasse waren mit Holzplatten zum Verschwinden gebracht worden und schützten vor neugierigen Blicken. Viel Platz bot der rechteckige, in Grün gehaltene Raum nicht gerade, aber dafür wies er so manche Devotionalien der Bombay auf, wie beispielsweise die gerahmten Porträts von Nationaltrainer-Grössen Gilbert Gress und Köbi Kuhn, das vergrösserte Foto des knienden Waldmädchens oder das kultige Nacktbild von Samantha Fox links hinter dem kleinen Tresen.

Die Neonröhren an der Decke hatten Dauerpause, dafür spendeten schief von der Wand hängende Mini-Schirmlampen im Zweiergespann heimeliges Licht. Die Bodenplättli waren derart abgeschabt, dass die Stellen, wo sie ihre ehemals weisse Farbe noch besassen, wie zerrissene Flecken wirkten. Über den kantigen Säulen verliefen arabisch angehauchte Torbögen und neben dem verriegelten einstigen Haupteingang stand ein Spielautomat mit der Überschrift «Virtual Fighter II» herum, auf dessen Bildschirm Fussballer über einen verpixelten Rasen eilten. Fussball, das war überhaupt die grosse Leidenschaft von Mämä, dem Exponenten des Künstler-Kollektivs, welches den vorübergehenden Pachtvertrag im neuen Haus ausgehandelt hatte. Noch bis nächsten Februar würden hier Partys veranstaltet werden, und dieser Status einer temporären Bar hatte dem Lokal seinen Namen verpasst.

Mämä sass gemütlich auf einem der Hocker vor dem Tresen und war in ein angeregtes Gespräch mit Freunden vertieft. Sobald er sie erblickte, rückte er seine dunkle Hornbrille zurecht und strahlte wie ein Honigkuchenpferd. Er begrüsste sie herzlich und erkundigte sich interessiert nach ihrer Auftragslage.

Nachdem sie ihm vom Durchbruch in ihrem letzten Fall berichtet hatte, liess er es sich nicht nehmen, ihr persönlich ein Getränk auszuschenken. Unter diesem Dach standen mehrere sympathische Optionen zur Wahl. Es gab leckeres Amboss-Bier, eiskalten tschechischen Gerstensaft und sogar die Bärenfalle wurde mit einem eselsohrigen Plakat am Kühlschrank beworben. Aber für dieses Killer-Kaliber war es gewiss zu früh. Lieber nahm sie mit einem Bier vorlieb, zog sich auf das schiefe Ledersofa zurück und studierte die Anwesenden. Noch standen erst eine Handvoll

Leute herum, doch schon sehr bald würde es eng, heiss und stickig werden. In der hinteren Ecke, neben dem schwarz-weissen Olympiafoto und dem Zeitungsstapel, machte sie Miguel Secada aus. In der Gesellschaft einer Stange blinzelte er abgebrüht in die Runde, als erwartete er kaum mehr, in diesem Leben noch einmal überrascht zu werden. Da es einen Augenblick dauern mochte, bis Felix auftauchte, spielte sie mit dem Gedanken, ihn anzusprechen, aber zwei junge Frauen kamen ihr zuvor und umschwärmten den Hünen gestenreich. Enitta war sich fast sicher, ein flüchtiges Lächeln in seinem Gesicht erhascht zu haben.

«Ciao! Alles klar?»

Enitta schaute auf und erblickte den Kurier in voller Montur. Nach einem etappenreichen Tag musste der Tempobär seine Ziellinie sein.

«Hey hoi!», antwortete sie erfreut. Rasch rutschte sie beiseite. «Ich war erst nicht sicher, ob du wirklich auftauchst.»

Felix stellte seinen Gin auf das kleine Glastischchen und liess sich auf dem wackeligen Möbel nieder. «Weisst du, ich kann es mir momentan nicht wirklich leisten, einen Auftrag abzulehnen.»

«Das Gefühl kenn ich. Warst du schon mal hier?»

«Bei der Eröffnung. Bin aber nur fünf Minuten geblieben. Hatte mir zu viele Leute.» Er liess einen Blick durch das Lokal streifen. «Erinnert wirklich an die Bombay. Kanntest du die noch?»

Enitta seufzte lächelnd. «Hab 2010 die ganze WM über dort gehangen. Mein Ex hat mich zu jedem Match geschleppt.» Wenigstens hatten ihr die Betreiber nach dem Finale einen der vielen Plasmabildschirme zum Freundschaftspreis überlassen. Der doofe Ex hatte sich längst aus dem Staub gemacht, aber die Glotze glänzte noch immer in ihrem Wohnzimmer.

«Echt? Ich hab auch kein Spiel verpasst. Komisch, dass wir uns nie begegnet sind.»

«So wie das damals gevolkt hat? Kein Wunder.» Wobei ihr unentwegtes Geknutsche wohl eher schuld daran gewesen war, dass sie kaum Augen für die anderen Böcke auf der Weide gehabt hatte.

Felix massierte seine Frisur. «Ich vermisse den alten Laden, echt.»

Sie nickte. Es war wirklich eine verrückte Zeit gewesen. Das verspielte Feilschen um den Eintrittspreis, die schrägen Alternativbands, die illustren Berufe vieler Besucher, das lockige Barmädchen, welches stets nur unter grössten Mühen die Nachschub-Harasse durch die dichte Menschenmasse manövrieren konnte, oder die Alain-Sutter-Porträts auf den Klotüren. Zentimeterschnitt für die Boys, lange Mähne für die Mädchen. Ganz zu schweigen von der zweitägigen Abschiedssause, als die Leute bei klirrender Kälte stundenlang ausharrten und bis vor die Tore der Marsbar anstanden, um einer Location die letzte Ehre zu erweisen, welche wie selbstverständlich Hendrick's Gin mit Gurke ausgegeben hatte, Jahre bevor der Drink als das neue Nonplusultra gehandelt wurde. Die keine Station auf einer Bar-Tour war, weil die fairen Preise an der Bar einen auf Touren brachten. Deren Macher sich nie fragten, wie sie den grössten Profit erzielen konnten, sondern bestrebt waren, auf engstem Raum das meiste zu bieten. Viele meinten daher, die Bombay sei viel zu früh von ihrem Ende ereilt worden, aber eigentlich war der Zeitpunkt kein schlechter gewesen. Alle grossartigen Lokale wurden irgendwann, spätestens nach ein, zwei Jahren, von Allerweltsgesichtern unterspült, während die wirklich interessanten Köpfe längst weitergezogen waren. Alle guten Dinge endeten irgendwann, und man musste einige Leute in dieser Stadt kennen, um zu wissen, wo was Originelleres die Tore öffnete, bevor es von der Posaune des Züritipps seiner Exklusivität beraubt wurde. «Was vermisst du sonst noch so?»

«Schlaf. In erster Linie.» Rasch rappelte er sich auf. So als wäre er sich seiner wenig attraktiven Antwort bewusst geworden. Einen Moment lang streichelte er den Rücken von Balu, der sich zwischen sie gekuschelt hatte. «Eine vernünftige Anzahl an Velowegen und die abendliche Skyline von Mogadischu.»

Zumindest Ersteres konnte Enitta gut nachvollziehen. Sie brannte darauf, mehr zu erfahren. «Jetzt nenn mir drei Dinge, vor denen du dich fürchtest.»

Diesmal brauchte Felix nicht lange überlegen. «Vierzig zu werden.»

«Nicht dreissig?»

«Iwo. Dreissig ist das neue Zwanzig.»

«Was noch?»

«Autotüren. Und davor, mit Sophie Hunger im Fahrstuhl stecken zu bleiben.»

«Sophie Hunger? Die ist doch super. Was hat sie dir denn getan?»

Felix zuckte die Schultern. «Absolut gar nichts. Und ich hätte gerne, dass es dabei bleibt. Wie sieht's denn bei dir aus? Was versetzt dich in Panik?»

Eine ihrer grössten Ängste, nämlich die Stadtgrenze zu überschreiten und sich in so abartig grässlichen Käffern wie Schlieren, Wallisellen oder Stettbach wiederzufinden, würde sie ihm zunächst besser vorenthalten. «Nun, äh … Füsse, mein Handy zu verlieren und das Toupet von Benedict Bonjour, dem Nationalrat.»

«Nur sein Toupet?»

«Es ist die Wurzel allen Übels», steckte sie ihm verschwörerisch. «Ich bin der grundfesten Überzeugung, dass ihm sein Haarersatz telepathisch Befehle erteilt. Ohne die Fake-Frise würde er in seiner Freizeit bestimmt Mondopunkte sammeln oder mit der Heilsarmee singen.»

Felix verzog die Mundwinkel um mindestens neunzig Grad. «Lass uns von appetitlicheren Dingen sprechen. Was liebst du?»

«Züri.»

«Geht das auch konkret?»

«Nein. Züri kann man nicht in eine Zeile packen. Aber … ich liebe Neuseeland. Papierballone, die in den Nachthimmel aufsteigen, und Geschenke auspacken. Du?»

«Cowgirls. Cowgirls mit roten Hüten und Kapselpistolen.»

«Haha. Nur das?»

«Ja. Sonst nix. Alles andere ist irgendwie … Nein, Quatsch! Ich mag …» Er packte seinen Drink und Enittas Arm. «Wenn gute Musik läuft, mag ich tanzen.»

Vollends ins Gespräch versunken, hatte Enitta kaum bemerkt, dass ein mit Laptop bewaffneter DJ ziemlich mitreissende Musik auflegte. Zwar noch in Zimmerlautstärke und irgendwie kaum auf einen bestimmten Stil herunterzubrechen, aber es machte ihr Tanzbein jucken. Felix leerte den Plastikbecher und warf seine Tasche auf die Längsbank. Sie tat es ihm gleich, verstaute ihre Sachen in Sichtweite. Eine bediente Garderobe bot der Bär nämlich nicht, und leider trieben sich auch in einem eher geschlossenen Kreis wie diesem rücksichtslose Taschendieb-Möngis herum. Ausgelassen wiegten sie sich zu den Klängen der treibenden Musik. Zehn, fünfzehn, dreissig Minuten lang. Ringsum füllte sich das Lokal mit mehrheitlich stehenden Menschen. Beissender Zigarettenrauch liess Enittas Augen tränen. Feuchte Hitze legte sich auf ihre Haut. Am Belüftungskonzept musste dringend noch gearbeitet werden. Nur wer das Glück hatte, die zwei Quadratmeter unter dem Deckenventilator zu besetzen, vermochte sich kühle Erleichterung zu verschaffen. Die Sohlen ihrer Lieblings-Sneakers klebten auf dem Fussboden. Jemand verschüttete sein Getränk. Als sich auch noch die Gläser des letzten Brillenträgers beschlugen, trat Mämä mit einem Karton in die Menge und verteilte taufrische Raketenglacés, die er wohl beim 24h-Shop um die Ecke gekauft hatte. Ganz der geborene Gastgeber. Immer für seine Leute da. Enitta biss die Schokospitze ihres Eises ab und schüttelte sich, befreit von Raum und Zeit, zu einem Remix von Martikas «I feel the Earth move». Scheisse, der Song war ja genauso alt wie sie selbst!

«Komm doch morgen bei uns in der WG im Seefeld vorbei», rief ihr Felix zu. «Dort können wir uns von der Dachterrasse aus die Street Parade angucken.»

«Ich mach mir nichts aus Techno.»

«Dann bleibst du morgen zu Hause?»

«Es ist mir absolut egal, was morgen geschieht», brüllte sie zurück.

«Grossartig», grinste Felix. «Ich hol uns noch was zu trinken.»

7

Samstag, 13. August 2011, Street Parade Day

Ui! Bärenfalle! Ruckartig richtete sich Enitta in ihrem Bett auf. Ihrem Bett? Weit gefehlt. Das war weder ihr Duvet noch ihr Zimmerchen. Grelles Sonnenlicht flutete den Raum durch ein Fenster in ihrem Rücken und machte es erst einmal unmöglich, mehr als Umrisse zu erkennen. Was war bloss geschehen? Ihre letzte Erinnerung beschränkte sich darauf, wie Felix ihr die dritte Bärenfalle des Abends in die Hand gedrückt hatte. Darauf folgten ein paar Schnappschüsse von abfallübersätem Asphalt, blendenden Strassenlichtern und schiefen Treppenstufen. Der Rest des Tapes war unentwirrbar verschwurbelt. Hastig tastete sie ihren Körper ab. T-Shirt und Höschen waren noch dran. Glück gehabt!

Jenseits des Schlafzimmerfensters erklang dumpfes Wummern und im Zimmer nebenan röhrte eine Kaffeemaschine. Der Krach klang ab, Geschirr klimperte, und eine Gestalt trat in den Raum, umfangen von lebensspendendem Duft frischen Kaffees und gebratenen Specks. Felix bettete ein silbernes Tablett voller Köstlichkeiten auf die Decke und setzte sich im Schneidersitz daneben.

Enitta blinzelte nach dem Angebot. Ein randvoll gefülltes Schüsselchen mit Keksen, zwei Gläser Orangensaft, zwei Kaffees, Spiegeleier, einen kleinen Stapel Speck, ein paar Scheiben Brot inklusive Butter und Aufstrich. Sie langte nach einer Tasse und studierte die Inneneinrichtung. Ausser einem gigantischen weissen Kleiderschrank und mehreren perfekt an den Wänden platzierten Gemälden gab es wenig zu bewundern. «Wo sind wir denn hier gelandet?»

Er grub seine Zähne in einen Keks und spülte den Bissen mit Jus nach. «Im Seefeld bei meinem Kumpel Branko. Dies ist das Zimmer seiner Schwester, aber die ist grad in Osteuropa unterwegs.»

Enitta nickte. Ihr Blick wanderte zu seinen Boxershorts. «Haben wir etwa …?»

Felix smeilte. «Noch nicht.»

Sie seufzte erleichtert. Der Kaffee schmeckte lecker, verklebte aber ihre Lippen. Stammte wahrscheinlich von einer Lavazza-Maschine. Jedenfalls war sie froh, dass Felix keiner dieser billigen Strassenköter war, sondern mal eine Nacht lang ohne Grabschen neben ihr im Bett verbringen konnte. Das gab Pluspunkte. Apropos! «Wo ist mein Hund?»

«Der hat sich aufs Dach verzogen», antwortete Felix mit vollem Mund und schlürfte seinen Orangensaft.

Das sah Balu ähnlich. Wenn die Sonne rief, dann konnte er selten widerstehen. «Warum hast du mich eigentlich hierhergebracht? Wohnst du etwa noch bei deinen Eltern oder so?»

«Bestimmt nicht. Ist halt momentan etwas … kompliziert», murmelte er und wischte sich die Krumen von dem blauen T-Shirt.

Kompliziert, ja? Vermutlich hauste er in einer dieser versifften Männer-WGs oder, noch schlimmer, wohnte in einer zugemüllten Single-Wohnung. Wäre auch nicht das erste Mal gewesen, dass sie am Morgen danach zwischen gammligen Zeitungsstapeln und miefigen Wäschebergen erwachte. Das Reinlichkeitsverständnis der Jungs dieser Stadt schien sich oft genug auf die fünf Minuten Badezimmerspiegel-Action vor dem Ausgang zu beschränken. Von daher war sie dankbar, dass er ihr diesen Samstagsschock erspart hatte.

«Schon Pläne fürs Wochenende?», fragte Felix. Wohl um vom Thema abzulenken.

«Nix Fixes. Kollegin von mir feiert heute Abend ihren Geburtstag im Mascotte, aber ich kann den Laden eigentlich nicht ausstehen. Mal schauen.» Sie leerte die Tasse. «Am besten, ich seh nach meinem Hündchen.»

«Ich zeig dir den Weg», sagte er und schwang sich vom Bett.

Enitta schlüpfte ungelenk in die Hose, pappte ihren Hut auf die verwilderte blonde Mähne und folgte Felix ins Treppenhaus. Die Wohnung befand sich im obersten Stock. Gleich neben der Eingangstür führte eine kleine Treppe hinauf an die frische Luft und das Summen der Stadt, wo sich ringsum ein Ausblick auf die Dächer des Seefeld-Quartiers eröffnete. Sie musste sich unmittelbar zwischen dem Bernhard-Theater und der Seepromenade befinden.

Felix folgte dem schmalen, von Geländern eingefassten Grat hinüber zu einem Sonnenschirm und mehreren Liegestühlen. Neben dem Tischchen mit Gazetten ruhte Balu und nahm frecherweise kaum Notiz von Frauchen. Felix streichelte das Hundchen, nahm Platz und holte ein herumliegendes MacBook auf den Schoss.

Enitta war noch in die Aussicht vertieft. Nach allen Seiten fielen die Ziegel steil ab. Das Seebecken selbst war keine zweihundert Meter entfernt.

«Wenn du dem Dach zum Anbau dort drüben folgst, bekommst du einen prima Ausblick auf den Umzug.»

Tatsächlich schmiegte sich ein grauer Klotz von Neubau übergangslos an das alte Gemäuer. Jenseits des Metallgeländers, hinter einer Ventilationsanlage, lud ein mit Kieseln bedecktes Flachdach zum Verweilen ein, doch Enitta gesellte sich lieber zu Felix und schaltete einen betagten Röhrenfernseher ein. Auf dem Lokalsender TeleZüri berichtete Moderatorin Gabriela von einer stattlichen Anzahl an Trachtenträgern, die heuer die Street Parade belagerten. Insbesondere historische Kleidungsstücke aus dem Appenzellerland seien gerade totaaal angesagt. Angeblich in Anlehnung an die derzeit sehr populäre Appenzeller Mafia. Zum Beweis hatte sie ein halbes Dutzend deren Anhänger inmitten unzähliger Raver um sich geschart.

Felix schielte mit wenig erfreuter Miene nach den Menschenmassen auf dem Bildschirm. «Die wissen auch nicht, wie blöd sie tun müssen.»

Wobei Enitta fand, dass die Traditions-Freaks neben den anderen bunten Gestalten kaum negativ auffielen. Zwischen den Muskelbergen mit Latexslips, geschminkten Flugkapitänen und Hausfrauen in schlecht genähten Katzenkostümen wirkten sie beinahe normal. Zumindest aber bodenständig.

«Was schaust du in die Röhre? Die Parade ist doch gleich um die Ecke.»

«Ich hab mich bislang noch nie hineingewagt …», antwortete Enitta gedankenverloren.

Dem Kurier drohten die Augen aus dem Kopf zu fallen. «Noch nie? Wirklich *nie*? Will sagen … ist absolut nicht meine Art von

Musik. Doch einmal muss man das einfach aus der Nähe gesehen haben. Wenn auch nur, um es zu glauben.»

«Ist mir echt nie in den Sinn gekommen.»

«Schräg!»

«Mensch, ich komm aus den Bergen», erwiderte sie. «Für mich ist schon das 2er-Tram zur Stosszeit eine Folter. Aber ... vielleicht wenn du mich begleitest ...»

Felix schüttelte den Kopf. «Nö. Ich fahre später nach Basel an den Match. Heute wird der FCB gebodigt.»

«Aha. So einer bist du also.»

«Genau so einer. Magst du etwa kein Fussball? Ach, verzeih. Blöde Frage eigentlich.»

«Du, gaht's no? Ich hab ne Menge für Bier und stramme Wädli übrig. Imfall.»

«Cool. Dann begleite mich doch.»

«Vielleicht wenn die Mannschaft mal im Letzigrund aufläuft.» Wenn sie es recht bedachte, würde sie Felix tatsächlich an ein Spiel folgen. Aber Fussball an sich war definitiv kein Grund, die Stadt zu verlassen.

Die Digitaluhr unter dem TeleZüri-Logo zeigte 14 Uhr 15 an. Schon bald würden sich die Lovemobiles in Bewegung setzen, berichtete die Moderation mit dem blauen Mikrofon aufgeregt. Ganze neunundzwanzig Lastwagen begleiteten dieses Jahr den Umzug und nicht ohne Stolz stellte sie Rita Bärlocher, die Pressesprecherin der «Goldmeitschi AG», vor, welche sich mit hübschem Hemd ins Bild gesellt hatte.

«Rita», begann die Moderatorin, «erzähl uns doch bitte mehr über euer originelles Mobil. Fondue und Trachten, das hatten wir ja noch *nie* an einer Parade.»

«Ja, Gabriela, es gibt für alles ein erstes Mal», flötete Bärlocher und tat ihr Bestes, trotz des sie umgebenden Tumults und der vielen Kiddies, die unentwegt ihre Finger in die Kamera streckten, gelassen zu bleiben. «Für uns von der ‹Goldmeitschi AG› ist es natürlich ein Ritterschlag, einen eigenen Lastwagen bereitstellen zu dürfen.»

Die Moderatorin fummelte ein Caquelon aus rotem Plastik hervor. «Aber jetzt sag doch mal, was hat es denn *damit* auf sich?»

Bärlocher ergriff das Kunststoffgeschirr. «Das hier ist quasi unser Geschenk an die Zürcher Partypeople.» Kaum hatte sie die Worte gesprochen, verfielen die Zuschauer ringsum in lautes Grölen. «Wir haben uns spontan dazu entschieden, den Raverinnen und Ravern eine Extraportion Käse auszuschenken. Und zwar gratis. Unser Mobil ist nämlich das erste und einzige mit einer Küche an Bord. Schliesslich sollen die Leute auch was essen. Nicht dass sie noch umkippen bei der Hitze.»

«Quasi als Gag?»

«Ja! Und um den Leuten zu zeigen, dass dieser ganze Hype um das Zombie-Fondue ein reines Märchen ist. *Unser* Produkt jedenfalls enthält nur besten Biokäse und liegt voll im Trend.»

«Dann hoffe ich, dass ich auch noch ein Caquelon ergattern kann.»

Die Sprecherin lächelte gequält. Vielleicht auch, weil sie mit ihrer dünnen Stimme kaum gegen den Hintergrundlärm ankam. «Wir haben grad ein paar technische Probleme mit der Kombüse, aber die sollten sehr bald behoben sein.»

Felix prustete sich. «Käsesuppe bei *der* Hitze? Diese Habaschen!»

«Ich weiss nicht recht», flüsterte Enitta.

«Würdest du dir das etwa reinziehen?»

«Das meine ich nicht. Irgendetwas ist falsch ... reich mir doch mal den Laptop.»

Unter Faxen händigte Felix den portablen Computer aus. Enitta machte die Seite des FCZforums weg und holte die eher altbacken gestaltete Internetpräsenz der «Goldmeitschi AG» auf den Bildschirm. Sie klickte erst auf «Unternehmen» und dann auf «Kader». Sie begann sich zu gruseln.

«Was ist los?», fragte Felix und versuchte, einen Blick zu erhaschen. «Warum die grossen Augen?»

Enittas Blick und Zeigefinger klebten am Porträt des Geschäftsführers.

Felix konnte mit dem Bild nichts anfangen. «Der Typ mit der Nase? Was ist mit ihm?»

«Das *ist* der Mann!»

«Welcher Mann?»

Sie schluckte. «Der *dritte* Mann. Im Labor.»

«Hä? Die Medien hatten doch bloss von der Verhaftung *zweier* Verdächtiger berichtet.»

«Da war noch wer. Jetzt erinnere ich mich wieder glasklar.»

«Ernsthaft?», ächzte Felix. «Walter Ammann, 74, Gründer und CEO der ‹Goldmeitschi AG›? Du träumst doch.»

«Ich bin mir *absolut* sicher. *Er* hat den beiden anderen Typen in jener Nacht befohlen, mich an den Stuhl zu fesseln.» Sie schlug die Hände über dem Kopf zusammen. «Und ich wette, die Suppe, die dort unten gleich weggeht, ist tatsächlich Zombie-Fondue.»

«Jetzt krieg dich gefälligst wieder ein! ‹Goldmeitschi› ist eine Traditionsfirma mit Weltruf. Schon meine Mutter hat deren Chäsli aufs Pausenbrot geschmiert. Die würden sich doch ruinieren, wenn sie vorsätzlich Leute vergiften.»

Felix' Einwände waren plausibel. Der Kundschaft Drogen ins Essen zu mischen würde allerdings das Ende des Unternehmens bedeuten. Aber sie *hatte* Ammann in jener Nacht gesehen. Natürlich nicht so gut gelaunt lächelnd wie auf dem veralteten Werbefoto, aber es waren eindeutig diese Augen gewesen. Und diese Ohren. Und ja, die Nase kam auch hin. «Ich muss auf Nummer sicher gehen», murmelte sie und rief Google auf. «Walter Ammann» generierte immerhin 23'105 Treffer in sechsundzwanzig Sekunden und bereits auf der zweiten Seite wurde sie fündig.

Ein Video der Klatschsendung Glanz und Gloria berichtete über den tragischen Verlust eines Ostschweizer Pioniers, und auf dem Newsnetz des «Tages-Anzeigers» stöberte sie einen Artikel aus dem Jahr 2008 auf. Angeblich war Ammanns Sohn Pirmin, der stets dafür auserkoren gewesen war, dereinst die Geschäfte zu übernehmen, nach dem Besuch eines Technoclubs elendiglich an einer Überdosis krepiert. Die Polizei hatte seinen halb nackten Leichnam bei den Geleisen an der Geroldstrasse im eigenen getrockneten Erbrochenen Sonntagmorgen um 7 Uhr 28 aufgelesen. 1500 Menschen nahmen damals an der Beisetzung in Appenzell teil.

Enitta klatschte sich die Handfläche an die Stirn. «Das *ist* es! Ammann will sich für den Tod seines einzigen Sohnes an der Zürcher Partyszene rächen. Und dazu benutzt er seine Firma.»

Felix verharrte neben Enitta in der Hocke und grub sich das Gesicht in die Hand.

Es war eine schreckliche Erkenntnis, aber die Indizien waren erdrückend. Weshalb hatte Ammann ein eigenes Mobil an die Parade entsandt, wenn er die Clubszene nicht im Herzen treffen wollte? Alle waren sie versammelt. Alle, die sich am Wochenende die Kante gaben, durch die Bars und Discos tingelten, den letzten Zug sausen liessen, im Namen des Anschlusses wie besessen telefonierten und simsten, immer noch eins mehr bestellten, ewig lange anstanden, in finsteren Gassen einen Privatanlass aufzustöbern suchten, wieder die Location wechselten, nochmals Geld aus den Automaten holten, die letzten Kraftreserven aufboten, bis sie kaltes Neonlicht endlich ans noch kältere Tageslicht scheuchte und hundert Franken fürs Taxi nach Hause zahlen liess. Sie *alle* schubsten sich gegenseitig entlang des Seebeckens. So wie sie es jeden Freitag und jeden Samstag taten. Für einen Ausgang, in dem man alles vergass. Die VIPs und die Plus-Einsen. Die Szenies und die Heimlifeisse. Die Macher und die Member. Die Vortänzer und die Mitläufer. Die DJ-Elite und die Buben mit den Trillerpfeifen. Und natürlich die ganzen Randfiguren, deren Engagement sich aufs Staunen und Gaffen beschränkte.

Jeden Einzelnen von ihnen konnte des Unternehmers finstere Rache treffen. Selbst jene, die an freien Abenden nur auf ein Glas Wein und gediegene Musik in eine kuschlige Lounge einkehrten. In Ammanns Augen mussten sie allesamt sündige Seelen sein, die einer Bestrafung zugeführt gehörten. Mitschöpfer eines hedonistischen Lebensstils, bei dem so manche, hoffnungsvolle Existenz im rabenschwarzen Sumpf illegaler Substanzen versickerte. Er würde es ihnen heimzahlen, indem er sie mit den eigenen Waffen schlug. Nur was für eine Rezeptur würde er ihnen diesmal verabreichen? Würden ein paar Dutzend ausser Kontrolle herumspringende Zombiefondue-Konsumenten genug Schaden anrichten, um die gesamte Street Parade aus den Angeln zu heben? Indem sie sich vor die Lkws warfen, Prügeleien anzettelten oder von den Dächern sprangen? Stand Panik bevor? Ein zweites Duisburg? «Ich *muss* diesen Wagen aufhalten.» Sie forschte eindringlich in seinen Augen. «Hilfst du mir?»

Felix wandte sich ab und gewann ein paar Meter Abstand.

«Fein! Wenn dir dein Gekicke wichtiger ist … ich gehe jedenfalls da runter.» Sie sprang auf und schnippte Balu auf die Beine. Ohne Felix eines weiteren Blickes zu würdigen, marschierte sie los.

«Also schön», hörte sie ihn rufen. «*Ja!* Ich *helfe* dir! Huärägopfertami …» Widerwillig löste er sich vom Geländer und schlurfte herüber.

Keine drei Minuten später hatte sie ihre Sachen im Schlafzimmer aufgelesen und die Tasche geschultert. Draussen erwartete sie eine überlaufene Dufourstrasse. Freaks und Fans trollten ausgelassen über das Pflaster, als hätte jemand Halloween für den Disney-Channel adaptiert. Enitta hielt sich nicht mit den Eindrücken auf, sondern stolzierte zielstrebig durch den Auflauf, hinein in die Kreuzstrasse, welche direkt auf die Route der Street Parade führte. Der Anblick liess sie auf der Stelle stillstehen. Am anderen Ende der Nebenstrasse bewegte sich ein von Rauchschwaden umspielter, dichter Tross aus hüpfendem Fleisch vor dem Seepanorama über den Utoquai. Das Wummern der Bässe hallte zeitverzögert von den Fassaden. Ein Wildbach aus Mensch und Musik, der sie gnadenlos mitreissen würde, sobald sie sich nahe genug ans Ufer gewagt hatte. So ein Gedränge hatte sie zuletzt am Idaplatzfest in Wiedikon erlebt und sich mit viel Glück und nur einem Turnschuh nach Hause gerettet. Aber vielleicht gab es doch noch eine Möglichkeit, die Street Parade vor Unheil zu bewahren, ohne gleichzeitig an ihr teilnehmen zu müssen. Sie holte ihr HTC hervor und wählte Felbers Nummer. Ein einzelner Anruf konnte genügen. Wenn sie dem Boss höchstpersönlich von den Vorgängen auf dem Goldmeitschi-Mobil berichtete, war das Drama rechtzeitig aus sicherer Entfernung abzuwenden. Felber würde seine Leute auf den Lastwagen klettern und die kriminellen Machenschaften in der Kombüse aufdecken lassen. Das Freizeichen erklang. Bestimmt befand sich der Präsident im Helikopter, der in diesem Augenblick hoch über dem Seebecken seine Runden zog. Enitta kaute auf ihren Lippen und betete, dass er ranging. Er würde ihr glauben. Müssen!

Endlich meldete sich eine vom Tosen der Rotorblätter umfangene Stimme. «Fezzlbrzz?»

Enitta jauchzte. «Reto!», schrie sie. «Enitta Carigiet hier! Hör mir zu, du musst unbedingt das Lovemobile der –» Weiter kam sie nicht. Ein eiskalter Wasserstrahl spritzte mitten in ihr Gesicht. Die Verbindung brach ab. Entsetzt starrte sie auf ihr tropfendes Smartphone. Der Bildschirm war schwarz geworden und jeder Versuch, das Gerät wieder einzuschalten, blieb erfolglos. Wütend fuhr sie herum und fand zwei Typen mit nackten Oberkörpern und viel zu viel Wachs im Haar grienend vorbeitänzeln. Verwegen stemmten sie ihre knallbunten überdimensionierten Wasserkanonen in die Höhe.

«Du biraweicha Gorilla Blauarsch!», bellte Enitta. «Mein Handy!»

«Was ist denn los, Blondie?», lachte der Grössere mit dem stählernen Sixpack. «Verstehst du keinen Spass?»

«Du willst mich lachen sehen, ja?», knurrte Enitta und warf ihren Zeigefinger in die Richtung des respektlosen Rülpsmunkels. «Balu! *Fass!*»

Augenblicklich stürmte ihr Hund los und verwandelte sich in eine wild keifende Bestie. Sein entfesseltes Bellen liess die zwei Pinsel im Nu davonstürmen, jedoch nicht ohne ein paar verfehlte Wasserstrahlen zurückzuschiessen.

Enitta wischte ihr Telefon mit dem T-Shirt trocken. «Meine Nummern, meine Songs, meine Fotos», jammerte sie. «Alles futsch …»

Felix legte ihr tröstend die Hand auf die Schulter. «Wie gut, dass ich *deine* Nummer gespeichert habe.»

Sein eigentlich saublöder Kommentar liess Enitta neue Hoffnung schöpfen. «Gib mir dein Telefon!»

«Wie wär's mit *bitte*?»

«Gib schon her», zischte sie, riss ihm das Gerät aus den Händen und wählte Eins-eins-sieben, die Notrufnummer der Polizei. Sobald sich eine Beamtin meldete, legte sie los. «Ich habe eine dringende Nachricht für Andreas Dähling … Herr Dähling arbeitet bei der *Kripo* … Egal, sagen Sie ihm, der CEO der ‹Goldmeitschi AG› steckt hinter dem Zombie-Fondue – … Wie? … He, ich bin nicht verrückt! … Nein, Sie hören gefälligst *mir* zu! Sagen Sie Dähling, dass Walter Ammann, der Goldmeitschi-Boss, einen Anschlag auf die Street Parade plant. Hallo?» Sie nahm das Telefon vom Ohr. «Die blöde Zwetschge hat einfach aufgelegt …», hauchte sie.

«Hättest du an der Stelle auf dich selbst gehört?»

Enitta streckte Felix das Handy hin. «Vermutlich nicht.» Sie schielte zur kunterbunten Schunkelmasse am Ende der Strasse. Keine hundert Meter Entfernung, und dennoch erschien es ihr wie die Reise auf einen anderen Stern. Sie verabscheute Massenaufläufe. Dem Knabenschiessen war sie aus diesem Grund stets ferngeblieben und fürs obligate Zürifäscht hatte sie sich im vergangenen Jahr bis an die Obergrenze des Gleichgewichtssinnes betrinken müssen, um nicht schon nach zehn Metern wieder die Heimreise anzutreten. Das Gemenge in den Trams zur Feierabendzeit oder die Aufläufe an der Bahnhofstrasse zu ertragen war eine Sache, aber dies war die verdammt noch mal gigantischste Technoparty der ganzen grossen weiten Welt! Nahezu eine Million Spasssüchtiger auf Drogen, Alkohol und allem anderen, was den alten Zwingli im Grab zucken lassen würde wie ein Strobo-Licht.

Für ein Bündner Bergmädchen wie sie eindeutig zu viel des Guten.

«Was hast du vor?», hörte sie Felix fragen. «Willst du da wirklich hinein und die Heldin spielen?»

Enitta stöhnte. Er hatte recht. Bis sie das Lovemobile in diesem Tumult ausfindig gemacht hatten, war es vielleicht längst zu spät. Und würden sie es vorher finden, so kämen sie kaum an den Wachleuten vorbei. Hoffnungslos eigentlich, aber sie musste es dennoch versuchen. «Kennst du niemanden mit Beziehungen in die Partyszene?»

Felix hob eine Augenbraue. «Ja. *Mich.*» Er wählte ein paar Nummern, schien aber niemanden zu erreichen. «Entweder haben die alle ihre Telefone abgeschaltet oder können sie bei dem Krach nicht klingeln hören.»

«Dann müssen wir's halt auf eigene Faust versuchen.»

«Eine Faust werden wir *kassieren*, wenn wir den Sattelschleppern zu nahe kommen», sagte Felix.

«Du sagtest, du hilfst mir», erinnerte ihn Enitta vorwurfsvoll.

«Was ich nicht alles verspreche, bevor ich richtig wach bin …», knurrte er. «Na schön. Lass uns diesen Goldmeitschi-Karren erst einmal suchen. Dann können wir immer noch kapitulieren.»

Aus dem Orbit der skeptischen Zuschauerperspektive gab es keinen schonenden Wiedereintritt in die Atmosphäre der Street Parade. Zeitlich mochte sie einen Anfang und ein Ende haben, doch eine klare örtliche Begrenzung kannte sie während ihrer Dauer nicht. Alle Übergänge waren fliessend. Ein Schritt zu viel und Enitta fand sich mitten im aufgekratzten Trubel wieder, einem knallbunten Sammelsurium, das jeder Beschreibung spottete und die Eindrücke regelrecht in ihrem Gesicht explodieren liess. Thaimädchen in Polizistenuniformen winkten enthemmt von den Balkonen. Scheinheilige Engelchen schüttelten ihre schneeweissen Federkleidchen, sündige Teufelinnen fuchtelten mit dem Dreizack herum. Sturzbetrunkene Oktoberfest-Frühchen schickten Liebesgrüsse aus der Lederhose. VW-Prolo-Fahrer in Flipflops und Calanda-Gaschos unter den Armen waren hoffnungslos auf Krawall gebürstet. «Tscheisa Pfrässi, Bitsch?», pöbelte einer im Vorbeigehen und verschwand zwischen zwei glatzköpfigen Hünen, deren gestählte Körper von nichts als aneinandergebundenen CDs bedeckt waren. Keine Zeit zu reagieren.

Adidas-Streifen trafen auf Versace-Hemden. Plateauschuhe auf Nike-Sneakers. H&M-Shirts auf Armani-Bras. Zebrastreifen auf Tigermuster. Überhaupt wirkte die Masse, als habe der Modegott höchstpersönlich die Bekleidungskataloge aller Geschichtsepochen ohne Rücksicht auf Verluste ineinandergemischt. Und erst die vielen Accessoires. Wallende Samichlausbärte, schief aufgeklebte Pornobalken, pastellfarbene Sonnenbrillen in Elefantengrösse, nietenbesetzte Arm- und Halsbänder, Native-Ohrenringe, Papierblumenkränze, Schärpen aus Luftballons, Nylonboas, Lederhandschuhe, Gasmasken, Strumpfmasken, Eishockeymasken, 80ies-Stirnbänder, güldene Cäsar-Lorbeeren, Fake-FBI-Ausweise, Kiddie-Knarren, Indy-Peitschen, Flausch-Schwingen, Schmetterlings-Flügelchen, Plastikschwerter, Sonnenschirmchen, Latex-Berets, Sombreros, Baseballcaps, Bauarbeiterhelme, Helikopterpilotenhelme, Detektivhüte, Lincoln-Zylinder, Piraten-Kopftücher, Prinzessinnenkrönchen, Plastikperücken greller Tönungen, Afro-Wigs, Turbane, Elvis-Koteletten, Irokesenaufsätze, Clown-Nasen, Nasenringe, Ethnoschmuck, Piercings, psychedelisch angehauchte Foulards, Hundertwasser-Krawatten, Hannah-Tattoos, Lollipops, blinkende Schnuller, Lolita-Fächer, Halsketten mit Vorhängeschlössern, Schlüsselbänder mit den Logos aller bekannten Konzerne, Vampirgebisse, Augenklappen, Plüschäffchen, Teddybären, abgenützte Globetrotter-Rucksäcke, Glasperlenhandtäschchen, Jutetaschen, Plastiksäcke, Videokameras, Fotoapparate, Swatch-Uhren, viereckige Kopfhörer und natürlich Ohrenschützer für die Knirpse, welche von ihren gealterten Ravereltern und sonstigen bürgerlichen Neuzugängen an den Anlass geschleift worden waren. Jeder Zweite führte eine lauwarme Heineken-Plombe Gassi. Jede Dritte ein halb verschüttetes Wegwerf-Cüpli. Enitta ertrank buchstäblich im Brackwasser unterschiedlichster Musikstilrichtungen, die sich von allen Seiten in ihre Richtung ergossen. Noch schlimmer war das Gemisch aus Gerüchen. Es stank nach unrasierten Achseln, Discounterparfüm, Bierfahnen, Wurstwaren und Sonnencreme. Ringsum wurde gebaggert, geflirtet und geknutscht.

Ein unendliches Gumseln und Brommseln.

Ein Sicherheitsmensch schaufelte sie mit harter Hand beiseite. Wieder einer dieser Servilas AG. Hinter ihm drängte eine Rauchwolke wie eine Lawine in Zeitlupe über die feiernde Masse und vernebelte jede Sicht. Inmitten der Dunstwand blinkten Scheinwerfer. «Get the future started», schrie eine von Computern zur Jugendlichkeit entfremdete Stimme durch den künstlichen Nebel. Grelle Lichter zuckten. Es blühten die Acidblumen, es oszillierten die Örgeli-Keyboards und ein hölzerner Stampfbeat gebot strikte Gefolgschaft. Das Flaggschiff der Parade wurde von der «Zukunft» gesponsert, einem stark frequentierten Club im Herzen der Langstrasse. Die «Zuki», das war das schwarz gepinselte Kellerloch von Auffangbecken für all jene, die am Wochenende nach vier Uhr morgens noch nicht nach Hause gehen wollten, wenn ringsum die letzten Bars dichtmachten. Ein Windstoss hob den Schleier über dem Sattelschlepper und enthüllte ein hochmodern ausgestattetes Fahrzeug. Gewaltige LED-Reihen blinkten unter Starkstrom, glitzernder Konfettiregen schoss in alle Richtungen, holografische Tentakel wiegten sich zum Rhythmus, und auf der Tanzfläche, hinter Eisenstangen, tobten die Auserwählten, die Bürger der Ravenation stramm wie ein Bataillon Duracell-Häschen. Zuhinterst, vor einem Berg aus korpulenten PA-Boxen, fummelte der stark geschminkte Pop-Halbgott Boy George in violetter Ankleide an zwei Plattenspielern herum und bedachte das gemeine Volk mit Handküsschen. Es ward angerichtet.

Felix stolperte zwischen den ausgelassenen Ravern umher und Enitta entging nicht, wie er von unzähligen Massenverstörungswaffen abgelenkt wurde. Ein Latino-Typ mit Schnurrbart hüpfte an ihr vorbei, schwang sein nasses T-Shirt über zusammengebundenem Haar und hauchte ihr ein sinnliches «Hola Chica» entgegen. Sie war mehr geschmeichelt als versucht. Jemand packte sie am Arm und zerrte sie unsanft an den Rand des Geschehens. Die scharfen Blätter einer Hecke schnitten ihr ins Fleisch.

Felix hatte das Heft in die Hand genommen und verwies auf eine Strassenlaterne, die unter dem Gewicht eines Akrobaten ächzte. Ein bärtiger Typ mit überlangen Filzlocken baumelte wie ein Äffchen an dem Verkehrssignal herum und musste die perfekte Übersicht besitzen. «Alter!», schrie Felix hinauf. «Kannst du das Goldmeitschi-Mobil sehen?»

Der Raver, nur mit Turnschuhen, Sporthose und Sonnenbrille bekleidet, schien den Umzug keines Blickes zu würdigen. Apathisch reckte er seinen Kopf zum Himmel. «Ich kann es nicht sehen», brüllte er. «Ich kann es nicht hören – aber ich kann es *riechen*!» Dann streckte er seinen Zeigefinger verheissungsvoll Richtung Bellevue, ohne seinen Blick vom strahlend blauen Firmament zu wenden.

Jenseits tausender Köpfe erhaschte Enitta einen Blick auf die Rückseite des Sponsoren-Mobils, wo das Logo der Company prangte: die unschuldig lächelnde Zeichnung des Goldmeitschis, eines unbedarften Bergkinds in Fünfziger-Jahre-Kleidung, das seinen starren Arm zum Gruss ausbreitete. Keine dreihundert Meter trennten sie von dem Gefährt, nur dummerweise konnten sie nicht fliegen. Abrupt drehte der Wind. Der süsslich-würzige Käsegeruch der Bordküche wehte herüber und vermischte sich mit den übrigen Sommeraromen. War es vielleicht schon zu spät? Hatte das grosse Einkäsen bereits begonnen? Zu ihrer Erleichterung konnte Enitta weit und breit keine Wegwerf-Caquelons entdecken. Offenbar waren die technischen Probleme der weltersten Street-Parade-Kombüse grösser als angenommen.

Das Zuki-Mobil rollte im Schritttempo vorbei, abgeschirmt von bulligen, schwarz gekleideten Security-Angestellten, die sich allenthalben an die Headsets fassten und ihre finsteren Sonnenbrillen auf alles richteten, was sich im unmittelbaren Umkreis abspielte. An diesen Muskelprotzen würden sie nicht so ohne Weiteres vorbeikommen. Eine falsche Bewegung und ihre einzige Chance war verspielt. Egal ob bei diesem Lkw oder irgendeinem anderen. Daher musste ihr Zugriff zum richtigen Zeitpunkt und insbesondere an der richtigen Stelle erfolgen. Enitta schloss die Augen und konzentrierte sich. Wie bloss konnte man einen riesigen Lastwagen in einer gewaltigen Menschenmasse aus dem Verkehr ziehen oder – noch besser – verschwinden lassen? Es erschien wie ein Ding der Unmöglichkeit, doch sie *musste* einen Weg finden. Gab es denn überhaupt eine Option? Sie verdrängte die ganzen Umgebungsgeräusche aus ihrem Geist. Das Gackern, die Bässe, das Johlen, das Vogelzwitschern – die ganze Kakophonie. Was war zu tun, sobald sie den Spasstruck der «Goldmeitschi-AG» erreichten? Sie nahm einen tiefen Atemzug und kam auf einen überraschenden Gedanken. Ausgerechnet Eric Stassels Lächeln blitzte vor ihrem geistigen Auge auf.

Er nickte. Und wiederholte seine Worte.

«Folge dem Jetstream!»

Aber natürlich! Sie öffnete die Augen und blickte gen Bellevue, den weitläufigen, nicht minder überlaufenen Platz am Ende der Promenade. Von dort aus würde die Parade auf die Quaibrücke abbiegen. Dem Punkt, wo der Zürisee endete und die Limmat entsprang. Dem Nadelöhr der ganzen Route. Das Sicherheitspersonal würde alle Muskeln spannen und erst wieder aufatmen, sobald es den Bürkliplatz auf der anderen Seite erreicht hatte. Exakt dort waren die Securitys für einen kurzen Augenblick aufgrund ihrer Erleichterung verwundbar. Enitta reckte ihren Hals nach dem glitzernden Seebecken, wo Dutzende schneeweisser Schiffchen und Bötchen vor Anker lagen, und machte die Lösung ihres Problems aus. Es war eine komplett durchgeknallte Idee, aber mit viel Verwegenheit und Glöggli konnte es klappen.

Doch eins nach dem anderen. Zunächst galt es erst einmal, sich einen Weg durch den Tross ans andere Ende der Brücke zu bahnen. Entlang der entfesselten Fanmeile, die sich in beide Richtungen erstreckte, würde das nur unter Einsatz beider Ellbogen möglich sein, was am Festumzug der Liebe bestenfalls eine suboptimale Lösung war. Sie zerrte an Felix' T-Shirt. «Lass uns zum Bürkliplatz laufen.»

Felix schenkte ihr einen schiefen Blick. «Was hast du vor?»

Enitta bückte sich und nahm Balu an die Leine. «So genau weiss ich das erst, wenn wir dort sind.»

Felix nickte in die Gegenrichtung der Parade, wo ein breiter Durchlass die Hecke unterbrach. Sie drängten gegen den Strom und betraten die etwas weniger belagerte, von knorrigen Kastanienbäumen gesäumte Kiespromenade. Ein Plateau tiefer befand sich der steinerne Uferverlauf, auf dessen Holzbänkchen erschöpfte Tänzer und Zaungäste hockten und mehrere Grüppchen ihre eigenen Feze feierten. Mehr als genug Leute, um ihren Sprint zur Brücke zu verlangsamen, aber Enitta kämpfte sich tapfer vorbei an Hunden, kleinen Kindern und deren doof herumstehenden Eltern, Gestalten mit schwerer Schlagseite und schlendernden Familienketten, sodass sie keine drei Minuten später endlich den Aufgang vor der heillos überlaufenen Kreuzung an der Quaibrücke erreichten.

Nun waren sie auf Augenhöhe mit dem Sattelschlepper des Molkerei-Imperiums. Langsam, aber unaufhaltsam pflügte er sich durch die Raverschaft. Die stand mehrheitlich passiv herum und zeigte ausser Zehenwippen kaum übermässige Regung, während das eigentliche Tanzen von den Gästen auf dem Anhänger übernommen wurde. Die meisten Teilnehmer waren sich exzessives Shaken wohl nicht gewohnt oder sparten sich ihre Kräfte für die unzähligen Partys der bevorstehenden Nacht. Am Ende des kurz geratenen Mobils befand sich ein nicht einsehbares Abteil. Dort musste sich die Kombüse befinden. Was sich rings um das Fahrzeug abspielte, vermochte Enitta nur lückenhaft auszumachen. Sämtliche Hünen der Parade schienen sich ausgerechnet vor ihrem

Blickfeld versammelt zu haben. Sie kletterte auf Felix' Rücken und stellte fest, dass noch immer kein Fondue ausgegeben wurde, aber ein grimmig dreinblickender Walter Ammann aus dem hinteren Abteil gelaufen kam und auf seine Armbanduhr schielte. Dann liess er einen Blick über die Massen schweifen und winkte den Leuten mit hämischem Lächeln zu. Lange konnte es also nicht mehr dauern, bis er seinen fatalen Plan in die Tat umsetzte.

«Was nun?», brüllte Felix zu ihr herauf.

«Wir müssen vor dem Lkw ans andere Ende der Brücke gelangen.»

«Und dann werfen wir uns vor die Führerkabine?»

Enitta reckte ihren Kopf zum Bürkliplatz und stieg wieder herab. «So was in der Art. Es sei denn, mir fällt bis dahin was Besseres ein.» Sie griff nach Balus Leine und kämpfte sich mit so wenig Kraft wie möglich durch die Parade. Vorbei an der Nussschalen-Flotte, die am Fusse der Brücke auf dem Zürisee schaukelte, vorbei an der gigantischen Trojka-Tribüne mit ihren Soundtürmen, Riesendisplays und Barbie-Tänzerinnen, wo zwei monotone Klangspuren wütend aufeinander losgingen. Die zweite entstammte dem Lovemobile eines Berner Nachtclubs, welches dem Goldmeitschi-Karren vorausging. Dort schwangen die Technofans ihre von Fetzen verdeckten Hüften und kreischten aufs Publikum herab. Enitta unterbrach ihre Hatz und studierte die Auserwählten genauer. Ihr Blick blieb an einer jungen Frau mit insektoider Sonnenbrille und Silberrevolver haften, die besonders lautstark auf sich aufmerksam machte.

Sabrina!

Ihre Freundin war auf einem der Wagen untergekommen und wie durch Zufall segelte dieser mit gefühlten null Komma fünf Knoten durchs Menschenmeer. Sie trat an den Laster und schrie so lange rum, bis ihre Freundin ihrer gewahr wurde.

«Schatziii!», rief Sabrina herab. «Feiern, bis der Arzt kommt!»

Die wenig überlegte Aufforderung löste eine Gedankenkaskade in Enittas Hirn aus. Mit Sabrinas Zutun würde sie ihrem Ziel einen weiteren Schritt näher sein. «Komm da runter!», rief sie herauf. «Ich brauch deine Hilfe.»

«Was?», echote Sabrina mechanisch.

«Steig ab! Jetzt gleich. Ich muss dich was fragen.»

«Ich versteh nicht.»

«Tust du wohl. Es ist wichtig. Nun mach schon!»

Sabrinas Miene verfinsterte sich, doch schliesslich stieg sie die improvisierten Stufen herab, sobald das Fahrzeug einen Moment lang zum Stillstand kam. Zackig steckte sie sich die Sonnenbrille in die wallenden, mit Glitter verzierten Locken. «Was ist denn so wichtig?»

Enitta hob etwas hilflos die Hände und überlegte, wie sie ihrer Freundin die brenzlige Situation mit knappen Worten erklären konnte, ohne so zu klingen, als hätte sie Kröten geleckt. Wobei, umgeben von all den Wilden war das vielleicht nicht mal so schwierig. «Ich brauch deine Hilfe vorne am Pier.»

«Okay …», sagte Sabrina mit misstrauischem Tonfall und beugte sich etwas weiter vor, während sie die Fäuste in die Hüften stemmte. «Was genau willst du dort?»

«Wir …», begann Enitta und wies mit der Hand auf das Goldmeitschi-Mobil, das noch maximal einhundertfünfzig Meter entfernt war. «Wir müssen die Karre dort hinten aufhalten. Aber dafür brauchen wir ein Ablenkungsmanöver.» Sie pausierte und wartete ab, bis der Security, der das Berner Partymobil nach hinten sicherte, mit seinen weit aufgerissenen Augen vorbeigelatscht war. «Die wollen die Leute vergiften.»

Sabrinas Augen wurden zu Schlitzen. «Du hast doch was getrunken, nicht?»

«Die planen echt einen Anschlag. Wenn wir den Wagen nicht bald aus dem Verkehr ziehen, werden die Leute noch im Dutzend ins Seebecken springen.»

Sabrina musterte sie mit verständnisloser Fratze. Dann richtete sie ihren Blick auf Felix, legte Glut hinein und stiess gegen seine Brust. «Du Schwein!», brüllte sie. «Hast du ihr etwa Drogen verabreicht?»

«Easy», erwiderte Felix scharf. «Reg dich ab!»

Enitta fuhr zwischen die beiden Streithähne. Es würde keinen Sinn machen, Sabrina vollends einzuweihen oder mit Argumenten überzeugen zu wollen. Dafür fehlte schlicht und ergreifend die Zeit. Sie musste einen anderen Weg wählen. «Weisst du noch damals, als ich dich davon abhielt, ins Spider Galaxy zu gehen, und du nur um Haaresbreite der grossen Polizeirazzia entkamst?»

«Ja …?»

«Oder letzten Mai im Kafi Baccio, als ich ein ungutes Gefühl beim Gratis-Tiramisù hatte und wir hinterher die einzigen Gäste waren, die nicht mit einer Lebensmittelvergiftung in der Notaufnahme landeten?»

Die Lippen ihrer Freundin wurden schmal. «Und?»

«Ich habe grad wieder so eine Vorahnung. Du musst mir einfach vertrauen, okay?»

Die Partymaus schaute wehmütig der davonrollenden Ehrentribüne nach, aber dann musste sie sich daran erinnern, dass dort bloss Prestige auf sie wartete, während hier eine treue Freundin dringend Hilfe benötigte. «Aso guet. Was soll ich tun?»

«Kommt mit», sagte Enitta und schob ihre Freunde vorwärts zur Treppe vor der Bürkliterrasse. Gleich daneben eröffnete sich der Zugang zum grossen Schiffssteg. Nur wenige Leute standen auf dem kleinen Vorplatz herum und auf dem etwa zehn Meter breiten und knapp hundert Meter langen Anlegeplatz dahinter war kaum jemand zugegen. Glücklicherweise hatte dort auch keines der grossen Zürisee-Passagierschiffe festgemacht. Enitta griff nach Sabrinas türkisfarbener Swatch und blickte ihr tief in die Augen. «In *exakt* fünf Minuten stellst du dich auf die Mitte des Platzes, inszenierst einen filmreifen Nervenzusammenbruch und gleich darauf einen Ohnmachtsanfall.»

Ihre Freundin starrte sie nur blöde an.

«Du hast doch schon im Schultheater mitgespielt.»

«In der vierten Klasse. Und erst noch in einer Nebenrolle.»

Enitta grinste. «Ja, als hysterische Hausmeisterin. Mit deinem Gezeter hast du allen die Show gestohlen.» Als sich Sabrinas Gesicht noch immer nicht richtig löste, hakte Enitta nach. «Nun komm schon», miaute sie, «wir wissen doch beide, wie gern du im Mittelpunkt stehst …»

Sabrina schielte feindselig zu Felix rüber. Dann nickte sie.

Enitta wandte sich dem Goldmeitschi-Mobil zu, das in wenigen Minuten an ihnen vorbeischleichen würde. Leichter Käsegeruch streifte ihre Nase. Wurde stärker. Und schärfer. Brannte in der

Nase. Fast wie WC-Reiniger. Die Betreiber des Mobils hatten tatsächlich mit dem Einkäsen der Leute begonnen. Emsig bückten sich leicht bekleidete Helferinnen über das Tribünengeländer und übergaben kleine rote Schüsseln einem wiegenden Wald ausgestreckter Hände. Sie stellte sich mit Felix an den Rand der vorbeitanzenden Raverschar. Nun befanden sie sich genau in der Mitte der Parade. Nach beiden Seiten von einer halben Million Menschen umgeben. Und hinter ihnen eröffnete sich der strahlend blaue Zürisee in alle Ewigkeit. Sie waren eingekesselt. Gefangen am Fusse eines unaufhaltsamen Stroms. Konfrontiert mit der schier unlösbaren Aufgabe, diesen Fluss kurzzeitig zu unterbrechen, ohne ihn abzustellen. Dafür brauchten sie bloss ein winziges Zeitfenster. Einen der Momente, in denen das monströs grosse Gefährt für wenige Sekunden einen Stopp einlegte. Schon in geschätzten vier Minuten würde das schwarze Lkw-Führerhaus, auf dessen Dach grelle Signallichter rotierten, auf gleicher Höhe sein.

«Hast du deine Sonnenbrille mit?», fragte sie, während sie sich die ihre aufsetzte.

Felix tat es ihr gleich. «Im Sommer verlass ich das Haus selten ohne.»

Zu Enittas Rechten stand eine junge Frau mit weissen Rosenblüten im Haar vor der Treppe der Bürkliterrasse.

«Ich denk, ich weiss, was du vorhast», murmelte Felix.

«Ist ja auch so ziemlich der einzige Weg.»

«Ich kann nicht glauben, dass ich dir dabei helfe.»

«Du siehst es doch selbst.»

«Alles was ich sehe, sind ein paar Nilpen, die sich bei der Höllenhitze Fondue reinziehen.»

«Du warst mit mir auf dem Uetliberg. Du hast das Teufels-Caquelon selbst mitgeschnitten.»

«Bitte verschon mich mit der Moralkeule. Die hatten doch ohnehin den ultimativen Kick gesucht.»

«Was man hier von den wenigsten Teilnehmern behaupten kann. Auch wenn ich ehrlich gesagt das Gegenteil erwartet hätte.»

«Na schön. Vielleicht sprechen wir wirklich von einer Minderheit. Drum leg ich dir die zweifelhaften Umstände günstig aus. Nur sind dann immer noch die zwei Typen in der Führerkabine und die ganzen Gorillas rund um den Lastwagen. An denen werden wir niemals vorbeikommen.»

Die junge Frau neben Enitta hatte ihre Arme um einen kleinen Jungen geschlungen. Vermutlich ihr Sohn.

«Das dürfte das geringste Problem sein. Der Chef des OKs hat mich persönlich drum gebeten.»

«Ach, und wie gut kennst du ihn wirklich?»

«Ich hab seine Nummer. Na gut. *Hatte* sie.»

Violetter Rauch umspielte die junge Mutter.

«Eben», sagte Felix. «Selbst wenn dein Plan aufgeht, sprechen wir immer noch von Diebstahl und schwerer Sachbeschädigung. Die Rechnung könnten wir in zehn Jahren nicht gemeinsam abbezahlen.»

Das Mobil kam näher und näher.

«Also, ich hab nicht so bald vor, eine Familie zu gründen.»

«Ich ebenso wenig. Doch wenn wir das wirklich durchziehen, wird höchstwahrscheinlich eine Massenpanik ausbrechen. Jeder hat schliesslich Angehörige.»

Der violette Nebel stammte von aprikosengrossen Rauchbomben, die der Junge jeweils im Doppel anzündete und auf den Asphalt plumpsen liess. Nur noch Sekunden, bis Sabrina in den Kriegsmodus switchte.

«Glaub mir, ich hab lang genug in dieser Stadt gelebt. Ich weiss genau, wie die Leute hier ticken.»

Dann geschah es. In ihrem Rücken brach lautes Geschrei aus. Sabrina zeterte wie am Spiess, stöckelte mit rudernden Armen herum und scheuchte lautstark auch die letzten paar Zuschauer fort, die sich auf dem Platz zwischen Paraderoute und Schiffssteg aufhielten. Die Szene liess immer mehr Raver herüber- und vom Goldmeitschi-Mobil wegschauen, dessen Fahrkabine endlich in wenigen Metern Distanz zum Stillstand gekommen war. Auch die Servilas-Typen reckten ihre verbissenen Mienen nach dem Aufruhr.

Enitta ergriff ihre Chance. Flink packte sie drei qualmende Kugeln vor den Füssen des Kindes und warf sie in Richtung des Führerhauses, wo sie dank halb geöffnetem Seitenfenster im Inneren landeten. Sofort vernebelte violetter Rauch die Sicht des Fahrers und nötigten ihn und seinen Begleiter an die frische Luft. Da waren Enitta und Felix längst durch die aufgelockerte Menge geschlüpft. Während die Chauffeure von den irritierten Sicherheitskräften in Empfang genommen wurden, kletterte die Privatdetektivin, dicht vom Kurier gefolgt, ins Häuschen. Er zog die Einstiegstür zu, drückte den Riegel nach unten und fuhr die Scheibe hoch. Während ein Bär von Wachmann wild gegen das Blech hämmerte und einer seiner Kollegen vergeblich am Türgriff rüttelte, wedelte Enitta hustend die bunten beissenden Schwaden beiseite. In ihrer überstürzten Flucht hatten ihre Vorgänger den Schlüssel stecken lassen. Ein noch immer laufender Motor liess die Polster unter ihren Gesässen vibrieren.

Felix ergriff das riesige Lenkrad mit beiden Händen. «Na dann los», keuchte er. Energisch drückte er die Hupe, setzte den Blinker und schlug das Steuer nach links ein. Sabrinas Showeinlage hatte tatsächlich eine Schneise geschaffen, und ausser den Sicherheitskräften wichen auch die letzten Technofreaks. Gemächlich liess Felix das Gefährt zum Schiffssteg rollen. Ein Security hing noch immer am Führerhaus. Polterte gegen die Scheibe, fluchte, brüllte, doch Felix schenkte ihm keine Aufmerksamkeit. Ein paar Besucher schleiften die zwischenzeitlich kollabierte Sabrina aus dem Weg und nur Sekunden später rollte der Lkw auf den Steg. Die Kabine wurde ordentlich durchgeschüttelt, als die eigentlich für Menschen konzipierte Konstruktion unter den Truckrädern erzitterte. Das Ende der Plattform kam immer näher.

Enittas Augen brannten noch immer. Mit Tränen beobachtete sie im Rückspiegel, wie die Tänzer nacheinander vom Anhänger kletterten und sprangen. Nur einige wenige verfehlten den Steg und landeten im Wasser.

Nur noch fünf Meter, dann würde auch der Lkw ins kalte Nass stürzen.

Felix trat leidenschaftlich auf die Bremse, zog den Schlüssel und verliess die Kabine. Enitta folgte ihm hastig und schielte draussen zum Anfang des Stegs, wo Dutzende weiss gekleidete Gestalten sich gegenseitig auf die Füsse halfen, Hände verwarfen und sich mit den Fingern an die Stirn hämmerten. Wütende wie fassungslose Blicke wurden in ihre Richtung geschickt. Wenn die

Sicherheitsleute sie nicht lynchen würden, dann übernahm die aufgebrachte Menge mit Freuden diese Aufgabe. Doch drohte Gefahr noch von anderer Stelle. Der Truck nämlich dachte nicht ans Aufhören.

«Verdammt! Die Handbremse», schrie Felix. Aber es war zu spät. Der Wagen hatte sich längst verselbstständigt und rollte unaufhaltsam weiter den Steg hinab. Das Führerhaus glitt über die Kante und kollidierte in einer gewaltigen Wasserfontäne mit dem See. Ein paar Meter lang trieb es über die Oberfläche und riss den Anhänger mit sich, dessen Hinterräder wenige Sekunden lang die Bodenhaftung verloren. Dann fügte sich die Tribüne ihrem Schicksal und folgte dem Führerhaus ins Wasser. Der Steg ächzte und wackelte, hielt der Erschütterung jedoch hartnäckig stand. Mit metallischem Stöhnen versank das gewaltige Lovemobile Nummer vier träge und blubbernd in den dunkelblauen Wogen des Sees.

Gebrüll entriss das schaurige Spektakel Enittas Aufmerksamkeit. Schwarze Gestalten brachen zwischen den weiss gekleideten Technofans durch, eilten heran und stürzten sich auf die beiden Lastwagendiebe. Mit roher Gewalt drückten die Servilas-Leute die junge Bündnerin und ihren Begleiter auf den Boden. Heisser Asphalt brannte auf Enittas Wange, aber sie versuchte gar nicht erst, sich gegen den harten Griff der Sicherheitskräfte zu wehren. Nur Felber konnte ihr jetzt helfen – falls dieser sie überhaupt noch kennen wollte. Mit einem Tonfall zwischen Wut und Genugtuung machte der Gorilla per Funk Meldung über die Festnahme. Dann riss er sie hoch und bugsierte sie unsanft Richtung Festland.

Doch bevor sie sich den Reaktionen der zum Absprung genötigten Raverschaft ausgesetzt sahen, hinkte ihnen – ausgerechnet – Walter Ammann entgegen.

Seine Appenzeller-Tracht war zerknittert und in seinem Gesicht klaffte eine Platzwunde. «Ihr verfluchten Rotzlöffel habt meinen Lastwagen versenkt. Das wird euch teuer zu stehen kommen», wetterte er und trat erfolglos nach Enittas Schienbein.

«Zurückbleiben!», befahl ein hochgewachsener Sicherheitsmann und baute sich deeskalierend vor dem renitenten Appenzeller auf.

«Das war *mein* Fahrzeug! *Mein* Geld! Ich verlange *Genugtuung.*»

«Ganz ruhig. Alles zu seiner Zeit», erwiderte der Mann. «Zunächst werden wir –»

Anschwellendes Sirenengeheul liess ihn aufschauen. Der schrille Alarm verstummte in naher Entfernung. Jenseits der Gaffer blitzte die blaue Rundumkennleuchte eines Polizeifahrzeugs auf und vier weitere Männer eilten auf den Schiffssteg. Es war Dähling in Begleitung von drei uniformierten Beamten.

Mit geübtem Griff streckte er den Securitys seinen Ausweis entgegen. «Dähling, Stadtpolizei. Abteilung Gewaltdelikte. Was geht hier vor?»

Der Sicherheitsverantwortliche schien keinen Gefallen an der Intervention zu finden. «Wir haben alles unter Kontrolle», erwiderte er barsch.

«Gar nichts habt ihr», widersprach Enitta und wies mit dem Kinn auf Ammann. «Diesen da müsst ihr verhaften.»

Andreas' Blick wanderte zwischen Enitta und Ammann hin und her. «Hast du diesen Mann im Labor gesehen?»

«Ja! Ja, hab ich!»

«Festnehmen!», befahl er seinen Leuten und forderte gleichzeitig die Freilassung von Felix und Enitta.

«Auf gar keinen Fall», protestierte der Servilas-Chef. «Diese Vandalen haben schwerste Sachbeschädigung begangen.»

«Dähling», rief einer der Stapo-Beamten. «Das musst du dir anschauen.»

Dähling trat an den Rand des Schiffsstegs und hob die Augenbrauen. Rings um die Plattform entfaltete sich ein schimmernder Glitzerteppich auf der Seeoberfläche. «Interessant», lächelte er. «Dasselbe Gemisch, das wir in den Kanistern des Drogenlabors sichergestellt hatten.» Sein gütiger Gesichtsausdruck verblasste. «Und nun lassen Sie die junge Dame und ihren Begleiter endlich von der Leine. Vorausgesetzt natürlich, Sie möchten dieses T-Shirt auch nächstes Jahr wieder tragen.»

Die Security gehorchte sichtlich widerwillig, was Ammanns Antlitz rot anschwellen liess. «Das können Sie nicht tun», blaffte er.

«Da muss ich dem Herrn allerdings beipflichten», bestätigte der Security. «Herr Ammann ist einer unserer grössten Sponsoren.»

«Der Mann ist ein Verbrecher. Er wollte die Leute mit Drogen vollpumpen», keifte Enitta und rieb sich den schmerzenden Arm.

«Ihr habt auch nichts Besseres verdient, ihr gottloses Hedonistenpack!», zeterte Ammann und versuchte vergeblich, sich aus dem harten Griff der Stapo-Beamten zu lösen. «Habt meinen Pirmin auf dem Gewissen. Einen *Glitterzwitter* habt ihr aus ihm gemacht. Einen, der vor dem Manne kniet! Einen *Drögeler*! Nur noch in Frauenkleidern herumgelaufen ist der! Hat sein ganzes Sparkonto versoffen und ausschliesslich von amerikanischem Rindfleisch gelebt! Dafür soll euch des Leibhaftigen Feuersbrunst bis in alle Ewigkeit knechten!»

Ein paar Jungs mit Regenbogenmotiven auf den T-Shirts buhten lautstark wegen der schwulenfeindlichen Brandrede und schimpften den überführten Unternehmer einen homophoben Affenarsch.

Enitta zupfte an ihrem Shirt. Was machte es auch für einen Unterschied? Der Teufel war längst anwesend, und die Schafe folgten ihm aus freien Stücken. Unbeeindruckt vom Tumult auf dem Schiffssteg lief die Parade weiter, dem nächsten Lovemobile hinterher, das den angeblichen Urheber der diesjährigen Street-Parade-Hymne kutschierte. DJ Alphonse, die Olma-Bratwurst unter den Cervelat-Promis, präsentierte, nur mit hauchdünnem Leoparden-Tanga bekleidet, seinen Sommerhit «Let you surprise».

Nz-Knarz. Knuz-Knarz. Dindin-dindin-dindin-din-dindin-dindin.

Sie kämpfte mit dem Würgreflex. Diese Hamsterbacken. Dieser Stoppelbart. Diese betonierte Igelfrisur. Sie würde noch so manche Bärenfalle zuschnappen lassen müssen, um jenen grandiosen Fehltritt endgültig hinter sich lassen zu können. Ihr von Wutwallungen durchzogenes Selbstmitleid verwandelte sich beinahe in Mitgefühl, als das blasse Milchbubigesicht hinter einer rosa Sonnenbrille den Massen nach Art des Königshauses zuwinkte. Trotz des dreckbilligen Sounds jubelten diese ihm zu, als hätte er eben die Tanzmusik neu erfunden. Dabei war dieser weich gespülte Chilbi-Müll nicht einmal sein Verschulden. Fux wurde nicht müde zu betonen, dass er keinen einzigen Ton auf seinen Platten je selbst geschrieben hatte. Die Tunes entstammten allesamt der Feder eines gewissen Paolo Bardaro, der zwar leidenschaftlicher Rocker war, seine kompositorischen Fähigkeiten jedoch dem Konzerndollar zuliebe wiederholt in den Dienst der Medienmarionette stellte. Und je weniger Mühe sich Paolo beim Komponieren gab, so pflegte Fux zu lästern, desto feister wurden die Hits. Who the hell. Who the fuck. Bardaro zog sich die Ideen im Vorbeigehen aus dem Hintern und die Radiostationen dankten es ihm mit unablässigem Airplay.

Der Star-DJ selbst, berauscht von Ruhm und Reinhaltigem, bekam von alldem höchstwahrscheinlich längst nichts mehr mit, und vielleicht war das auch besser so. Immerhin bestand dadurch die veritable Chance, dass er sich längst nicht mehr bewusst an sie erinnern konnte und sie damit zur alleinigen Trägerin ihres schmutzigen Geheimnisses machte. Sie würde die Ereignisse jener unheiligen Nacht im Stillen verdauen müssen, als sie völlig erschöpft und mit wilder Löwenmähne aus der Herrentoilette des Mascotte-Nachtclubs zurück auf die Tanzfläche gestolpert war, penibel darauf bedacht, bloss nicht Fux über den Weg zu laufen, der ein paar Sofa-Logen gebucht hatte. Sie hatte sich den Mund nicht oft genug mit Whiskey-Cola ausspülen können. Selbst nach viereinhalb, hoffnungslos überteuerten, weil schlanken Plastikbechern war der widerliche Geschmack noch allgegenwärtig gewesen.

Schliesslich kehrte sie aus Narnia zurück auf den Schiffssteg.

«Eine Frage hätt ich noch, Herr Ammann», sagte Dähling achtsam. «Was ist eigentlich die geheime Zutat Ihres Drogencocktails?»

Ammann fletschte feindselig die Zähne. «Da kann mir die Sonne noch so heiss auf den Schädel brennen; *dieses* Geheimnis werde ich *niemals* verraten.»

«Auch gut. Abführen!», befahl er milde und steckte seinen Notizbock weg. Einen Moment lang schaute er seinen Männern zu, wie sie den widerspenstigen Appenzeller vom Steg zerrten, dann wandte er sich an Enitta. «Ziemliches Puff, das du da angerichtet hast.»

«Ich tat bloss, worum mich Reto Felber gebeten hat», verteidigte sie sich. «Er wollte, dass ich die Hintermänner des Zombie-Fondues finde.»

Andreas zog die Stirn in Falten. «Ziemlich riskante Sache. Aber keine schlechte Leistung für eine private Ermittlerin … Dennoch muss ich dich bitten, mich auf die Uraniawache zu begleiten. Ich hab einen Rapport zu schreiben. Und wohl einen ziemlich langen dazu.»

«Aber ich muss nach Basel», ereiferte sich Felix. «An den Match.»

«Das hätten Sie sich etwas früher überlegen sollen.»

«Bitte. Lass ihn springen. Ich kann dir alle Fragen beantworten. Und ich bürge persönlich dafür, dass er Montagmorgen um sieben zur Befragung antrabt, nicht wahr, Felix?»

Felix riss die Augen auf. «Um sieben? … Na gut. Sieben.»

Dähling kniff die Augen zusammen. «Dann hätte ich gerne Ihre ID. Und mein Dienst beginnt erst um acht.» Er liess sich die hellblaue Plastikkarte aushändigen und Felix von dannen ziehen.

«Wie hast du mich eigentlich gefunden?», wunderte sich Enitta.

Er schob den Ausweis lächelnd in seine Brusttasche. «Da war dieser Anruf von einer verrückt klingenden Frau, die mich unbedingt zu sprechen wünschte. Also bat ich die Sicherheitskräfte der Street Parade darum, mir jegliche Auffälligkeit zu melden, wie zum Beispiel den dreisten Diebstahl eines Lovemobiles. Gott sei Dank hatte es nicht allzu viele Leute auf der Bahnhofstrasse. Und nun komm. Auf uns wartet jede Menge Schreibarbeit.»

Immer mehr Schaulustige drängten auf den Schiffssteg und begutachteten das schillernde Farbenspiel auf der Wasseroberfläche.

Es war bereits nach neun Uhr, als Enitta die Uraniawache endlich verlassen durfte. Felber hatte sich gemeldet und sie um eine private Audienz in der Premium-Absteige Eden au Lac am See gebeten. Sie fand ihn in der edlen Hotelbar ganz allein auf einem Sofa sitzen und ein Glas Rotwein vor sich herschieben. Beinahe schleichend näherte sie sich über den mit Kreisen verzierten königsblauen Teppich. Niemand sonst war zugegen. Der ideale Platz, um sich zu verkriechen.

Mit wortloser Geste bat er sie, Platz zu nehmen. «Jesus, das war vielleicht ein Tag», murmelte er und nahm einen grossen Schluck. Auf dem gelben Tischtuch ruhten drei iPhones, ein gelber Bändel mit mehreren laminierten Ausweisen und seine Hornbrille. Der Chef der Street Parade rieb sich mit beiden Händen die Augen. «Das ist der erste Moment seit Monaten, den ich für mich ganz alleine habe», seufzte er. «Auf dieses Glas Barolo freue ich mich seit letzten November. Ich bin wirklich froh, dass Joel morgen aus Nicaragua zurückkehrt.» Eins der Handys vermeldete piepend den Eingang einer Nachricht. Er reagierte nicht darauf.

«Das mit dem Laster tut mir schrecklich leid», begann Enitta. «Aber wir sahen ehrlich keine andere Möglichkeit, als ihn zu ...»

Felber hob die Hand und schaute endlich auf. «Mach dir mal keine Gedanken über den Schaden. Ein Anrufer aus Wollishofen hat vor zwei Stunden zugesichert, für die Bergung des Lasters und die Reparatur des Schiffssteges aufzukommen.»

«Äh ... Der Mann heisst nicht zufällig Stassel?»

Felber schenkte ihr einen vieldeutigen Blick. «Darüber kann ich nicht sprechen.»

«Könnt ihr wenigstens *meinen* Namen aus der Presse raushalten?»

Er nickte. «Offiziell werden wir die Irrfahrt des Mobils als suboptimale Mischung aus Kommunikationsengpass und technischer Fehlfunktion verkaufen.»

Enitta war erleichtert. Sie verzichtete liebend gerne darauf, als die Alte, die ein Lovemobile im Seebecken versenkte, Schlagzeilen zu machen. Die zig Handyvideos, die in diesen Stunden ihren Weg auf die YouTube-Server finden mussten, waren ihr schon genug des zweifelhaften Ruhms. Hoffentlich waren die bewegten Bilder zu violett und verpixelt für eine Identifikation.

Felber lehnte sich mit tiefem Seufzer zurück. «Die heutigen Events werden wohl noch ein administratives Nachspiel haben. Auf so einen Zwischenfall hat die Frau Polizeivorsteherin nur gelauert. Aber mit etwas Geschick gelingt es uns vielleicht, ihr begreiflich zu machen, dass keine Katastrophe stattgefunden hat, sondern eine verhindert werden konnte.» Er setzte seine Brille wieder auf. «Whatever, alles in allem bin ich happy. So bald werde ich dich zwar nicht mehr engagieren, aber deine eher unorthodoxen Methoden haben dennoch zum Erfolg geführt. Ein paar wichtige People haben dich jetzt auf dem Radar.»

«Ich fand's eine schöne Parade», wagte sie nach einer Pause zu bemerken.

Felber schnaubte. «Ja, das denke ich auch. Danke für deine Mithilfe.»

Enitta wollte sich bereits vom Stuhl erheben, als sie auf halbem Wege innehielt. «Wer hat eigentlich gewonnen?»

«Wie meinst du?»

«Der FCZ-Match.»

Er senkte den Kopf und schielte zu den Handys. «Der Z natürlich. 1:2.»

«Bis dann», hauchte Enitta.

«Bye», erwiderte Felber sanft und widmete sich wieder dem Rotwein.

Vor dem Hotel schrubbte eine viereckige Orange von städtischem Putzmobil geräuschvoll den nassen Asphalt. Petrus war dem Anlass gnädig gewesen und hatte den Regen bis nach dem Schluss der Street Parade zurückgehalten. Sie schlenderte zum Gebäude hinter dem Hotel, wo sie zuvor die Nacht verbracht hatte, und fand ihr Velo auf der anderen Strassenseite erstaunlich unversehrt auf sie warten. Balu ärgerte sich sichtlich über den Plunderteppich aus bunt glänzendem Altpapier und zertretenen Bierdosen. Von dem vielen Müll, den die Lautsprecherboxen einen Nachmittag lang in die Menge geschleudert hatten, war mindestens das Doppelte liegen geblieben. Sie hob ihr Hundchen ins Körbchen und verliess den Mief aus Reinigungsmittel und Ammoniakschwaden. Kaum zu Hause angekommen, liess sie sich ins Bett fallen und träumte von der Street Parade in Dolby-Surround und Technicolor.

8

Mittwoch, 24. August 2011

«Hopp-hopp!», quietschte Babsy und klatschte fordernd in die Hände. «Oder bist du etwa schon zu alt fürs Treppensteigen?»

«Ich bin vor allen Dingen noch immer dein Boss», knurrte Felix über die Schulter, auf welcher er ein Sixpack Amboss-Bier balancierte. Seine Trägheit rührte von Verschleisserscheinungen, die er in den vergangenen Tagen aufgrund von Doppelschichten eingefahren hatte. Umso mehr freute er sich auf einen arbeitsfreien Abend und richtig leckeres Essen. Hoffentlich würde sich Babsy nicht allzu vorlaut benehmen. Er musste sie de facto mitschleppen, weil er eine Wette verloren hatte. Und erst noch eine Sportwette. Die Kleine hatte zwar absolut keinen Schimmer von Fakten und Statistiken, und dennoch schaffte sie es fast jedes Mal, korrekt auf den Endtorstand eines beliebigen Axpo-Super-League-Spieles zu tippen. Sie nannte es Talent. Er nannte es frustrierend. Besonders wenn seine Kurierkollegen ihn damit aufzogen, dass er täglich den Sportteil verschlang und letztendlich dennoch danebenlag. Er würde nie wieder öffentlich einen Tipp abgeben. Nun ja, wenigstens musste er seinen Wetteinsatz – ein warmes Nachtessen – nicht selbst kochen.

«Heee, Boss!», rief Babsy und tippte auf eine Tür, die er eben passiert hatte. «Wir sind imfall da.»

Er hievte sein Mitbringsel auf Hüfthöhe und drückte die Klingel.

Eine dynamische Mittzwanzigerin mit sportlicher Ankleide und blauen Fingernägeln riss die Tür auf. «Herzlich willkommen, Herrschaften», flötete sie auf Hochdeutsch. «Immer herein in die gute Stube. Enitta steht in der Küche.»

«Ciao zäma», erklang es vom anderen Ende des Ganges.

Felix verteilte drei Küsschen und trat in die Wohnung. Auffällige Werbeposter säumten den Gang. Laut Enitta zeichnete ihre Mitbewohnerin für die Kampagnen verantwortlich. Die Mini-Galerie fand ihren Abschluss mit einem beige-schwarzen

Plakat, das die letzte Platte von Knäckebrot-Chansonnier John Mayer bewarb, auf dessen Cover er sich gerade warm für seine «Kampfstudien» anzog. Was fanden Frauen bloss an diesem blasiert dreinschauenden Hohlkopf? Schlimm genug, dass er mit ihm die Frise teilte. Und wieso mussten diese Popstars eigentlich immer so apathisch zum Firmament gucken? Stürzte von dort gerade das Jüngste Gericht auf sie herab, um sie gnadenlos für ihre grässliche Musik abzustrafen? Er konnte es nur hoffen.

Zwei warme Arme schlangen sich um seinen Hals und lenkten ihn von seinen eifersüchtigen Gedanken ab. Sie gehörten Enitta, die ihm ein Küsschen auf die Wange drückte. «Schön, dass ihr da seid. Die anderen warten bereits im Wohnzimmer.» Im nächsten Moment war sie wieder in der Küche verschwunden. Wohligwürzige Düfte streiften seine Nase. Fiona geleitete ihn zum Esstisch und stellte ihren Freund Jonas vor, einen komplett in Schwarz gehüllten Typen mit Bärtchen und Rossschwanz, der ihn mit einem Grunzen begrüsste. Daneben hockten zwei bunt gekleidete Hive-Kinder, die sich als Simon und Giarlo zu erkennen gaben. Wenn er sich recht entsann, war dies das verrückte DJ-Duo, von dem Enitta amigs erzählte und das gemeinsam mit Rapper Bligg diese nervige Hitsingle verbrochen hatte. Die Radiostationen spielten den Titel noch immer zweimal am Tag.

Babsy quetschte sich zwischen Jonas und Giarlo und war im nächsten Augenblick in eine angeregte Diskussion vertieft. Jonas berichtete nicht unstolz von seiner baldigen Installation, während Giarlo dem quirligen Mädchen bereits nach wenigen Sätzen unverfroren nahelegte, ihn doch auf seinem nächsten Trip nach Barcelona zu begleiten. Bald drauf stellten die beiden Hausherrinnen eine unwiderstehliche Auslage an nordafrikanischen Köstlichkeiten in zahlreichen Kleintöpfen aufs karierte Tischtuch. Enitta präsentierte ausserdem stolz eine Flasche edlen Walliser Weissen, der gemäss beiliegendem Grusskärtchen von Eric Stassel gestiftet worden war.

«Woher er wohl unsere Anschrift kennt?», rätselte Fiona.

«Wie unheimlich», kommentierte Jonas, von dem Felix gehört hatte, dass er ein erklärter Establishment-Gegner war. «Den Typen würde ich mir echt gerne mal zur Brust nehmen.»

«Da kannst du lange warten», lachte Fiona. «Eric ist ein gefragter Mann. Und derzeit wahrscheinlich im Ausland unterwegs.»

«Um seine verwegenen Thesen einer besseren Welt zu propagieren. Aber ein paar Kumpels von mir haben die Villa neben seinem Anwesen in Wollishofen besetzt. Die sagen mir schon Bescheid, wenn er wieder mit seinem Züriberg-Panzer vorfährt.» Seine Vorbehalte hielten ihn jedoch nicht davon ab, sich ein Gläschen einschenken zu lassen. «Ich weiss echt nicht, was du an dem Typen findest.»

Fiona zuckte mit den Schultern. «Du bist doch bloss neidisch auf seinen Erfolg.»

«Wenn überhaupt, bin ich neidisch auf sein Publikum, das seinen Quark einfach so vorbehaltslos schluckt. Dem ist's doch egal, ob seine Leserinnen im Leben vorwärtskommen. So viel Schönmalerei ist echt gefährlich. Da sieht man ja vor lauter Universum bald die Welt nicht mehr.»

Felix genoss seine Portion und holte sich so lange einen Nachschlag, bis die Töpfe komplett leer geputzt waren. Die Gesprächsrunde beim Dessert thematisierte schon bald Fionas Job als Marketingspezialistin. Erneut konnte Jonas es sich nicht verkneifen, ein paar kritische Kommentare anzubringen, doch die Jungunternehmerin blieb gelassen und sprach lieber über ihre nächste, bahnbrechende Kampagne. Eine Videoclipreihe, die Enittas angebliches Lieblingsgetränk über die Stadtgrenzen hinaus bekannt machen sollte.

«Nichts geht unter Bärenfalle», grinste Fiona und trat mit einer handbeschrifteten DVD vor den riesigen Fernseher. Das TV zeigte beim Einschalten die Newssendung auf TeleZüri, und Enitta bat ihre Freundin, mit dem Abspielen der Disk noch zu warten. Die Nachrichtensprecherin verlas gerade Neuigkeiten zum Fall Street Parade.

Die Untersuchungen zum Unfall des Goldmeitschi-Mobils sind nun offiziell abgeschlossen. Polizeivorsteherin Monika Mayer-Daguette hat heute Nachmittag auf einer Pressekonferenz ihre tief empfundene Wertschätzung über den fulminanten Schlag gegen die Appenzeller Mafia zum Ausdruck gebracht und den Veranstaltern der Street Parade erneut zu einem grossartig organisierten Techno-Festival gratuliert. Ihrer Ansicht nach stehen den Verhandlungen über einen Raverumzug 2012 ums Zürcher Seebecken nichts im Wege. Doch in den Tenor der Dankbarkeit mischen sich auch kritische Stimmen. Altbundesrat Murz zeigte sich äusserst besorgt über das negative Image, das der Ausdruck «Appenzeller Mafia» seinem Heimatkanton bescheren könnte. Gleichzeitig jedoch vermeldet Tourismus Appenzellerland Besucher-Rekordzahlen. Unternehmen wie die Billag oder die FIFA hätten das Appenzellerland als Ziel für ihre nächsten Firmenausflüge fix gebucht. Und nun zu weiteren Meldungen des Tages.

Fiona wechselte auf den Videokanal und spielte die DVD ab. Die Spots waren im Durchschnitt nur ein paar Sekunden lang und erinnerten entfernt an die fatalistische Kampagne eines grossen Jobvermittlers. Das erste Filmchen zeigte einen Bürogummi, vor dessen Schreibtisch der Chef auftauchte. Lieblos warf ihm der Boss ein blaues Couvert neben die Tastatur. Der Angestellte musterte den Umschlag mit müden Augen und schielte dann auf den Teppich. Dort ruhte eine gewaltige, rostige Bärenfalle. «Was soll's», seufzte er entmutigt und stand auf, um in die gefährliche Vorrichtung zu treten. Kurz bevor diese nach seinem Bein schnappte, schaltete der Bildschirm auf Rabenschwarz und ein grässliches, mechanisches Geräusch erklang.

Ähnlich ungemütlich war auch die zweite Szene. Dort stand ein sonnenbebrillter Szenenpisser in einem Club herum und schlürfte an der Bar einen kunterbunten Drink mit Schirmchen. Eine junge Frau gesellte sich dazu. «Kennst du mich noch?», fragte sie scheinheilig. Als er mit desinteressiertem Kopfschütteln verneinte, schwenkte die Kamera auf ihren kugelrunden Bauch. «Letzten Silvester haben wir draussen im Hinterhof rumgemacht», doppelte sie mit kaltem Tonfall nach. «Neun Monate ist's nun her.» Zähnefletschend wandte er seinen Blick auf den Fussboden. Wieder lauerte dort eine Bärenfalle. Ohne zu zögern trat er mit teurem Turnschuh zwischen die scharfen Zähne. Bevor es unappetitlich wurde, stellte die Kamera ab und räumte das Feld für den unbarmherzigen Klang berstender Knochen.

Wieder endete das Filmchen mit dem Slogan: «Bärenfalle – was soll's!»

Nach vier Clips und schallendem Gelächter drückte Fiona bequem vom Tisch aus die Fernbedienung.

«Ich trink das Zeug wirklich nur sehr selten», rechtfertigte sich Enitta kleinlaut.

«Ach, Sweetie», miaute Fiona und legte ihrer Freundin den Arm um die Schulter. «Wir wissen doch alle, dass du einer guten Feier niemals abgeneigt bist.»

«Schon», maulte Enitta, «aber ich fühl mich hier gerade als Absturz-Tante hingestellt.»

«Wenn du das nicht gelegentlich wärst, hätten wir uns nie kennengelernt», sagte Felix trocken und schickte ein Lächeln hinterher. «Von wegen Party; hat jemand Bock ans Stadtkinder Live zu kommen? Ist ein kleines Open-Air auf der Josefwiese, das ich mit ein paar Freunden organisiere.»

«Hab davon gehört», sagte Simon. «Findet das nun definitiv statt?»

«Yeppa. Am 4. September. Und der Eintritt ist frei.»

«Reife Leistung», anerkannte Simon. «Was meinst du, Lux? Sind wir dabei?»

Giarlos Lippen deformierten sich. «Wenn ich bis dahin nix Besseres vorhabe …»

Fiona hingegen gestand mit Schmollmund, dass sie an dem Wochenende mit Jonas in Hamburg sein würde, und Babsy entschuldigte sich wegen des Geburtstags ihres Geiers. Aber eigentlich wollte Felix nur Enittas Zusage hören. Er konnte es kaum erwarten, mal wieder einen ganzen Abend mit ihr zu verbringen, selbst wenn er sie mit ihrem Vierbeiner würde teilen müssen. So lange er denken konnte, waren ihm Hündelerinnen suspekt erschienen. Hatten etwas Schräges, manchmal leicht Schmutziges an sich gehabt. Doch nicht so *die* Kleine. Und Balus Charme konnte man sich nur schwer entziehen. Dieser Hund bettelte nicht andauernd um Leckerbissen vom Tisch, sondern ruhte artig auf dem Sofa und blickte aufmerksam herüber. Felix schielte zu Enitta. «Na?»

«Ja voll», lachte sie. «Für Bier und Cervelats bin ich immer zu haben.»

9

Sonntag, 4. September 2011

Was sich kein konzertbegeisterter Zürcher je hätte träumen lassen, war endlich zum greifbaren Über-In-Happening geworden; die Josefwiese hatte sich in ein quicklebendiges, pulsierendes Kaleidoskop verwandelt. Gut siebenhundert Menschen bewegten sich fröhlich zu den rockigen Songs auf der mobilen Bühne vor dem Viadukt, wo die Bands ihre Sets auf dem Anhänger des mietbaren Konzertlastwagens abspielten. Von Teenies über Studies bis hin zu Mittvierzigern war jede Altersklasse vertreten, und alle kleideten sie sich wie Fünfundzwanzigjährige.

Das Mini-Open-Air Stadtkinder Live ging auf den unermüdlichen Einsatz von Felix und einem Dutzend Mitorganisatoren sowie an die dreissig ehrenamtlichen Helferinnen und Helfern zurück. Viele von ihnen ZHdK-Studis und freie Mitarbeiter von Felix' Szenenheftli. Irgendwie hatte es die gut vernetzte Initiantentruppe geschafft, den Anlass unter das Dach der alljährlich von der Stadt subventionierten Konzertreihe Stadtsommer zu bekommen und die restlichen Kosten durch Crowdfunding via Ronorp abzudecken. Beispielsweise die horrende Befriedungszahlung an den hiesigen Quartierverein, der bis anhin jeden Versuch, die Wiese für musikalische Anlässe zu nutzen, vehement bekämpft hatte. Diese ablehnende Haltung ging nicht zuletzt auf die hohe Anzahl ringsum wohnender lärmempfindlicher Familien zurück, und man war sich im Komitee einig, dass dieser Event wohl ein einmaliger bleiben würde.

Der Rest der Spendengelder war auf hochkarätige, mindestens aber unterhaltsame Bands verwendet worden. Abgesehen natürlich von der eisernen Reserve, die für die Beseitigung des anfallenden Abfalls auf der hohen Kante lagerte. Gottlob befand sich die Kehrichtverbrennung gleich jenseits der Eisenbahnbrücke.

Enitta nahm einen Bissen von ihrer senfgetränkten Wurst. Ringsum verblassten die Silhouetten der Bauten und Bäume in den dunkler werdenden Himmel. Seit siebzehn Uhr hatten sich verschiedenste Acts aus der Umgebung das Mikrofon in die Hand gedrückt. Die Pseudo-80er-Rocker One Billion Reverb hatten den Abend eröffnet und waren von den Pisa-schrägen Indie-Poppern Everything's forbidden in Massachusetts abgelöst worden. Danach hatte die wild gekleidete Frauencombo Ironette and Unforgivabelle mit fiesen Synthie-Tönen und jaulenden Gitarren die Masse aufgemischt, gefolgt von kurzen, aber heftigen Auftritten der Elektro-Garagisten The New Bank of England, dem bezaubernden Synthiepop der Pioniere Hugoszoo und einem kruden, verschwurbelten Jazz-Rock-Set der beturnschuhten Altherrenband Fossilized Teenagers.

Dem Flyer entnahm Enitta, dass nun bald der grosse Hauptact aus Neuseeland, The Naked and Famous, an der Reihe war, und liess das Umweltschutzpapier ins Gras segeln, sobald Felix mit zwei frischen Bieren lässig heranlatschte.

Er wischte sich den Schaumschnauz von den Lippen und richtete seine Sonnenbrille zum Lasergewitter auf der Bühne.

In der Pause schwoll das selbst während der fesselndsten Darbietungen leider nie völlig verstummende Gelaber der Zuschauer zu einer heftigen Geräuschkulisse an. Simon und Giarlo, die mit ihren Freundinnen nebenan standen, begannen damit, die eben beendete Performance wortreich auseinanderzunehmen. Doch Giarlo kapitulierte bald vor Simons Argumenten und sparte sich den Atem für einen weiteren Joint, den er nur widerwillig mit seiner Begleiterin teilte.

Unvermittelt gesellte sich noch ein weiterer Gast dazu und klopfte Fux herzhaft auf die Schulter. Sichtlich erholt und mit breitem Grinsen begrüsste DJ Prügelsuff die Runde und verteilte begeistert den Vinyldruck seines neuesten Projektes Elektropuxie. Zögerlich nahm Enitta die weisse Platte in transparenter Plastikfolie entgegen und musterte den Titel. «We hope to kill you very soon» hiess sein aktuelles Werk, das der umtriebige Untergründler voller Stolz als seinen grossen Wurf präsentierte. Mindestens so überschwänglich beschrieb er die vergangenen Wochen, welche er angeblich mit dem Aufbau eines Hotel-Resorts im Amazonas zugebracht hatte. Danach sei er auf einem venezuelischen Frachter zurück nach Europa geschippert. Er laberte was von unfassbarer Armut auf dem südamerikanischen Kontinent und dass er bald – schon *sehr* bald – etwas gegen die boshaften Banken und korrupten Konzerne unternehmen werde. Wie zum Beispiel seine zahlreichen Infowarrior-Kollegen zu mobilisieren und den Paradeplatz wochenlang zu besetzen und zu beschmieren. Diesen Teil nahm ihm Enitta sogar vorbehaltslos ab. Bestimmt hatte er eine Menge Erfahrung darin, auf fremdem Grund und Boden sein Nachtlager aufzuschlagen.

Gerade als ihr seine Aufschneiderei zu viel wurde, erklangen von der Bühne die glasklaren Bimmel-Synthies des Sommerhits «Young Blood». Die Menge brach in frenetischen Jubel aus und streckte Leuchtbändel, Mobiltelefone, Räucherwerk und Feuerzeuge in den Himmel. Prügelsuff schaffte es dennoch, aus diesem Lichtermeer herauszuragen, indem er eine Leuchtraketenpistole, welche er angeblich von der Brücke des Frachters gestohlen hatte, mit theatralischer Geste abfeuerte. Drei silbern glitzernde Geschosse schickte er zum Firmament, dann musste er abrupt vor den Stadtpolizisten, welche den Anlass streng beäugt und seine illegale Handlung bemerkt hatten, Reissaus nehmen. Enitta war erstaunt darüber, wie rasch er sich trotz seines massiven Körpers aus dem Staub machen konnte. Der Stummelschwanz an seinem Hinterkopf tanzte wie ein Derwisch auf Speed. Dann war er zwischen den Zuschauern verschwunden und würde es wohl auch für längere Zeit bleiben – ob die Beamten seiner nun habhaft wurden oder nicht. Jemand wie er tauchte mit Leichtigkeit unter und bestimmt irgendwann wieder auf. Hoffentlich nicht so bald in ihrer Umgebung.

Kurz nach halb elf verklangen die letzten Töne des Hauptacts, und die Reihen der Zuschauer begannen sich rasch zu lichten. Enitta parlierte noch ein Weilchen mit ihren Freunden und wartete darauf, dass Felix seinem Team letzte Anweisungen für die Demontage der Anlagen und die Säuberung der Wiese gab, denn als Chef und eigentlicher Drahtzieher würde er sich den verdienten Luxus eines vorzeitigen Abgangs gönnen. Dann machte sie sich in seiner Begleitung auf den Heimweg. Obwohl er gleich um die Ecke wohnte, bestand er darauf, sie nach Hause zu eskortieren, was Enitta herzig fand. Sie genoss seine Gesellschaft und bemerkte, wie sehr sie ihn morgen schon vermissen würde. Doch bloss nichts überstürzen. Der Abend war schon schön genug gewesen. Also keine hastigen Bewegungen.

Sie streiften vorbei an den Bars der quicklebendigen Langstrasse. «Bitte schön, zweimal Appenzeller», hörte Enitta eine Servierdüse flöten, während diese ihren Gästen hochprozentigen Kräuterschnaps auftischte. «Schon merkwürdig …»

«Was ist merkwürdig?», fragte Felix.

Sie zögerte. «Mein … Kolleg bei der Stadtpolizei sagte, die Trachten-Mafiosi hätten die Rezeptur irgendwann verändert … oder so. Jedenfalls wären die Leute durch das neue Zombie-Fondue nicht mehr in ein Koma gefallen.»

«Nicht?»

«Nein. Sie hätten zwar einen höllischen Trip erlebt, aber hinterher nicht mal einen Kater gehabt. Zumindest behaupten das die Forensiker der Polizei … Blöd eigentlich, wenn man bedenkt, dass er die Stadt in ihren Grundfesten erschüttern wollte …»

Felix wartete mit seiner Antwort zu. «Ammann ist ein Unternehmer mit Herzblut», sagte er schliesslich. «Er plante wohl langfristig.»

«Wie meinst du?»

«Überleg doch mal. Wenn das stimmt, dann hätte die alte Formel eine einmalige Massenpanik ausgelöst. Schlimm genug, wenn man die schrecklichen Ereignisse in Duisburg nimmt. Aber eine Droge, die einem den ultimativen Rausch beschert und dabei nicht mal einen Hangover nach sich zieht, hätte Züri doch weit über die Street Parade hinaus geschädigt. Vorausgesetzt, er hätte das Zeugs im grossen Stil in Umlauf gebracht – was bestimmt geschehen wäre, hätten sie ihn nicht geschnappt. Dagegen hätte Crystal Meth wie eine Einstiegsdroge ausgesehen.»

«Wirklich teuflisch», seufzte Enitta und bemerkte ein paar finstere Typen, die wenige Meter weiter darauf lauerten, ihnen Rauschgift anzudrehen. «Für heute hab ich echt genug gehabt. Ich will bloss noch heim.» Rasch wechselten sie die Strassenseite und verschwanden in einer Gasse, die sie direkt aus dem verrückten Quartier führen würde.

Im nächtlichen Sihlfeld angelangt, bog Felix eine Kreuzung zu früh in die Erismannstrasse, welche an Enittas dreieckigem

Wohnkomplex entlang verlief. Er sagte, er müsse noch ein Paket ausliefern, und schritt das Mäuerchen vor einem schier endlosen dunkelbraunen Klotz von Arbeiterblock ab. Zwischen dichten Hecken und niedrigen Baumkronen machte er die Hausnummer 51 aus und holte ein Päckchen aus seiner Freitagtasche. «Ein paar CDs, die ich meinem Kumpel schon seit Monaten zurückgeben will», kommentierte er und versuchte, zunächst erfolglos, die kleine Kartonschachtel in den winzigen Milchkasten auf Hüfthöhe zu pressen. Als er die Lieferung endlich hineingezwängt hatte, wandte er sich Enitta zu und es entstand ein Moment.

Junge trifft Mädchen.

Mädchen gefällt Junge.

Im Zwielicht der Eingangslampe und der Strassenbeleuchtung. Und dazwischen ein Universum an Möglichkeiten.

Enitta suchte die Stille zu brechen. Mit irgendeiner banalen Bemerkung, doch es löste sich kein Satz von ihrer Zunge. Ihre Augen hatten das Sprechen übernommen, und die Blicke wurden tiefer. So schielte sie an ihm vorbei. Hinunter zu den Briefkästen in seinem Rücken. Ganz zufällig auf eine der Beschriftungen. Hätte sie nicht die Augen eines Adlers besessen, sie wäre kaum in der Lage gewesen, die Worte im schummrigen Licht zu entziffern.

Der Anblick schickte einen Stromstoss durch ihre Venen.

Sie eilte an ihm vorbei, um sich zu vergewissern, dass sie sich nicht geirrt hatte. An der zerkratzten Box prangte ein Schild mit fünf Namen. Wohl das Postfach einer Wohngemeinschaft. Der letzte Name war nachlässig hingekritzelt, aber noch ganz deutlich ablesbar.

«Janita-Valeska Coray».

Sie prüfte ihr Zifferblatt. Es war bereits nach halb zwölf, doch das würde sie nicht aufhalten. Glücklicherweise fand sie die Haustür, eine schwere Holztür mit Querfenstern, unverschlossen vor und rannte die Treppe hoch, bis sie im dritten Stock mehrere Namen unterhalb einer Klingel angeschrieben fand. Herzhaft drückte sie den Knopf. Sie wollte schon ein zweites Mal läuten, da rüttelte jemand auf der anderen Seite umständlich am Schlüssel.

Ein Duda mit dunklem Unterhemd, Manchesterfrisur und

stoppeligem Kinn steckte seine Nase durch den Türspalt und blinzelte verpeilt ins nikotingelbe Licht des Treppenhauses. Kalter Currygeruch strömte aus der düsteren Wohnung. «Tamisiäch!», wetterte er mit belegter Stimme. «Was wotsch?»

«Du, sorry, dass ich dich um diese Zeit belästige. Ähm … ich heisse Enitta und –»

«Jaja, schon gut», unterbrach sie der Bewohner mit mürrischem Tonfall. «Was willst du, Enitta?»

«Ist *Janita* vielleicht zu Hause?»

Das Gesicht des Typen wurde zur verständnislosen Fratze. «Bitte *wer*?»

«Janita Coray. Laut eurem Briefkasten wohnt sie hier.»

Die Mimik des jungen Mannes deformierte sich, als versuchte er sich krampfhaft an ein vergangenes Leben zu erinnern.

«Etwa einen Meter siebzig gross, dunkle Haare, grosse Klappe?»

«Ach *die*. Du, die ist vor drei Wochen überstürzt ausgezogen. War uns auch lieber so. Die Psychotante hat hier eh nie reingepasst. Dankä!»

Er wollte ihr schon die Tür vor der Nase zuschlagen, da stemmte Felix seine Handfläche sanft, aber bestimmt gegen das dunkelbraune Holz.

«Eins noch», insistierte Enitta und bemühte ihr gewinnendstes Lächeln. «Hat sie vielleicht eine Adresse dagelassen?»

Der Bewohner seufzte hörbar genervt. «Alles, was ich hab, ist eine Telefonnummer, aber mach dir mal keine grossen Hoffnungen. Da geht nie jemand ran. Die Alte ist uns noch zwei Monate schwach. Augenblick.» Er verschwand im dunklen Gang und kehrte eine Minute später schlurfend zurück. «Hier», knurrte er und drückte ihr einen Fresszettel in die Hand. «Sag ihr, dass wir unser Geld in zwei Wochen sehen wollen, sonst werden wir den Koffer mit ihrem Plunder beim Kanzleiflomi verticken.»

«Danke. Du hast mir sehr geholfen.»

«Das freut mich aufrichtig für dich. So, und jetzt Adiä – ich hab morgen früh Semesterbeginn, ja? *Tschüss.*»

Für die Dauer einer gefühlten Ewigkeit harrte Enitta vor der zugeschlagenen Tür aus. Dann fand ihr Blick Felix' irritierte Miene.

«Meine Schwester», flüsterte sie kraftlos. «Sie ist der Grund, warum ich …» Ihre Stimmbänder wollten nicht mehr.

Felix nickte stumm und verzog die Mundwinkel.

«Seit ich hier angekommen bin, hab ich auf ein Zeichen gehofft. Eine Spur … *irgendetwas*. Und nun …» Sie wischte eine Träne von der Wange. Schwebte wie in Zeitlupe die Stufen hinunter. Hockte sich auf die abgewetzte Steintreppe vor dem Eingang und starrte auf den Zettel. Die krakelige Schrift auf dem karierten Fetzen Papier war dieselbe wie auf dem Briefkasten. Seit vier Jahren die erste taugliche Fährte, und sie wagte es dennoch nicht, nach ihrem Handy zu greifen. Die halbe Stadt hatte sie auf den Kopf gestellt, und dabei hatte Janita gleich im Haus nebenan gewohnt. War hier ein- und ausgegangen. Hatte hier geatmet und geschlafen. So nah. Direkt vor ihrer Nasenspitze. Wie bloss hatte sie das übersehen können? Wie blind stolperte sie eigentlich durchs Leben? Wehmütig überflog sie die Nummer.

Zehn Ziffern.

Zehn Ziffern, die möglicherweise der Schlüssel zu einem Neuanfang waren – oder ihre lang gehegte, sehnliche Hoffnung auf Versöhnung endgültig begraben würden.

Kühler Nachtwind rüttelte an den Büschen und Bäumen, die den Eingang belagerten, und riss mehrere Blätter mit sich. Der Herbst hielt Einzug. Noch zaghaft zwar, doch lange würde er sich nicht mehr zurückhalten. Dann würde die Gnadenfrist ausgelaufen und der Sommer endgültig vorbei sein.

Drei Wochen.

Was, wenn die Nummer gar nicht mehr in Betrieb war? Was, wenn sie mit einer Combox verhandeln musste? Selbst wenn Janita den Anruf entgegennahm – würde sie nach all den Jahren überhaupt noch mit ihr sprechen wollen? Schmerzdurchtränkte Erinnerungen brachen wie eine einstürzende Ziegelsteinmauer über sie herein.

Wie sehr sie sich für das hasste, was sie ihr damals vorgeworfen hatte.

In diesem Augenblick hätte sie alles dafür gegeben, ihre wütenden Worte zurücknehmen und die vergeudeten Jahre ungeschehen machen zu können. Damit es zwischen ihnen wieder so werden würde, wie es einst gewesen war. Zwar mahnte ihr Verstand, dass es zwecklos war, jemandem hinterherzurennen, der ohne einen glücklich war. Doch ihr Herz war einfach noch nicht bereit, ihre geliebte Schwester gehen zu lassen.

In ihrem Rücken fiel die schwere Haustür ins Schloss. Felix liess sich auf den Stufen nieder und legte ihr den Arm um die Schulter. «Und?», fragte er leise. «Was wartisch?»

Besonderen Dank an

Bubu, Cécile, Stefanie und Martina